W0392004

Die Fantasy-Bücher der
Süddeutsche Zeitung Junge Bibliothek

Band 1: **Wolfgang und Heike Hohlbein – Midgard**
Band 2: **Antonia Michaelis – Das Geheimnis des 12. Kontinents**
Band 3: **Nina Blazon – Im Bann des Fluchträgers**
Band 4: **Stephen Elboz – Der Sohn des Zauberers**
Band 5: **Marianne Curley – Im Kreis des Feuers**
Band 6: **Bent Jakobsen – Der Kampf um die Nachtkristalle**
Band 7: **Gabriele Beyerlein – Der schwarze Mond**
Band 8: **Gabrielle Alioth – Das magische Licht**
Band 9: **Matt Haig – Im Schattenwald**
Band 10: **Pat O'Shea – Die Meute der Mórrígan**

Ausgewählt von der Kinder- und Jugendbuchredaktion
der Süddeutschen Zeitung

Bent Jakobsen

Der Kampf um die Nachtkristalle

Die Trolle des blauen Lichts

Für Esbern, Martin, Asger und Nanna

Lizenzausgabe der Süddeutschen Zeitung GmbH, München
für die **SüddeutscheZeitung Junge Bibliothek** 2009

Titel der dänischen Originalausgabe: «Det blå lys»,
erschienen im Verlag Gyldendal, Kopenhagen

Gestaltung: Eberhard Wolf, Stefan Dimitrov
Titelillustration: Don Seegmiller
Projektleitung: Marion Meyer, Sabine Sternagel
Redaktion: Roswitha Budeus-Budde, Hilde Elisabeth Menzel
Satz: vmi, Manfred Zech
Herstellung: Hermann Weixler, Herbert Schiffers
Druck und Bindearbeiten: GGP Media GmbH, Pößneck
Printed in Germany
ISBN 978-3-86615-735-4

Bent Jakobsen

Der Kampf um die Nachtkristalle

Die Trolle des blauen Lichts

Mit Illustrationen von Flemming B. Jeppesen

Aus dem Dänischen von Patrick Zöller

Süddeutsche Zeitung Junge Bibliothek

Blocksberg
Compton
Basset
London
Glastonbury
Poole
Marseille

Konstantinopel
Alexandria

Inhalt

Ein seltsamer Ratschlag 9
Die Weidenbäume am Gramp's Hill 13
Ein Schreck in der Dunkelheit 18
Die Sage vom fremden Wanderer 23
Die roten Weidenbaumsamen 30
Die Heckentrolle von Compton Basset 37
Ein Schornstein, der (wirklich) zieht 43
Ein sonderbarer Schornsteinbesen 49
Mrs Hawkes begegnet einem Heckentroll 54
Schatten in der Nacht 60
Eine ganz dufte Waffe 66
Wenn Trolle und guter Rat teuer sind 72
Das Tierleben am Gramp's Hill, aus nächster Nähe 79
Ein merkwürdiges Gespräch 85
Mrs Hawkes begegnet
zum zweiten Mal einem Heckentroll 91
Auf der Suche nach dem Zauberer 97
Eine Begegnung in Glastonbury 107
Castanac 112
Ein komischer Vogel 119
Nach Frankreich 125
Henris Stadt 133
Madame Patan und Langebein 139
Langebein auf Beutezug 148
Wieder auf Fahrt 154
Von Seeleuten und Papageien 160
Castanacs Hut 164
Castanacs Turm 170

Der Schlüsseldieb 177
Boffin! 184
Das Buch, der Schrank,
der Schlüssel und die Keksdose 189
Auf der Jagd nach der Keksdose 197
Der blaue Elefant weist den Weg 203
Die Trolle des blauen Lichts 209
Der Kampf auf der Heide
am Blocksberg im Jahr 1728 216
Ein Schuss in der Nacht 223
Der Jäger der Heide 232
Gefangen im Turm! 240
Castanac kommt 247
Ein Abend im Turm 253
Schwere Zeiten für Zauberer 259
Hilferuf von der Heide am Blocksberg 265
Über Stock und Stein 270
Düstere Zeiten 277
Die Höhlen unter dem Blocksberg 283
Ein Splitter und ein hungriger Papagei 289
Trolle und Kekse 295
Das Vermächtnis des Zauberers 302
Auf Heimreise 307
Ein Troll im Sturm 314
Eine Stimme aus der Vergangenheit 323
Wieder daheim 330
Mrs Hawkes begegnet
zum dritten Mal einem Heckentroll 337
Epilog 345
Die Ereignisse im Kampf
um die Nachtkristalle in ihrer
zeitlichen Reihenfolge 348

Ein seltsamer Ratschlag

Draußen im Meer, auf einer großen, grünen Insel liegt das etwas wunderliche Land, das man England nennt. Es gibt viele alte und seltsame Orte in England, und die Geschichte, die ich erzählen möchte, handelt von einem dieser Orte. Alles, was ich erzähle, habe ich selbst erlebt – jedenfalls alles, was ich nicht von anderen erzählt bekommen habe –, denn meine Familie und ich lebten dort, wo all das geschah.

Ein langer Höhenzug erstreckt sich quer durch das Land und führt dicht an einer Stadt namens Oxford vorbei. Dort gibt es eine Menge kluger Leute, die den ganzen Tag in ihre Gedanken vertieft umherwandeln. Unterhalb des Höhenzugs geht die Landschaft in ein welliges Tal über, das man *Das Tal des Weißen Pferdes* nennt. Hier, im Schutz der Hügel, liegt ein kleines Dorf, Compton Basset, und hier beginnt die Geschichte.

Compton Basset ist ein richtig gemütliches, altes englisches Dorf, ganz so, wie man sich ein altes englisches Dorf immer vorstellt. Die Dächer der Häuser sind aus Stroh, ihre Mauern sind schief und sie haben ulkige kleine Fenster. Im Sommer sind alle Gärten voller Blumen, und überall schwirren Bienen herum. Ein schmaler Weg schlängelt sich durch das Dorf, und unten an einer der Biegungen liegt ein kleiner Teich. In seinem Wasser wächst Brunnenkresse, und ein Bach fließt vom Teich aus das Tal hinunter. Damit Autos, Fahrräder und auch die, die zu Fuß gehen, über den Bach kommen können, gibt es eine kleine Brücke mit weiß gestrichenen Geländern auf beiden Seiten, sodass man nicht ins Wasser fallen kann.

Im Sommer besuchen sich die Bewohner von Compton Basset gerne gegenseitig. Dann sitzen sie zusammen in ihren Gärten und trinken Tee und essen Kuchen, schauen sich ihre Blumen an und sprechen darüber, wie das Wetter in den letzten Tagen gewesen ist. Man redet nicht so sehr davon, wie das Wetter wohl werden wird, denn das ist in England einfach nicht vorhersagbar. Im Dorf kennt jeder jeden, und nur ganz selten kommen Fremde vorbei. Deshalb braucht man vor Dieben und anderem Gesindel keine Angst zu haben, wenn man dort wohnt. Aber! – bevor es dunkel wird, schließen alle in Compton Basset trotzdem die Türen ihrer Häuser, Gartenhäuschen und Gewächshäuser ab! Doch niemand redet darüber, warum sie das tun. Seltsam.

Damals, als wir mit unseren drei Kindern nach Compton Basset zogen, besuchten viele der Dorfbewohner uns schon am ersten Tag, um uns zu begrüßen. Wir waren froh darüber, so freundlich aufgenommen zu werden und so schnell alle kennen zu lernen, und sie erzählten uns eine Menge nützlicher Dinge über das Leben im Dorf. So erfuhren wir, wer dort am längsten gewohnt hat, wo man im Sommer Himbeeren pflücken und dass man von der kleinen Brücke über den Bach aus gut Stöckchen schwimmen lassen kann. Der Erste, der an unsere Tür klopfte, war unser Nachbar Jack, der sein Leben lang Bauer gewesen war und mit dem wir uns sehr schnell anfreundeten.

Jack ist ein lustiger alter Kerl. Kein anderer weiß so genau, wo man Beeren in den Hecken rund um die Felder finden kann, und zusammen mit seiner Frau backt er phantastische Obsttorten. Ab und zu, wenn er besonders viele Beeren gefunden hat, bringt er uns schon mal eine Obsttorte vorbei. Jack hat drei Hunde und vier Enten. Oft geht er mit den Hunden spazieren, die er an der Leine führt, damit sie nicht die Kaninchen draußen auf den Feldern jagen. Dann hat er in jeder Hand eine Hundeleine und die dritte um den Knöchel gebunden. Das ist schon ein toller Anblick, besonders dann, wenn alles in Unordnung gerät und die Hunde kreuz und quer laufen. Aber zum Glück kommt es nicht so oft vor, dass er das Gleichgewicht vollends verliert. Am komischsten sieht es aus, wenn er draußen war und Beeren gepflückt hat und gleichzeitig die Schalen mit den Beeren nach Hause balancieren und die Hunde unter Kontrolle halten muss. Na ja, genug davon, sonst werde ich nie fertig mit der Geschichte, die ich eigentlich erzählen will.

Gleich am ersten Tag haben wir lange und in aller Gemütlichkeit mit Jack über Gott und die Welt geplaudert, wie man so sagt. Aber als er nach Hause wollte und sich verabschiedete, zögerte er plötzlich. Mit einem seltsamen Blick drehte er sich noch einmal um und sagte zu mir: »Also dann, auf Wiedersehen, wir sehen uns sicher morgen – und denk dran, heute Abend alle Türen abzuschließen!«

Ist es nicht merkwürdig, so etwas zu sagen?, dachte ich. Eben erst hatte er mir erzählt, dass in Compton Basset nur ehrbare Leute wohnen. Na, sagte ich mir, mag sein, dass Jack ein bisschen wunderlich ist, was die Sache mit den Türen angeht, und ich dachte nicht weiter darüber nach. Dazu hatte ich auch gar keine Zeit, denn ständig kamen neue Besucher aus dem Dorf. Wir liefen hin und her, rein ins Haus und wieder raus, um Plätzchen und Kuchen zu holen, und versuchten gleichzeitig, mit allen in unserem Garten wenigstens ein paar Worte zu wechseln.

Jacks seltsamen Abschiedsgruß hatte ich schnell vergessen, wurde aber schon sehr bald daran erinnert. Als unsere Gäste nach ausführlichen Begrüßungsschwätzchen wieder nach Hause wollten, gaben sie uns nämlich alle denselben Ratschlag: Wir sollten unbedingt alle Türen abschließen, bevor es dunkel würde! Allmählich wurde mir klar, dass hier in Compton Basset irgendetwas Merkwürdiges vor sich ging.

An diesem Tag erfuhren wir nicht mehr, was für seltsame Dinge es waren, die sich in unserem ansonsten so idyllischen kleinen Dorf abspielten, aber es dauerte nicht lange, bis wir herausfanden, dass es ein sehr guter und freundschaftlich gemeinter Ratschlag war, den uns unsere neuen Nachbarn da gegeben hatten.

Die Weidenbäume am Gramp's Hill

Eines Abends, als es angenehm warm war und ich meinte, in unserem neuen Haus – das in Wirklichkeit ein altes, hübsches Häuschen ist – sei endlich alles in Ordnung, und die Jungs oben in ihren Zimmern in ihren Betten lagen und schliefen, dachte ich, es sei an der Zeit, mal einen kleinen Spaziergang zu machen und sich das Dorf etwas genauer anzusehen. Von unserem Haus aus schlängelt sich der Weg den Hügel hinauf durch das Dorf mit seinen uralten, mit Stroh gedeckten Häusern. Mitten im Ort geht ein kleiner Weg nach links hinauf zur Kirche und zum Pfarrhaus. Man nennt ihn Gramp's Hill. Hinter dem Pfarrhaus führt der Weg immer weiter steil den Hügel hinauf, bis man schließlich auf seinem Gipfel ankommt. Dort oben verläuft ein alter Weg, der dem Rücken des Höhenzugs folgt und in lange vergangenen Zeiten von Reisenden benutzt wurde, die durch Südwestengland unterwegs waren. Der Höhenzug und der Weg dort oben sind mehrere hundert Kilometer lang, und man brauchte schon viele Tage, um von einem Ende zum anderen zu kommen. Wurden die Wanderer müde oder wurde es dunkel, gingen sie einen der schmalen Wege hinunter, die sie in eines der Dörfer unten im Tal führten. Hier gab es oft ein Gasthaus, wo sie etwas zu essen und – wenn sie genug Geld bei sich hatten – auch einen Platz für die Nacht bekamen. Ansonsten mussten sie sich damit begnügen, im Stall bei den Pferden zu schlafen.

Der Pfad, der vom Weg oben auf dem Höhenzug abzweigt und hinunter nach Compton Basset führt – oder auch umgekehrt –, heißt also Gramp's Hill, und das ist ein seltsamer kleiner Weg. Kommt man unten aus dem Dorf, steigt er anfangs nicht sehr an, aber schon bald geht es so steil bergauf, dass man völlig außer Puste gerät. An diesem Abend, als ich das erste Mal draußen war, um mir Compton Basset einmal richtig anzusehen, lagen das Dorf und das Pfarrhaus in schönes Spätsommerlicht getaucht da. Trotzdem brauchte ich Gramp's Hill nur ein paar Schritte hinaufzugehen, und schon wurde das Sonnenlicht fast vollständig von einer Wand aus uralten Weidenbäumen zurückgehalten, die auf zwei hohen Erdwällen entlang des Weges wachsen. Es sind knorrige, alte, etwas unheimlich aussehende Bäume, und große Schlingpflanzen hängen wie dicke, ineinander gewundene Arme von ihren Ästen herunter. Sogar ganz unten an den Wurzeln kann man nur hier und da hindurchspähen und die hinter diesem Wirrwarr aus Pflanzen liegenden Felder erahnen. Die Wurzeln der Weiden sehen aus, als würden sie über den Boden kriechen, ineinander verschlungen, als hielten sie die zwei Erdwälle fest umklammert und wollten sie niemals wieder loslassen. Unter den Wurzeln sind große Vertiefungen und Löcher. Viele davon sehen wie Eingänge in Höhlen aus – ein bisschen wie Fuchsbaue, eine ganze Stadt aus Fuchsbauen. Damals wusste ich natürlich noch nicht, dass in den Löchern jemand wohnt. Und ich wusste auch nicht, dass es ganz sicher keine Füchse sind.

Nicht mehr lange, dann würde die Sonne untergehen. Tatsächlich war es ein wenig unheimlich hier zwischen den Weiden, aber ich hatte mir vorgenommen, bis auf den Gipfel des Hügels zu gehen und dort den Sonnenuntergang zu genießen. Doch es war gar nicht nötig, so weit zu gehen, denn auf halbem Weg gelangte ich an einen Bruch in dem alten Gestrüpp aus Weiden und Schlingpflanzen, der von zwei riesigen Bäumen bewacht wurde, einem Ahorn und einer Kastanie. Fest und gewaltig wie Säulen standen sie da, einer auf jeder Seite der Lichtung. Hier blieb ich stehen und schaute über das Tal.

Es war eine wunderbare Aussicht: Die letzten Sonnenstrahlen tauchten das Korn und die Strohdächer unten im Dorf in ein goldenes Licht, und während ich dastand und den Anblick genoss, verschwand die große, rote Sonne vollständig hinter den Hügeln. Erst jetzt bemerkte ich, dass die Bäume und Büsche am Gramp's Hill im Dunkeln völlig verändert wirkten.

Eilig drehte ich um und ging den Weg wieder hinunter. Es war sehr, sehr dunkel zwischen den Weidenbäumen. Auch schien es so, als sei das Gestrüpp plötzlich zum Leben erwacht, jede Menge Laute waren zu hören, Vögel und andere Tiere raschelten und scharrten, und irgendetwas bewegte sich da drinnen. Ich war ganz in meine Gedanken versunken, aber als ich ein kleines Stück gegangen war, fiel mir ein sonderbarer Geruch auf, der mir hin und wieder in die Nase stieg, faulig und schlecht, und das Merkwürdigste war, dass ich ihn auf dem Hinweg nicht bemerkt hatte. Ein paar Mal blieb ich stehen, weil ich neugierig geworden war und versuchen wollte, den Geruch etwas länger in der Nase zu behalten. Ich war mir sicher, einen so seltsamen Geruch noch nie zuvor wahrgenommen zu haben. Aber dafür sollte ich ihn auch so schnell nicht wieder vergessen.

Ich ging ein Stück weiter den Weg hinunter, und dann geschah etwas, das mich stehen bleiben und mit einem Ruck umdrehen ließ! Aus dem Augenwinkel sah ich, wie etwas blitzschnell aus einem der Löcher unter den Wurzeln auftauchte. Es war kein Kaninchen, so viel konnte ich gerade noch erkennen, aber bevor ich mich ganz herumgedreht hatte, war es wieder verschwunden. Noch überlegte ich, was es gewesen sein konnte, als dasselbe wieder geschah, diesmal auf der anderen Seite des Wegs. Wieder fuhr ich herum so schnell ich konnte, doch es war nichts mehr zu sehen.

Jetzt wurde mir das Ganze doch ein wenig unheimlich, und so fiel ich in einen scharfen Trab, um zum Dorf zurück zu kommen. Kurz darauf konnte ich in der zunehmenden Dunkelheit die Biegung des Wegs erahnen und wusste, dass es nicht mehr weit bis hinunter ins Dorf war. Ich begann mich etwas sicherer zu fühlen und nahm an, dass der Spuk für heute vorbei sei.

Doch da hatte ich mich geirrt!

Ein Schreck in der Dunkelheit

So schnell ich konnte, lief ich Gramp's Hill hinunter und auf Compton Basset zu. Ich hatte keine Ahnung, was ich weiter oben am Weg gerade noch aus dem Augenwinkel gesehen hatte, aber im Augenblick war ich auch nicht sonderlich erpicht darauf zu erfahren, was es war. Es war etwas Seltsames, Rätselhaftes, da war ich mir sicher. Es wurde dunkel, und daher schien es mir nicht der richtige Zeitpunkt zu sein, den Neugierigen zu spielen. Außerdem verspürte ich nicht die geringste Lust, gerade jetzt zwischen den Bäumen und Büschen herumzukriechen, um festzustellen, was das für merkwürdige Tiere waren, die in den Löchern unter den Wurzeln der alten Weidenbäume lebten.

Jetzt hatte ich beinahe die Biegung des Wegs erreicht, von wo aus es nicht mehr weit bis zum Pfarrhaus war, und ich atmete erleichtert auf. Aber dann geschah es wieder! Plötzlich tauchte etwas zwischen den Büschen aus der Erde auf, diesmal weiter unten am Weg, ein Stück vor mir. Bevor ich richtig sehen konnte, um was es sich handelte, war dieses Was-auch-immer ganz aus dem Loch heraus und verschwand hinter einem Baum – oder vielleicht auf ihn hinauf. Trotz der Dunkelheit konnte ich erkennen, dass es ein großes Tier sein musste, wohl gut halb so groß wie ein Mensch. Das allein war schon seltsam genug, aber das Merkwürdigste war, dass es aufrecht auf zwei Beinen zu gehen schien, gerade so wie ein Mensch. Aber mir war kein Tier bekannt, das in England lebt und auf zwei Beinen geht.

Jetzt lief ich noch schneller, denn mir war ehrlich gesagt ein bisschen mulmig zumute. Immer häufiger geschahen nun seltsame Dinge auf beiden Seiten des Wegs. Blitzschnell tauchte etwas aus einem der Erdlöcher auf, um genauso schnell wieder zu verschwinden, sobald ich den Blick in seine Richtung wandte. Und obwohl ich sie nicht richtig sehen konnte, meinte ich doch, dass immer mehr dieser merkwürdigen Wesen nicht wieder zurück in ihre Löcher sprangen, sondern stattdessen zwischen die Bäume huschten und sich dort versteckten. Sie mussten sehr geschickt sein, was das anging, denn ganz egal wie sehr ich mich auch bemühte, ich konnte sie doch nie richtig sehen.

Schon wieder tauchte etwas vor mir auf, hinter einem der Bäume zu meiner Rechten, aber diesmal war ich schlauer und zu schnell für das Wesen. Zuerst tat ich, als hätte ich es überhaupt nicht bemerkt, und sah einfach geradeaus. Dann fuhr ich schnell wie der Blitz herum! Da, direkt vor mir, erhaschte ich einen Schimmer des seltsamsten Augenpaars, das ich je gesehen hatte. Die Augen waren groß, riesengroß verglichen mit denen eines Menschen, sie waren oval und fast dreimal so hoch wie breit. In der Dunkelheit blickten sie mich an, aber dann – ohne dass der geringste Laut zu hören gewesen wäre – verschwanden sie wieder.

Ha!, dachte ich mir, zumindest habe ich einen von ihnen überrascht. Vielleicht kriegen sie jetzt etwas Respekt und merken, dass sie nicht so ohne weiteres ihre Spielchen mit mir treiben können.

Doch ich hatte kaum zu Ende gedacht, als ich ein merkwürdiges Geräusch vernahm – »Sswiiissshh« machte es über mir, etwas durchschnitt die Luft –, und es hörte sich an, als ob es schnell, sogar sehr schnell auf mich zukäme! Ich erstarrte, und dann bekam ich den größten Schreck meines Lebens: Ohne die geringste Vorwarnung war da plötzlich die seltsamste und hässlichste Fratze, die ich je gesehen habe, direkt vor meinem Gesicht. Und damit nicht genug, sie stand auch noch auf dem Kopf! Die Fratze, die da umgedreht vor mir hing, hatte dieselben riesengroßen, ovalen Augen, die ich kurz zuvor gesehen hatte. Die Nase des Wesens war groß wie eine stattliche Backkartoffel, so eine, wie man sie im August ernten kann, und lange, dicke Haare wuchsen daraus hervor. Auch der Mund war riesengroß, mit dicken Lippen, und hier und da standen borstige Haarbüschel von dem Gesicht ab. Jetzt wusste ich auch, was ich weiter oben am Weg gerochen hatte, denn das Wesen stank erbärmlich! Es sah mich einen Augenblick mit seinen merkwürdigen Augen an, während ich völlig erstarrt dastand.

»Buuh!«, sagte es auf einmal, und ich machte einen Satz zurück und landete auf dem Hosenboden. Das, so meinte das Wesen offenbar, war ein Riesenspaß, denn auf der Fratze erschien ein breites Grinsen, sodass ich die großen, schiefen Zähne sehen konnte, die es im Mund hatte. Außerdem dachte es anscheinend, es könnte ja mal ausprobieren, ob das noch einmal klappen würde.

»Buuh!«, sagte es wieder, während es noch immer mit dem Kopf nach unten über mir hing. So gut ich konnte, schob ich mich noch ein Stück zurück, doch dann wurde es mir zu bunt. Ich sprang auf und wollte es packen – fest entschlossen, ihm eine Lehre zu erteilen, mir so einen Schrecken einzujagen und sich auch noch über mich lustig zu machen!

Aber gerade als ich nach dem Wesen greifen wollte, machte es wieder »Sswiiissshh!«, und es verschwand genauso plötzlich in der Dunkelheit zwischen den Bäumen, wie es aufgetaucht war. Ich griff ins Leere, fuchtelte mit den Armen im Dunkeln herum und blieb schließlich mit offenem Mund zurück.

Dann tippte mich etwas auf die Schulter, und wahrhaftig! – da, direkt hinter mir, war eine ganz ähnliche Fratze, und auch sie stand auf dem Kopf.

»Buuh!«, sagte auch sie, und wieder sprang ich zurück, was bei dem Wesen das vergnüglichste Grinsen hervorrief, das man sich überhaupt vorstellen kann.

»Hö, hö, hö, hö!«, lachte es mit seiner tiefen, rauen Stimme, immer noch mit dem Kopf nach unten hängend.

»Ich sag dir gleich mal buuh, du!«, rief ich und sprang auf das Wesen zu, aber ich hätte es besser wissen müssen.

»Sswiiissshh!« machte es wieder, und dann war auch dieses Exemplar verschwunden.

Nun wusste ich kaum noch, in welche Richtung ich musste. Mir war, als hätte ich zu viel Blinde Kuh gespielt, und um mich wieder zu orientieren, drehte ich mich noch einmal rundherum und schaute in alle Richtungen. Da wurde mir klar, dass eine ganze Menge dieser merkwürdigen Geschöpfe aus den Löchern auf beiden Seiten des Wegs aufgetaucht waren, und jetzt waren sie nicht mehr so scheu! Allesamt sahen sie mich mit ihren merkwürdigen Augen an – teilnahmslos, wachsam und unergründlich zugleich. Ich meinte, auch etwas Trauriges in ihren Blicken zu erkennen, aber ich befürchte, dass es nur für uns Menschen so aussieht und sie uns damit glauben machen wollen, sie hätten keinerlei Streiche und Schabernack im Sinn.

Es sah nicht sehr gut für mich aus! Ich wusste nicht, was diese Wesen vorhatten, aber es waren sehr viele, und so beschloss ich, dass es nun an der Zeit war zu rennen, was die Füße hergaben!

Ob mir das geholfen hätte, sollte ich nie erfahren, denn noch bevor ich loslaufen konnte, erlebte ich eine neue Überraschung. Mit einem Mal veränderte sich der Ausdruck in all den Fratzen um mich herum. Ich konnte sehen, wie es in ihren teilnahmslosen Augen unruhig flackerte, und fast ohne ein Geräusch zu verursachen, sprangen sie plötzlich alle zurück in ihre Löcher und waren verschwunden, buchstäblich wie vom Erdboden verschluckt!

Im selben Augenblick hörte ich Glockengeläut und sah ein Stück weiter unten auf dem Weg einen Lichtschein. Um die Biegung kamen ein paar Leute mit Fackeln und Taschenlampen. Ich ging ihnen entgegen. Es waren vier Männer aus dem Dorf, und ich muss zugeben, dass ich sehr erleichtert war, sie zu sehen.

»He!«, rief der, der voranging. Es war der alte Nathan, der seit einigen Jahren der Doktor des Dorfes war. In der einen Hand hielt er eine große Messingglocke. »Wir dachten, es wäre besser, wenn wir heraufkommen und nachsehen, ob alles in Ordnung ist. Es wird ja schon dunkel, aber du siehst aus, als hättest du dich ganz gut gehalten.« Er hob die Fackel, um mich besser sehen zu können.

»Ja, danke«, sagte ich, »aber jetzt würde ich doch gerne wissen, warum ihr nachts immer eure Türen abschließt und was das für Geschöpfe sind, die mir gerade einen Schrecken eingejagt haben, dass ich fast tot umgefallen wäre.«

»Nun ja!«, sagte der alte Nathan. »Ich hatte mir schon gedacht, dass du ihre Bekanntschaft machen würdest, wenn du so im Dunkeln hier oben herumläufst. Es war sicher gut, dass wir gekommen sind. Aber du hast Recht, wir schulden dir eine Erklärung. Gehen wir zu mir nach Hause, dann erzähle ich dir die Geschichte von den Heckentrollen in Compton Basset.«

Die Sage vom fremden Wanderer

Nachdem ich zu Hause gewesen war und Bescheid gesagt hatte, dass ich den Abend beim alten Nathan verbringen würde – und mich überzeugt hatte, dass alle Türen abgeschlossen waren –, ging ich zu dem kleinen Haus unten am Kresseteich zurück, in dem Nathan wohnte.

Als wir uns in den gemütlichen alten Sesseln vor Nathans Kamin niedergelassen, uns jeder eine Tasse Tee eingeschenkt und Nathan seine Pfeife gestopft und angezündet hatte – eine langwierige Angelegenheit, denn das musste sehr sorgfältig gemacht werden –, begann er endlich zu erzählen:

»Jetzt, nachdem du die Trolle selbst gesehen hast und mich sicher nicht mehr für verrückt halten wirst, sollst du die ganze Geschichte hören – oder zumindest das, was man davon kennt.« (Als Nathan das sagte, war ihm deutlich anzumerken, dass er sich selbst für denjenigen im Dorf hielt, der am meisten über die Trolle wusste.)

»Wie du sicher weißt, ist Compton Basset ein sehr, sehr altes Dorf. Schon zu der Zeit, als noch die Wikinger in den Ländern weiter im Norden herrschten, lebten hier Menschen, und das ist mehr als tausend Jahre her. Seitdem und bis vor etwa hundert Jahren war der Weg oben auf dem Höhenzug eine der wichtigsten Handelsstraßen in England, und viele Krämer und andere Handelsleute benutzten ihn und brachten Waren von weit her mit. Compton Basset war bekannt für sein gutes Gasthaus, wo man als Krämer auch die Chance hatte, gute Geschäfte zu machen. Deshalb wurde der Weg, der heute Gramp's Hill heißt und von den Hügeln in unser Dorf hinunter führt, sehr oft benutzt. Mit den Jahren wurde er immer schlechter, und wenn es kräftig regnete, spülte das Wasser die Erde an den Rändern weg. Deshalb baute man schließlich die Wälle auf beiden Seiten des Wegs.

Im 19. Jahrhundert, also vor ungefähr hundertfünfzig Jahren, kam ein reicher Gutsherr in die Gegend und ließ sich hier in Compton Basset nieder. Der Gutsherr konnte sich sehr viel schönere Dinge leisten als das, was man bei den Krämern kaufen konnte, und er besaß viele Sachen aus Gold und Silber, die in London angefertigt worden waren. Angeblich benutzte der Gutsherr all die schönen Dinge nur, um seinen Wohlstand zu zeigen. In Wirklichkeit war er aber viel mehr an den spannenden und manchmal auch geheimnisvollen Dingen interessiert, die die Krämer und Händler auf ihren Reisen von weit, weit her mitbrachten, und er kaufte und sammelte alles, was er kriegen konnte. Deshalb hatte er dem Wirt im Gasthaus gesagt, er solle alle Krämer und Händler, die in das Dorf kamen, zu ihm in sein Haus schicken, damit er sich anschauen konnte, was sie bei sich hatten.«

Nathan machte eine Pause, während er an seiner Pfeife paffte und einige feine, kleine, runde Rauchwölkchen an die Decke des kleinen Zimmers blies. Nachdenklich sah er ihnen zu, wie sie dort oben entlangwanderten und Verstecke in Rissen und Spalten fanden. Dann erzählte er weiter:

»Ob sich die Geschichte genau so abgespielt hat, weiß niemand ganz sicher, aber die Sage wurde jedenfalls über viele Generationen hinweg von den Einwohnern hier in Compton Basset so überliefert, wie ich sie dir jetzt erzählen werde.

An einem Herbstabend vor vielen, vielen Jahren tobte ein Unwetter mit Blitz und Donner über Compton Basset. Wolken so grau und schwer wie Blei jagten den ganzen Tag über die Hügel und ließen kaum Tageslicht bis hinunter ins Tal. Zudem war es ausgerechnet der 31. Oktober, der Abend vor Allerheiligen, und deshalb kam den Dorfbewohnern der Himmel wohl noch bedrohlicher vor als sonst, wenn ein Gewitter aufzog. Als die Dunkelheit hereingebrochen war, wurde es draußen pechschwarz, und nur dann und wann zerteilte ein Blitz für einen kurzen Augenblick die Nacht und machte es möglich, sich zu orientieren. Der Wind peitschte den Regen durchs Dorf, und keiner setzte einen Fuß vor die Tür. Man wusste ja sehr gut, welcher Abend es war, und das Unwetter tat sein Übriges, um die Leute zu beunruhigen.

Drüben im Gasthaus hatten sich einige Einwohner versammelt. Sie waren sehr damit beschäftigt, sich gegenseitig zu versichern, dass sie keineswegs Angst hatten, weder wegen des Wetters noch weil es der Abend vor Allerheiligen war. Trotzdem verspürte offenbar keiner von ihnen große Lust, nach

Hause zu gehen. Nur Goodwin, der Wirt, ließ sich von der angespannten Stimmung nicht anstecken, denn er hatte ein ruhiges Gemüt und war ein vernünftiger Mensch und hatte seinerzeit schon sehr viel erlebt. Jetzt hatte er allen ihr Essen serviert und würde so langsam den Herd kalt werden lassen und die Küche schließen, denn in einer solchen Nacht erwartete er keine Reisenden mehr.

Aber einige Stunden, nachdem es dunkel geworden war, flog plötzlich die Tür zur Gaststube auf und ein seltsamer Mann, dem das Wasser nur so von seinen Sachen floss, trat ein. Er muss den Leuten einen gewaltigen Schrecken eingejagt haben, denn sie konnten sich nicht vorstellen, dass sich irgendjemand – und schon gar nicht rechtschaffene Leute – in einer Nacht wie dieser draußen herumtrieb. Es war klar, dass der Mann von sehr weit her kommen musste, denn er sprach etwas merkwürdig und seine Kleidung sah ganz anders aus als alles, was man bisher in Compton Basset gesehen hatte. Er trug einen langen, blauen Umhang und einen hohen, spitzen Hut, der oben umgebogen war. Auf dem Rücken hatte er einen kleinen Reisesack, der aus einer besonderen Art von Leder gemacht zu sein schien.

Der Fremde bat um eine Mahlzeit und ein Zimmer für die Nacht. Er erklärte, bald zu Bett gehen zu wollen, da er am nächsten Morgen schon bei Sonnenaufgang weiter müsse. Goodwin gab dem Mann, worum er gebeten hatte, und schickte den Küchenjungen mit einem Bescheid über die Ankunft des Fremden zum Haus des Gutsherrn. Der Gastwirt rechnete damit, dass der Gutsherr sehr begierig sein würde zu sehen, was der merkwürdige Mann bei sich hatte.

Und da vermutete er ganz richtig. Gerade als der Fremde fertig gegessen hatte und sich sein Zimmer zeigen lassen wollte, traten zwei Diener des Gutsherrn in die Gaststube. Sie baten den Fremden, ihnen zum Haus des Gutsherrn zu folgen und als dessen Gast einen Becher Wein zu genießen. Zu ihrer großen Überraschung lehnte der Fremde ab. Höflich bat er die

Diener, dem Gutsherrn seine Grüße zu übermitteln und ihm für seine Gastfreundschaft zu danken.

›Aber‹, sagte der Fremde, ›ich bin sehr müde, denn ich bin den ganzen Tag gewandert, und meine Kleider sind durchnässt. Außerdem beabsichtige ich, morgen sehr früh weiterzuziehen.‹

Solche Rede hatte man in Compton Basset noch nie zuvor gehört! Die Leute hatten angenommen, der Mann sei ein Krämer, und Krämer waren normalerweise sehr froh darüber, ins Haus des Gutsherrn eingeladen zu werden, denn dort hatten sie gute Chancen, einen günstigen Handel abzuschließen. Doch dieser Fremde war überhaupt nicht interessiert, und mehr noch, seine Ablehnung würde vom Gutsherrn ganz sicher nicht gut aufgenommen werden. Der Gutsherr war es gewohnt, seinen Willen zu bekommen, und wenn er jemanden in sein Haus einlud, dann erwartete er, dass man sich einfand und dankbar für die Einladung zeigte.

Das wussten die Diener sehr gut, und daher wollten sie nicht ohne den Fremden zum Haus des Gutsherrn zurückkehren. Sie bestanden darauf, dass der Fremde ihnen folgen möge, und machten ihm klar, dass sich alle Besucher von Compton Basset besser dem Willen des Gutsherrn fügen sollten, sonst könnte es ernste Folgen haben! Der Fremde sah nun ein, dass er keine Wahl hatte, und so ging er widerwillig mit ihnen, wieder hinaus in das Unwetter.

Der Gutsherr hieß den Fremden willkommen, bat ihn, sich in dem großen Kaminzimmer niederzulassen, und bot ihm einen Becher Wein an. Dann sprach er begeistert von seiner eigenen Gastfreundschaft und wie interessiert er daran war, Neuigkeiten von weit her zu hören. Aber der Fremde antwortete abweisend: ›Von dort, wo ich herkomme, gibt es nicht viel Neues zu berichten. Die Menschen streiten sich um Land und Gold, wie sie es überall tun, und die Leute, die in Frieden leben wollen, kümmern sich nur um ihre eigenen Angelegenheiten. Im letzten Monat bin ich jeden Tag so weit wie nur möglich gereist und habe auf meinem Weg kaum ein Wort mit irgendjemandem gewechselt, sodass ich nicht viel erzählen kann. Auch heute bin ich sehr weit gewandert, und ich bin müde und völlig durchnässt. Obwohl ich Ihre Gastfreundschaft sehr zu schätzen weiß, muss ich doch sagen, dass es sehr schwierig war, den Weg hier hinunter nach Compton Basset zu finden. Als ich ihn endlich gefunden hatte, erwies er sich als nicht sehr angenehm! Ich bin beinahe den Weg hinuntergespült worden und ein paar Mal ausgerutscht, sodass meine Kleider vom Schlamm und Matsch ganz schmutzig sind.‹

Der Gutsherr verstand den Fremden sehr gut. Im Stillen beschloss er, dass an dem Weg von den Hügeln hinunter ins Dorf etwas getan werden musste, damit seine geschätzten Krämer und Händler ganz bequem nach Compton Basset und zu ihm zu Besuch kommen konnten. Doch er hatte keineswegs im Sinn, den Fremden gehen zu lassen, bevor er herausgefunden hatte, was er in seinem seltsamen Sack mit sich trug. Darum sagte er: ›Ich bin immer sehr interessiert an Dingen, die von weit her kommen. Ich sammle sie als Erinnerung an alle, die in meinem Haus zu Gast gewesen sind. Willst du mir nicht zeigen, was du da in deinem Sack hast? Wenn du etwas hast, das gut in meine Sammlung passt, will ich dich dafür großzügig bezahlen.‹

Jetzt wurde der Fremde unruhig und antwortete: ›Ich habe nichts bei mir, was für einen so vornehmen Mann wie den Gutsherrn von Compton Basset von Interesse sein könnte, aber sollte ich wieder hierher kommen, werde ich das Ungewöhnlichste mitbringen, das ich auf meinen Reisen finden kann.‹

Es sollte sich noch zeigen, wie wahr dieses Versprechen einmal werden würde, aber das konnte der Gutsherr jetzt noch nicht wissen, und so bestand er darauf zu sehen, was der Fremde in seinem Sack bei sich trug. Wieder war der Reisende gezwungen nachzugeben und öffnete seinen seltsamen Sack. Aber er tat es nur sehr langsam und widerwillig und sein scharfer Blick bohrte sich in die Augen des Gutsherrn, den mit einem Mal ein so mulmiges Gefühl beschlich, dass er sich abwandte.

Die roten Weidenbaumsamen

Widerstrebend breitete der Fremde den Inhalt seines Reisesacks auf dem Boden zwischen sich und dem Gutsherrn aus.

Es waren nur drei Dinge. Das erste war ein kleines, ledernes Säckchen, in dem sich Bronze-, Silber- und Goldmünzen befanden, mit denen der Fremde auf seiner Reise wohl bezahlte. Aber davon hatte der Gutsherr natürlich selbst eine ganze Menge; deshalb interessierte ihn Geld nicht im Mindesten. Das zweite war in ein wunderschön gefärbtes Tuch eingewickelt. Es war die kleine, silberne Figur eines Mädchens. Winzige Edelsteine bildeten ihre Augen. Wenn man die Figur drehte, funkelten sie. Aber das Sonderbarste an ihr war, dass sie in der einen Hand hoch über ihrem Kopf ein Büschel hielt, das so ähnlich wie der Schwanz eines Esels aussah. In der anderen hielt sie einen kleinen, länglichen, schwarzen Kristall, der eigenartig leblos wirkte. Nie zuvor hatte der Gutsherr eine so seltsame Figur gesehen, und er nahm sie und betrachtete sie sehr interessiert. Schließlich war da noch ein kleiner Beutel aus Leder, doch machte der Fremde keinerlei Anstalten, ihn zu öffnen.

›Was hast du in dem zweiten Beutelchen da, Fremder?‹, fragte der Gutsherr, nachdem er die kleine Silberfigur wieder weggelegt hatte. Der Fremde antwortete ausweichend.

›Das sind nur Pflanzensamen – von einfachen Weidenbäumen‹, sagte er. Aber wieder verlangte der Gutsherr, sie zu sehen, und zum dritten Mal musste der Fremde nachgeben. Sorgfältig breitete er das feine Tuch in den wunderschönen Farben auf dem Boden aus und schüttete den Inhalt des Beutelchens

vorsichtig darauf aus. Zur Überraschung des Gutsherrn war es tatsächlich das, was der Fremde gesagt hatte: kleine, flaumige Samen, und sie sahen wirklich wie die Samen von Weidenbäumen aus. Doch hatten sie etwas Ungewöhnliches an sich, denn sie waren nahezu rot und schimmerten ein wenig.

›Sag mir, Fremder‹, sagte der Gutsherr, ›warum trägst du Weidenbaumsamen mit dir herum? Weiden wachsen doch überall, und an den meisten Stellen sogar ohne dass Menschen sie gesät hätten.‹

Darauf antwortete der Fremde nicht, und das war ein Fehler, denn nun wurde dem Gutsherrn allmählich klar, dass es mit diesen Samen irgendetwas Besonderes auf sich hatte. Um zu sehen, ob er richtig vermutete, sagte er: ›Ich will natürlich nichts Wertvolles von dir. Lass mich die Samen behalten, als Erinnerung an deinen Besuch in Compton Basset. Auch wenn sie nicht viel wert sind, will ich dir zwei Goldmünzen dafür geben. Und die besten Wünsche für eine gute Reise.‹

Jetzt wurde der Fremde zum ersten Mal ernsthaft nervös, und seine Stimme klang unsicher.

›Ich kann einem so feinen Mann wie dem Gutsherrn von Compton Basset unmöglich etwas so Wertloses überlassen. Möge er stattdessen die kleine Silberfigur hier nehmen. Obwohl es gemessen an der Gastfreundschaft, die man mir hier entgegengebracht hat, nur ein kleines Geschenk ist, ist es das Wertvollste, was ich bei mir habe.‹

Der Gutsherr war sich nun ganz sicher, dass diese Weidenbaumsamen etwas ganz Besonderes sein mussten, und er antwortete: ›Nein, nein, behalte nur deine wertvolle Figur. Die Weidenbaumsamen können uns hier im Dorf sehr nützlich sein, denn ich werde sie an dem steilen Weg säen lassen, der von den Hügeln hier herunter führt. Wenn sie Wurzeln schlagen, halten sie die Erde fest und der Weg wird besser begehbar sein, wenn du vielleicht noch einmal herkommen solltest. Und jetzt musst du mich entschuldigen – es ist spät und ich bin müde. Mein Diener wird dir die zwei Goldmünzen bezahlen, und ich wünsche dir eine gute Reise!‹

Mit diesen Worten zog sich der Gutsherr eilig zurück und vermied es dabei, dem durchdringenden Blick des Fremden zu begegnen. Und so endete der Besuch dieses seltsamen Reisenden beim Gutsherrn von Compton Basset.«

Nathan stopfte den Tabak in seiner Pfeife etwas nach, bevor er fortfuhr.

»Ob sich die Geschichte nun ganz genau so abgespielt hat oder nicht – jedenfalls sollte diese Begegnung zwischen dem Gutsherrn und dem fremden Reisenden zu Ereignissen führen, die das Leben im Dorf für immer veränderten. Die Weidenbaumsamen wurden auf beiden Seiten des Weges vom Pfarrhaus bis hinauf zum Weg auf dem Hügelkamm gesät, und dort stehen die Bäume heute noch.«

»Moment!«, warf ich ein. »Heißt das, dass sie fast hundertfünfzig Jahre alt sind?«

»Ja«, antwortete Nathan, »das sagen die Leute hier zumindest. Und die Baumhecken am Weg haben sich nicht sehr verändert, solange ich lebe, und das Gleiche sagte mein Vater, und sein Vater davor, und da haben wir gut und gerne hundert Jahre beisammen. Aber es sind auch keine gewöhnlichen Weidenbäume. Hör zu, was weiter geschah: Die Dorfbewohner säten also die Weidenbaumsamen, wie der Gutsherr es wünschte. Noch im selben Jahr wuchsen kleine Triebe aus der Erde empor, und nach wenigen Jahren waren die Weidenbäume zu einer für Menschen schier undurchdringlichen Hecke zusammengewachsen. Die meisten Dorfbewohner waren sehr zufrieden, denn die Wurzeln der Weidenbäume breiteten sich schnell aus, und dadurch bekam die Erde Halt und wurde nicht länger weggespült, sobald es stark regnete.

Andere waren von den Weidenbäumen überhaupt nicht angetan. Sie meinten, es sei unnatürlich, dass sie so schnell wuchsen, und es gefiel ihnen auch nicht, dass die Äste krumm und knorrig und nicht wie bei anderen Weidenbäumen gerade gewachsen waren. Und ganz besonders missfiel ihnen, dass die Wurzeln nach nur wenigen Jahren miteinander zu verwachsen schienen und den Boden um die Bäume herum vollständig bedeckten.

Dann, einige Jahre später, zog wieder am Abend vor Allerheiligen ein fürchterliches Unwetter auf. Noch bevor es dämmerte, rollten schon schwere schwarze Wolken über das Tal hinweg, und als die Dunkelheit hereinbrach, wirbelten die letzten Halme des Riedgrases, die der Sommer entlang des Weges zurückgelassen hatte, in heftigen Windböen durch das Dorf. Mit der Dunkelheit kam der Regen, und bald konnten die Dorfbewohner in der Ferne das Grollen des Donners hören. Näher und näher kam das Gewitter, und später am Abend schien es so, als stecke es in dem kleinen Tal und über Compton Basset fest. Und hier ließ es all seine Wut darüber, dass es festsaß und nicht weiter konnte, an dem kleinen Dorf aus, jedenfalls konnte man das meinen, denn die Erde bebte beinahe unter der Gewalt des Unwetters. An diesem Abend gab es keinen im Dorf, der es wagte, sich einfach hinzulegen und zu schlafen, und erst recht keinen, der sich vor die Tür traute.

Aber noch später am Abend, als alle schon sehr müde waren und die Leute nur noch hofften, das Gewitter möge sich bald ausgetobt haben, flog plötzlich die Tür des Gasthauses auf, ganz so wie vor einigen Jahren schon einmal. Und genau wie damals trat der merkwürdige Fremde, der seinerzeit die sonderbaren Weidenbaumsamen mitgebracht hatte, in die Gaststube. Auch diesmal bat er um eine Mahlzeit, fragte aber nicht nach einem Zimmer. Also schlug ihm der Gastwirt, der gute Goodwin, vor, bis zum nächsten Morgen zu bleiben, da es draußen ja schon längst dunkel sei und die Nacht auch nicht im Geringsten angenehm zu werden versprach. Aber der Fremde lehnte ab. Er wolle diese Nacht noch weiter, sagte er, und habe nur Halt gemacht, um seinen Hunger zu stillen. Dann lachte er vor sich hin, ohne dass die anderen in der Gaststube gewusst hätten, warum. Schließlich sagte er: ›Nun ja, ich bin auch gekommen, um eurem Gutsherrn ein Geschenk zu bringen, wie ich es versprochen hatte, als ich das letzte Mal hier war‹, und dann lachte er wieder.

Das war den Leuten aus dem Dorf nun doch nicht ganz geheuer, und allmählich machte ihnen der Fremde ein wenig Angst, denn viele glaubten, er sei ein Zauberer. Er hatte ja die Samen dieser merkwürdigen Weidenbäume mitgebracht, die jetzt am Gramp's Hill wucherten. Der Gastwirt fragte, ob er einen Boten zum Gutsherrn hinüberschicken solle, damit der Fremde sein Geschenk überreichen könne.

›Nein, danke‹, sagte der Fremde, ›behalte deinen Küchenjungen nur für den Abwasch hier. Um mein Geschenk eurem Gutsherrn zu übergeben, brauche ich ihn nicht zu besuchen. Außerdem würde er es mir sicher wieder bezahlen wollen, und das möchte ich auf keinen Fall!‹ – Und dann lachte er wieder, diesmal noch lauter als zuvor.

Das gefiel den Leuten in der Gaststube ganz und gar nicht. Sie verstummten, aber schon kurz darauf begannen sie in ihren Ecken und Winkeln miteinander zu flüstern. Wenig später stand der Fremde auf, legte das Geld für die Mahlzeit auf den Tisch, nickte den Leuten zu und verließ ohne ein weiteres Wort das Gasthaus. Kaum war er aus der Tür, fingen alle fast gleichzeitig zu reden an.

›Ich wüsste nur zu gerne, was der arme Teufel mit seinem *Geschenk* im Schilde führt‹, sagte einer.

›Ja, und ich wüsste nur zu gerne, dass er seiner Wege geht und hier nicht mehr auftaucht‹, sagte ein anderer.

›Mir kommt der Kerl komisch vor. Wenn der mal nur nichts mit Hexerei zu tun hat‹, sagte ein Dritter.

Da hob Goodwin die Hände, damit sie aufhörten, alle durcheinander zu reden, und als es ruhig geworden war, sagte er: ›Wir wissen nicht, ob der Fremde etwas mit Zauberei zu tun hat, auch wenn das, was er gesagt hat, sehr seltsam war. Aber damit alle wieder ihren Frieden haben, mache ich einen

Vorschlag: Obwohl es keine Nacht ist, in der man gerne draußen herumläuft, könnte es wohl nicht schaden, wenn wir dem Fremden nachgehen und beobachten, wie er unser Dorf verlässt, ohne irgendwen oder irgendetwas verhext zu haben.‹

Schnell einigten sie sich darauf, dass der Gastwirt und noch zwei andere dem merkwürdigen Fremden folgen, ihn im Auge behalten und herausbekommen sollten, womit er sich bei Nacht und Nebel dort draußen zu schaffen machte.

Die Heckentrolle von Compton Basset

Goodwin und die beiden anderen mussten sich nun sehr beeilen, denn während sie noch in der Gaststube saßen und redeten, konnte der Fremde schon in der Dunkelheit verschwunden sein. Als die Männer aus dem Gasthaus traten, konnten sie zuerst gar nichts sehen. Um sie herum war alles schwarz, und der Regen peitschte ihnen ins Gesicht. Dann zerriss ein mächtiger Blitz die Nacht, und in dem kurzen Augenblick, in dem alles hell erleuchtet war, sahen sie die Umrisse einer Gestalt weiter oben am Weg, wo es zum Gramp's Hill hinaufgeht. Der Fremde war ihnen also schon ein ganzes Stück voraus, aber die Silhouette seines hohen, spitzen Hutes, der oben umgebogen war, ließ selbst auf diese Entfernung keinen Zweifel aufkommen.

›Er will wieder den Weg zurück, Gramp's Hill hinauf‹, sagte Goodwin. ›Kommt, wir nehmen eine Abkürzung!‹

Goodwin bog in einen kleinen Pfad ein, der hinter der Kirche und dem Pfarrhaus entlanglief. Die beiden anderen waren froh, nicht vorangehen zu müssen, und bemühten sich so gut es ging, hinter ihm herzukommen.

Als sie das Pfarrhaus hinter sich gelassen hatten und wieder auf den Weg kamen, waren sie so nah an den Fremden herangekommen, dass sie seine Gestalt wie einen Schatten vor sich in der Dunkelheit erahnen konnten. Jetzt wagte Goodwin nicht, zu sprechen oder auch nur zu flüstern, denn er fürchtete, der Fremde könnte sie hören. Stattdessen winkte er den anderen, ihm zu folgen. So schlichen sie Gramp's Hill ein gutes Stück hinauf, hinter dem geheimnisvollen Fremden her, bis sich Goodwin sicher war, dass dieser tatsächlich zu dem

Handelsweg oben auf dem Hügelkamm zurückging und seine Reise fortsetzen wollte – obwohl es ein denkbar schlechter Zeitpunkt dafür war. Das Unwetter wurde noch heftiger, und immer öfter zuckten Blitze durch die Nacht. Goodwin wusste sehr gut, dass es nicht ungefährlich war, sich in einer Nacht wie dieser im Freien aufzuhalten. Außerdem war es die Nacht vor Allerheiligen, und das allein war schon Grund genug, umzukehren und sich immer der Nase nach schleunigst in die eigenen vier Wände zu begeben.

Aber gerade jetzt blieb der Fremde plötzlich stehen und nahm seinen Rucksack von der Schulter. Die drei Männer aus dem Dorf standen mucksmäuschenstill da und hielten den Atem an. Der Fremde beugte sich über seinen Reisesack, löste die Schnur, öffnete ihn – und nun geschah etwas sehr Sonderbares. Er nahm einen kleinen Käfig aus dem Sack, hielt ihn einen Moment vor sich hin und sah hinein. Dann stellte er den Käfig auf die Erde und öffnete ihn. Es blitzte nun so häufig, dass die drei Männer aus dem Dorf sehr gut sehen konnten, was vor sich ging. Zuerst kam eine kleine Hand mit schlanken Fingern zum Vorschein, die den Rand der Käfigtür ergriff. Dann folgte ein kleiner Kopf mit großen, ovalen Augen und einer gewaltigen Nase. Wachsam blickte das Wesen um sich, dann sprang es mit einem Satz aus dem Käfig. Die drei Männer standen vor lauter Verblüffung ganz steif da – das kleine Wesen, das vor dem Fremden stand und ihm kaum bis zum Knie reichte, konnte nichts anderes sein als ein Troll! Es hatte dicke, sich ein wenig kräuselnde Haare auf dem Kopf, kräftige Hände und Füße, an denen die gleichen Haare wuchsen, und einen kleinen, rundlichen Körper. Aber dass es ein Troll sein musste, den sie da vor sich hatten, erkannten sie daran, dass es einen langen Schwanz hatte, der in einem dichten Büschel kräftiger Haare endete! Der kleine Troll stand da, hielt das Büschel in seiner linken Hand und wühlte mit dem Zeigefinger der rechten Hand ein wenig darin herum, während er sich umsah. Als er ein Weilchen so dagestanden hatte, war er sich offenbar sicher, dass keine Gefahr bestand, und gab einige seltsame Laute von sich. Jetzt tauchten noch mehr kleine Trolle auf, einer nach dem anderen. Alle streckten sie zuerst den Kopf aus dem Käfig und sahen sich um, dann hopsten sie hinaus, stellten sich neben den ersten Troll und warteten. Der Fremde begann mit sanfter Stimme zu sprechen. Vielleicht redete er mit den Trollen, vielleicht auch nur mit sich selbst, aber die drei Männer aus dem Dorf konnten deutlich hören, was er sagte: ›Ich habe dem Gutsherrn versprochen, ihm das Merkwürdigste mitzubringen, das mir auf meinen Reisen begegnet ist. Nun kann ich mein Versprechen erfüllen und es ihm heimzahlen, dass er mir die Ewigen Weiden gestohlen hat, für die ich so viel durchgemacht habe.‹

Dann gab es keinen Zweifel mehr, dass er zu den Trollen sprach: ›Lauft nun, meine kleinen Freunde. Wachst und werdet groß, und bereitet dem Gutsherrn von Compton Basset stets Freude und Vergnügen!‹ Und er lachte vor sich hin.

Aber die kleinen Trolle blieben einfach stehen und sahen ihn an. Der Fremde wurde ungeduldig und versuchte sie mit ein paar heftigen Handbewegungen wegzuscheuchen. ›Jetzt lauft schon! Hier stehen unzählige von den schönen Weidenbäumen, die ihr so gerne habt, also lauft los und versteckt euch.‹ Aber die Trolle rührten sich immer noch nicht. Schließlich tat der Fremde etwas, von dem er sicher selbst nicht ahnte, was er damit heraufbeschwor.

›Buuh!‹, sagte er, um sie wegzujagen, aber auch das machte offensichtlich nicht den geringsten Eindruck, jedenfalls nicht sofort, denn noch immer blieben die Trolle einfach stehen, wo sie waren.

Dann sprang der kleine Troll, der vorne stand, plötzlich zu dem Fremden hin, und mit seiner schwachen, dünnen Stimme sagte er: ›Buuh!‹

Der Fremde musste so lachen, dass er den Kopf in den Nacken legte und fast gar nicht mehr aufhören konnte. Schließlich richtete er sich auf, hängte sich seinen Reisesack wieder über die Schulter, und dann wanderte er, immer noch lachend, weiter Gramp's Hill hinauf. Noch lange nachdem die Nacht ihn verschluckt hatte, konnten die drei Männer aus dem Dorf sein Lachen hören, das unheimlich durch die Dunkelheit schallte.

Eine Weile standen die Trolle da und sahen dem Fremden nach, versuchten aber nicht, ihm zu folgen. Jetzt traten die drei Dorfbewohner etwas näher heran, um sich die Trolle genauer anzusehen, aber kaum hatten diese ihre Schritte gehört, sprangen sie davon und waren zwischen den Bäumen und Büschen verschwunden.

›Wir haben seltsame Dinge gesehen heute Nacht‹, sagte Goodwin. ›Aber es gibt keinen Grund, noch länger hier zu bleiben. Wir können ebenso gut ins Dorf zurückgehen.‹

Die anderen hatten nicht die geringste Lust, ihm zu widersprechen, und darum drehten sie um und marschierten schnurstracks zurück nach Hause. Gerade als sie vom Weg auf den kleinen Pfad abbiegen wollten, der hinter dem Pfarrhaus entlangführt, kam vor ihnen etwas aus dem Unterholz geschossen.

›Buuh!‹, sagte der kleine Troll mit seinem dünnen Stimmchen, aber es reichte, um ihnen allen dreien den ersten von vielen Schrecken einzujagen.«

Ein Schornstein, der (wirklich) zieht

Ja, so sollen also die Trolle nach Compton Basset gekommen sein.« Obwohl Nathans Erzählung einfach ungeheuerlich war, tat ich doch gut daran zu glauben, dass sie im Großen und Ganzen wahr sein musste. Schließlich war es erst ein paar Stunden her, dass ich selbst mit den Heckentrollen Bekanntschaft gemacht hatte.

»Zuerst gab es nicht viele im Dorf, die Goodwin und seinen beiden Freunden glaubten«, fuhr Nathan fort. »Die meisten dachten, in der Dunkelheit müsse ihre Phantasie mit ihnen durchgegangen sein. Es war ja immerhin der Abend vor Allerheiligen gewesen, und noch dazu dieses fürchterliche Unwetter.

Aber mit den Jahren gab es immer mehr, die nicht mehr leugnen konnten, dass am Gramp's Hill seltsame Dinge vor sich gingen. In den ersten Jahren waren es meistens Besucher, die ins Dorf kamen, Händler und andere Reisende, die merkwürdige Dinge erlebten, wenn sie nach Einbruch der Dunkelheit den Weg hinauf oder hinunter gingen. Die Trolle waren zwar größer, aber dennoch scheuer geworden, und kaum einer bekam sie direkt zu Gesicht. Stattdessen gab es immer mehr Leute, die zu spüren bekamen, dass hier Trolle lebten! Dennoch vergingen einige Jahre, bis alle Einwohner im Dorf – und ganz besonders der Gutsherr – wirklich glaubten, dass es in Compton Basset Trolle gab.

Einmal, es war im Herbst, kam ein Mann ins Dorf, der in der Gegend herumreiste und sich darum kümmerte, dass die Kamine und Schornsteine der Leute richtig zogen. Damals war es ungeheuer wichtig, dass die Schornsteine gut zogen, denn in den meisten Häusern war ein ordentliches Kaminfeuer die einzige Möglichkeit, es angenehm warm zu bekommen. Viele der Kamine in dem großen Haus des Gutsherrn konnten kaum noch benutzt werden, denn sie waren seit Jahren nicht mehr gesäubert worden und ziemlich verstopft, sodass sie nicht mehr richtig zogen, und deshalb hatte er jemanden kommen lassen, der sich auf solche Dinge verstand.

Als der Schornsteinfeger nun eines Abends in Compton Basset ankam und in die Gaststube trat, stand ihm der Schrecken noch ins Gesicht geschrieben. Er erzählte, dass ihn auf dem Weg hinunter ins Dorf plötzlich jemand von hinten auf die Schulter getippt habe. Als er sich umgedreht habe, sei niemand zu sehen gewesen, aber in diesem Moment habe ihn jemand auf die andere Schulter getippt – und auch auf dieser Seite sei niemand gewesen. Während er sich noch darüber gewundert habe, was in aller Welt hier vor sich ging, habe ihn auf einmal eine Hand am Kragen gezogen und ihm blitzschnell eine ganze Ladung eiskalter Waldschnecken ins Hemd gesteckt. Die meisten in der Gaststube wussten, wer da sein Unwesen getrieben hatte. Trotzdem wollte keiner darüber reden, denn sie wurden jedes Mal ausgelacht, wenn sie von den Trollen erzählten. Aber nun sollte es nicht mehr lange dauern, und keiner würde mehr über sie lachen!

Ärgerlich, dass ihm niemand erklären wollte, was er da erlebt hatte, verkündete der Schornsteinfeger laut und deutlich, dass die Leute in Compton Basset ja nicht glauben sollten, sie könnten ihren Schabernack mit ihm treiben und ungeschoren davonkommen! Der Gastwirt und seine Freunde, die die Trolle ja einige Jahre zuvor gesehen hatten, schauten sich zweifelnd an. Sie waren sich nicht so sicher, ob der Schornsteinfeger würde wahr machen können, was er da gerade gesagt hatte.

Am nächsten Tag begann der Schornsteinfeger die Kamine und Schornsteine des Gutsherrn zu säubern. Einige von ihnen waren tatsächlich in einem sehr schlechten Zustand, besonders der in der Küche, der im Schlafzimmer des Gutsherrn und der im großen Saal. Zuerst reparierte er das Mauerwerk, das die Feuerstellen umgab. Das war schnell geschafft, doch mit den Schornsteinen war es nicht so einfach. Am Nachmittag war er so weit, die Schornsteine zu kehren. Er hatte jede Menge Stangen bei sich, die er zusammensetzte, sodass daraus eine einzige sehr, sehr lange Stange wurde. Dann befestigte er an dem einen Ende einen runden Besen, der extra dafür gemacht war, Schornsteine zu kehren. Er sah fast genauso aus wie die Besen, die Schornsteinfeger heutzutage noch benutzen.

Der Schornsteinfeger nahm sich zuerst den Schornstein im Schlafzimmer des Gutsherrn vor, denn er hoffte, damit bis zum Abend fertig zu werden, sodass der Gutsherr es schön warm haben konnte, wenn er heute ins Bett ging. Das würde ihm sicher gefallen. Als Erstes zündete der Schornsteinfeger ein kleines Feuer an, um zu sehen, ob der Schornstein gut zog, aber das tat er nicht. Der Rauch wehte geradewegs ins Zimmer, anstatt durch den Schornstein abzuziehen. Also nahm er seinen Besen und schob ihn weiter und weiter in den Schornstein hinein, um den Ruß auszukehren. Das war harte Arbeit, und sehr viel Dreck und Schmutz fielen in den Kamin hinunter. Rauf und runter musste er den Besen schieben und ziehen, unzählige Male, bis der Schornstein endlich frei war. Wieder zündete er ein kleines Feuer an, um zu prüfen, ob es besser geworden sei, und zu seiner Zufriedenheit breitete sich der Rauch nun nicht mehr im Zimmer aus, sondern verschwand schnurstracks durch den Schornstein. Dann geschah etwas Merkwürdiges! Mit einem Mal zog der Schornstein nicht mehr, und der Rauch wirbelte genau wie zuvor ins Zimmer hinein. Jetzt hatte der Schornsteinfeger mit einem Mal alle Hände voll zu tun, das Feuer zu löschen, sonst würde das Schlafzimmer des Gutsherrn bald völlig eingeräuchert sein – und das hätte diesem wohl kaum gefallen.

Verwundert nahm der Schornsteinfeger wieder seinen Besen, aber als er ihn erneut in den Schornstein schob, war da nichts, das ihn blockiert hätte. Und als er ihn ganz hindurchschob, konnte er merken, dass der Schornstein ganz ausgezeichnet zog. Plötzlich zog er sogar so sehr, dass er seine Stange richtig gut festhalten musste, damit sie nicht nach oben und in den Schornstein hinein verschwand. Dann – genauso plötzlich – hörte es zu ziehen auf! Von hoch oben konnte der Schornsteinfeger ein Heulen und danach ein Geräusch hören, als poltere jemand das Dach hinunter. Sofort zog er die Stange zurück, aber das letzte Stück mit dem Besen fehlte.

Natürlich war es ein Heckentroll, der dem Schornsteinfeger so übel mitspielte. Wenn es dunkel wird, klettern sie oft auf die Dächer der Häuser. Sie können phantastisch klettern und laufen oben auf den Dächern genauso flink herum wie unten auf der Erde, denn sie haben sehr kräftige Zehen, und damit können sie sich an fast allem festhalten, was man sich nur denken kann. Als der Troll den Besen aus dem Schornstein hatte kommen sehen, musste er sich gedacht haben, dass es wohl ganz lustig wäre, daran zu ziehen und zu sehen, ob er damit jemand ärgern konnte. Er konnte nicht wissen, dass der Besen aus mehreren Stücken bestand, und als er zu fest zog, brach das letzte Stück ab und der Troll purzelte das Dach hinunter, das Stück mit dem Besen noch in der einen Hand. Trolle sind jedoch sehr gewandt und geschickt, sodass er es schaffte, sich mit der anderen Hand an der Dachkante festzuhalten.

Der Schornsteinfeger fragte sich natürlich, wo sein Besen geblieben war. Er hatte ja keine Ahnung, dass dort oben ein Heckentroll seine Spielchen trieb. Ein paar Mal versuchte er, den Besen mit der Stange zu erwischen und herunterzuziehen, denn er glaubte, er müsse im Schornstein stecken geblieben sein, aber das funktionierte natürlich nicht. Also streckte er den Kopf unter die Schornsteinöffnung, um nachzusehen, ob der Besen irgendwo da oben festsaß. Aber gerade als er hinaufsah, kam der Besen den Schornstein heruntergewirbelt.

›PUF!‹ Er fiel ihm direkt auf den Kopf. Der Schornsteinfeger lief vor lauter Wut rot an, aber das konnte man gar nicht sehen, so schwarz war er im Gesicht! So etwas war ihm noch nie passiert. Entschlossen steckte er den Besen wieder auf die Stange und versuchte noch einmal, ihn durch den Schornstein bis ganz nach oben zu schieben, und zuerst klappte es auch ganz hervorragend, aber dann wurde am anderen Ende plötzlich schon wieder gezogen, und als er die Stange zurückzerrte, war der Besen einmal mehr verschwunden. Nachdem er mit der Stange herumgestochert hatte, um den Besen zu finden, steckte er schließlich wieder den Kopf in den Schornstein und schaute nach oben. Für einen kurzen Augenblick konnte er einen kleinen, runden Ausschnitt des Sternenhimmels erkennen. Dann verschwanden die Sterne, und ein pfeifendes Geräusch verkündete, dass etwas durch den Schornstein auf ihn herunterwirbelte.

›PUF!‹ machte es, noch bevor er den Kopf zurückziehen konnte, und diesmal wurde der Schornsteinfeger so wütend, dass er wie wild im Zimmer herumsprang. Aber er war keiner, der so leicht aufgab. Jetzt beschloss er nachzusehen, was den Besen dort oben auf dem Dach festhielt – also außer gerade dann, wenn er durch den Schornstein nach oben schaute. Schnell kletterte er die Stufen zum Speicher hinauf, wo es eine kleine Luke gab, die man öffnen und von wo aus man über das Dach sehen konnte. Vorsichtig hakte er die Luke auf und schob den Kopf durch die Öffnung, sah hinüber zum Schornstein und – riss vor Verwunderung die Augen weit auf!«

Nathan schwieg einen Moment und warf einen Blick in die Teekanne. »Ich sollte wohl erst noch etwas Tee kochen, bevor ich weitererzähle«, sagte er. »Man bekommt einen ganz trockenen Hals, wenn man so viel redet.«

Ein sonderbarer Schornsteinbesen

Als Nathan mit dem Tee zurückkam, machte er es sich wieder in dem tiefen Sessel vor seinem Kamin gemütlich. Über dem Kaminsims hing seine alte Angelrute, mit der er so manchen ruhigen Nachmittag beim Fliegenfischen an einem der lauschigen Wasserläufe im Tal verbrachte, um Forellen zu fangen. Wenn man all die ganz gewöhnlichen, aber trotzdem schönen Sachen in seinem netten kleinen Haus betrachtete, konnte man kaum glauben, dass es ganz in der Nähe und manchmal sogar mitten im Dorf etwas so Ungewöhnliches wie Trolle gab.

Aber jetzt war Nathan bereit weiterzuerzählen.

»Ja, was für eine Überraschung für den guten Schornsteinfeger! Im Mondlicht, drüben beim Schornstein, stand ein behaartes Wesen und hielt den Schornsteinbesen in der Hand. Obwohl der Schornsteinfeger noch nie in seinem Leben einen dieser kleinen Strolche gesehen hatte, zweifelte er keinen Moment daran, dass es ein Troll war. Er hatte einen langen Schwanz mit einem Knäuel dicker, borstiger Haare am Ende, große, grobe Füße und Hände, war nur gut halb so groß wie ein Mensch, hatte aber dafür einen mächtigen Kopf und eine kolossale, runde Nase. An vielen Stellen sprossen Büschel langer, widerspenstiger Haare hervor. Der Troll stand da und schaute aufmerksam in den Schornstein hinunter, während er den Besen bereithielt. Jetzt wusste der Schornsteinfeger, warum plötzlich so heftig an dem Besen gezogen worden war und warum dieser immer gerade dann heruntergerasselt kam, wenn er den Kopf vorstreckte, um in den Schornstein zu schauen. Leise schloss er die Luke und lief schnell die Stufen hinun-

ter, um dem Gutsherrn zu berichten, was passiert war und was er oben auf dem Dach gesehen hatte. Aber der Gutsherr und seine Dienerschaft lachten nur über ihn, dass ihnen die Tränen kamen.

›Ein Troll!‹, sagte der Gutsherr. ›Bist du sicher, dass du nicht einfach in den Spiegel geschaut hast, denn du siehst selbst aus wie ein Troll, so schwarz, wie du im Gesicht bist – obwohl ich natürlich noch nie einen gesehen habe.‹ Der Gutsherr und seine Dienerschaft lachten und lachten über den armen Schornsteinfeger, doch dem gefiel es überhaupt nicht, dass man sich über ihn lustig machte.

›Ihr werdet schon sehen, dass ich die Wahrheit gesagt habe!‹, meinte er. ›Gebt mir ein Seil und folgt mir ins Schlafzimmer – aber ihr müsst alle ganz leise sein.‹

So ging die ganze Gesellschaft mit dem Schornsteinfeger an der Spitze in das Schlafzimmer des Gutsherrn. Obwohl die meisten noch immer über die verrückte Geschichte lachten, die der Schornsteinfeger da gerade erzählt hatte, taten sie doch alle, worum er sie gebeten hatte, und waren leise.

›Erst mal muss ich meinen Besen wiederhaben‹, flüsterte der Schornsteinfeger. ›Deshalb muss ich jetzt noch mal in den Schornstein schauen, damit mir der Troll den Besen auf den Kopf werfen kann.‹ Schon wollte er den Kopf unter den Schornstein halten, als der Gutsherr, der sich große Mühe geben musste, um nicht wieder laut loszulachen, ihn zurückhielt. Er wollte sich auf keinen Fall die Gelegenheit entgehen lassen, seiner Dienerschaft zu zeigen, dass er auch ein sehr lustiger Gutsherr sein konnte, der gerne mal einen Spaß machte.

›Wenn da oben wirklich ein Troll ist‹, flüsterte er mit einem breiten Grinsen, ›dann lass mich doch bitte einen Blick auf ihn werfen – man hat ja nur sehr selten die Möglichkeit, einen Troll zu sehen, und die will ich nicht ungenutzt lassen.‹

Der Schornsteinfeger protestierte und machte auf das Risiko aufmerksam, dem sich der Gutsherr aussetzte, nämlich den Besen auf den Kopf und ein genauso schwarzes Gesicht wie er selbst zu bekommen. Doch der Gutsherr wollte nicht auf ihn hören, schob seinen Kopf in den Kamin und sah nach oben.

›PUF!‹ machte es, als er den Schornsteinbesen und jede Menge frischen Ruß direkt ins Gesicht bekam. Der Troll hatte keine Zeit vergeudet und den Besen schon direkt über den Schornstein gehalten, während er wartete, damit er ihn auch gleich hinunterwerfen konnte, sobald wieder ein Kopf im Kamin auftauchte.

Wie ein wild gewordener Stier sprang der Gutsherr durchs Zimmer, den ganzen Kopf kohlrabenschwarz. Einigen fiel es schwer, nicht zu lachen, obwohl sie natürlich wussten, dass man besser nicht über den Gutsherrn von Compton Basset lachte, jedenfalls nicht, wenn er selbst dabei war.

›Da habt ihr's!‹, sagte der Schornsteinfeger. ›Jetzt werden wir der Sache mal auf den Grund gehen. Gleich werdet ihr sehen, was dahinter steckt.‹ Noch einmal drückte er den Schornsteinbesen fest auf die Stange, aber diesmal band er das dünne Seil daran fest, und zwar so, dass es oben, wo der Besen saß, eine Schlinge bildete, die man zuziehen konnte, wenn man unten an dem Seil zog. Dann schob er die Stange durch den Schornstein und achtete darauf, dass sich das Seil abwickelte und nicht verhedderte und sich die Schlinge nicht schon zuzog, bevor der Besen oben angekommen war. Als der Besen aus dem Schornstein heraus war, dauerte es nur einen Moment, und schon zog der Troll wieder an der Stange. Der Schornsteinfeger wusste, dass – wenn er nur ein bisschen Glück hatte – der Troll seine Hand durch die Schlinge geschoben hatte. Also zog er mit aller Kraft an dem Seil.

Von oben war ein Heulen zu hören, das durch den Schornstein immer näher kam. ›Waaauuuggghhh!‹ Eine Wolke aus Ruß und Staub breitete sich im Zimmer aus, und dann waren ein dumpfer Laut und fast gleichzeitig ein ›Aauucchh!‹ zu hören.

Alle im Zimmer standen wie versteinert da und starrten in den Kamin. Aber noch konnten sie nichts erkennen, Ruß und Staub waren viel zu dicht. Der Staub schien auch dem, was da im Kamin saß, zu schaffen zu machen, denn das Nächste, was sie hörten, war ein lautes ›Aa-tjiiuu!‹

Dadurch wurde ein wenig Staub weggeweht, und jetzt konnten sie zwei riesige, tiefblaue, ovale Augen erahnen, die sie ansahen. Alle schienen wie gelähmt zu sein. Langsam legte sich der Staub und sie konnten den Troll besser sehen, wie er da auf seinem Hinterteil im Kamin saß, schwarz wie Kohle vor lauter Ruß. Er rieb sich kurz die Augen, die schon wieder schelmisch glänzten, und dann geschah etwas, so plötzlich und so schnell, dass niemand auch nur hätte zwinkern können.

›Buuuh!‹, rief der Troll, und eine Staubwolke kam aus seinem Mund. Die Zimmermädchen kreischten in allen möglichen Tonlagen und sprangen in die Arme der Diener, und einige fielen vor lauter Schreck sogar nach hinten um. Dieses herrliche Durcheinander machte sich der Troll sofort zunutze. Mit einem gewaltigen Satz sprang er aus dem Kamin heraus und direkt hinüber auf das Bett des Gutsherrn, wo er auf der weichen Matratze ein paar Mal wie von selbst auf und nieder hüpfte, was ihm großen Spaß zu machen schien. Die feine, weiße Bettwäsche bekam einige ordentliche schwarze Flecken ab, und das bereitete dem Troll anscheinend ebenfalls größtes Vergnügen. Dann setzte er sich, sah zufrieden um sich, wedelte mit seinem buschigen Schwanz und hinterließ ein hübsches kleines Muster auf der Bettwäsche.

Als der Troll mit dem Hüpfen und Wedeln fertig war und das erneute Geschrei abflaute, das sein Sprung auf das Bett ausgelöst hatte, stand er auf und schien zu überlegen, was er nun wohl tun solle. Da fiel sein Blick auf die offene Tür zum Treppenhaus, und noch bevor sich jemand im Zimmer so weit gefasst hatte, dass er etwas hätte unternehmen können, war er mit einem weiteren Satz zur Tür hinaus und rutschte das Treppengeländer hinunter, bis er im Keller angekommen war. Hier sprang er in die Küche und setzte sich mitten auf den großen Küchentisch. Eines der Küchenmädchen war gerade dabei, Soße anzurühren. Als sie aufsah, saß der Troll direkt vor ihr auf dem Tisch. Sie war so verblüfft, dass sie ihn einfach nur anstarrte. Langsam neigte der Troll den Kopf zuerst auf die eine, dann auf die andere Seite. Schließlich entdeckte er die saftige, frisch gebratene Rehkeule, die auf der Anrichte hinter dem Küchenmädchen lag.

›Buu!‹, sagte der Troll kurz und nicht sehr laut, aber das reichte schon, und das Küchenmädchen rannte kreischend zur Tür hinaus. Ein Satz, und der Troll war drüben auf der Anrichte und schnappte sich die Rehkeule. In der Ecke entdeckte er die Kiste mit dem Brennholz. Sie war offen, und mit einem weiteren Satz sprang der Troll direkt hinein und klappte den Deckel über sich zu.

Mrs Hawkes begegnet einem Heckentroll

›Mrs Hawkes! Mrs Hawkes! Mrs Hawkes!‹, schrie das Küchenmädchen und stürzte hinaus auf den Flur. ›Hiiilfeee! In der Küche ist ein Troll!‹

Mrs Hawkes war die Haushälterin auf dem Anwesen des Gutsherrn. Sie war eine strenge, aber – muss man hinzufügen – gerechte Dame, der niemand im Haus zu widersprechen wagte. Jetzt ging Mrs Hawkes Richtung Küche, beeilte sich aber nur so, wie es ihrer Würde entsprach.

›Was redest du denn da für dummes Zeug, mein Mädchen?‹, sagte sie sehr ernst.

›Doch, es stimmt wirklich!‹, erwiderte das arme Küchenmädchen. ›Es war ein Troll – er sprang direkt auf den Küchentisch, als ich gerade die Soße anrühren wollte … ganz schwarz … also der Troll, nicht die Soße … und er hatte einen langen Schwanz mit einem Büschel am Ende, und … und er machte alles fürchterlich schmutzig! Sie können selbst nachsehen, er muss immer noch in der Küche sein.‹

Mrs Hawkes' Adlerauge richtete sich auf die Küchentür, hinter der alles – ohne Ausnahme! – haargenau so vor sich zu gehen hatte, wie sie es bestimmte.

›Troll oder nicht!‹, erklärte Mrs Hawkes. ›In meiner Küche macht niemand solchen Unfug!‹

Dann trat sie in die Küche mit einer Miene, die nicht den geringsten Zweifel daran ließ, dass sie fest entschlossen war, dieser Geschichte ein Ende zu bereiten, und dass es im Übrigen für denjenigen, der die Arbeit in der Küche gestört hatte, ganz bestimmt nichts zu lachen geben würde. Es war das erste Mal seit mehr als zwanzig Jahren, dass es auch nur die kleinste Unregelmäßigkeit in *ihrer* Küche gab.

Sämtliche Küchen- und Zimmermädchen waren inzwischen herbeigelaufen, standen in der Tür und sahen gespannt zu. Auch der Gutsherr, seine Dienerschaft und der Schornsteinfeger waren in den Keller heruntergekommen und reckten die Hälse, um über die Mädchen hinweg verfolgen zu können, was geschah. Niemand wagte es, sich einzumischen, wenn Mrs Hawkes wütend war!

Drinnen in der Küche war die große Soßenschale umgekippt, und ihr Inhalt hatte sich über den ganzen Tisch ergossen und tropfte auf den Boden. Mrs Hawkes marschierte in der Küche herum und inspizierte die Schäden, die entstanden waren. Nicht nur die Soße war verschüttet, mitten auf dem Küchentisch war alles rußig schwarz! Niemals zuvor hatte sie etwas auch nur annähernd Ähnliches erlebt, einen solchen Skandal, und das machte sie noch wütender! Die Töpfe und Pfannen, die über der Anrichte gehangen hatten, waren heruntergefallen, und sie bemerkte, dass die außerordentlich schöne und leckere Rehkeule, die sie kurz zuvor aus dem Ofen genommen hatte, verschwunden war. Mrs Hawkes durchsuchte die Küche von oben bis unten, schaute unter den Tisch, in sämtliche Schränke und sogar hinter die Gardinen, aber nichts und niemand war zu sehen. Dann hielt sie inne und verschränkte die Arme vor der Brust, was sie sehr selten tat. Die Mädchen wussten, was das zu bedeuten hatte: Ihr Ärger hatte ungeahnte Ausmaße erreicht! Alle, die zusahen, hielten den Atem an – nicht zuletzt das arme Küchenmädchen, das sich nicht erklären konnte, wo der Troll geblieben war, und das nun fürchtete, Mrs Hawkes würde glauben, sie habe sich die Geschichte von dem Troll nur ausgedacht. Es wurde ganz still in der Küche – oder besser, es wurde so still, dass alle deutlich ein behagliches und zufriedenes Schmatzen hören konnten.

Die Arme immer noch vor der Brust verschränkt, ging Mrs Hawkes hinüber zu der Kiste mit dem Brennholz, denn ihr war sofort klar, dass das Schmatzen nur von dort kommen konnte. Direkt vor der Kiste blieb sie stehen und … sah aus wie eine Gewitterwolke, vor der jeder vernünftige Mensch hastig hinter verschlossenen Türen und Fenstern Schutz gesucht hätte. Dann klappte sie den Deckel hoch und sah nach unten in die Brennholzkiste. Der Troll, der sehr mit der Rehkeule beschäftigt war, schaute auf und ihre Blicke begegneten sich. Blitzschnell beugte sich Mrs Hawkes nach unten und packte, anscheinend ohne die geringste Mühe, den Troll unter den Armen und hob ihn samt Büschelschwanz, Rehkeule, Ruß und allem aus der Kiste. Da hing er, und sie schauten sich gegenseitig an … Dann versuchte der Troll seinen üblichen Trick. ›Buuh!‹, sagte er. Aber zu seiner Enttäuschung machte dies nicht den geringsten Eindruck auf Mrs Hawkes. Der Troll sah sie verblüfft an.

›BUUUUH!‹, versuchte er es noch einmal, diesmal sehr viel lauter, aber Mrs Hawkes' Hände hielten immer noch den Troll und ihr Blick, der ganz sicher nicht freundlicher geworden war, seine Augen fest.

›Ich werde einen Strolch wie dich schon lehren, meine Küche in Unordnung zu bringen und obendrein auch noch das Essen zu stibitzen!‹, sagte sie mit einer so kalten Stimme, dass man meinte, ein Eispickel ginge einem durch Mark und Bein. Den Zuschauern lief es kalt den Rücken herunter. Mrs Hawkes schien so wütend über die Schweinerei in ihrer Küche zu sein, dass sie anscheinend gar nicht bemerkte, dass es ein Troll war – ein richtiger Troll! –, den sie da mit eisernem Griff in ihren Händen hielt. Der Troll sah jetzt gar nicht mehr so frech und Furcht erregend aus. Er ließ die Ohren hängen, seine Lider glitten nach unten und bedeckten den obersten Teil seiner großen, tiefblauen Augen. Ganz schlaff hing er da und sah beinah – aber nur beinah – etwas verlegen aus.

›Erst mal bleibst du da drin‹, sagte Mrs Hawkes, und im Nu hatte sie den Troll herumgedreht und hielt ihn am Schwanz in die Luft. ›Um dich kümmere ich mich später‹, fuhr sie fort, ließ ihn ohne weitere Fisimatenten in die Kiste plumpsen und schlug den Deckel zu. Jetzt endlich wurde der Troll so richtig lebendig. Sofort versuchte er, den Deckel wieder aufzubekommen, aber Mrs Hawkes setzte sich mit ihrem nicht ganz unbedeutenden Gewicht einfach auf die Kiste. Jetzt hätte nicht einmal der stärkste Heckentroll der Welt den Deckel der Brennholzkiste öffnen können.

Ein lang gezogenes ›Ooooooh!‹ kam von der Versammlung.

Mrs Hawkes hatte einen Heckentroll gefangen!

Jetzt redeten alle wild durcheinander. Der Schornsteinfeger versuchte allen klar zu machen, dass er ja gleich gesagt habe, es müsse ein Troll am Werk sein. Der Gutsherr erzählte allen, die ihm zuhören wollten, Mrs Hawkes sei schon immer unvergleichlich gewesen und sie werde im Notfall mit allem fertig. Und die Küchen- und Zimmermädchen meinten, es sei ja so wunderbar unheimlich gewesen, und redeten alle gleichzeitig aufeinander ein.

›Habt ihr die dicken, borstigen Haare auf seinem Kopf gesehen? – Uuuh!‹, sagte eine.

›Was sollen wir denn jetzt mit ihm anfangen?‹, fragte eine andere so, als müsse sie selbst eine Antwort darauf geben.

›Er war so scheußlich, dass ich nicht einmal schreien konnte!‹, sagte eine Dritte und brach in ein schrilles Heulen aus, als wolle sie alles nachholen, was sie vorher versäumt hatte.

›Was für ein Gestank, puh, ich glaube, ich werde ohnmächtig!‹, sagte eine Vierte und begann vor und zurück zu schwanken, während sie sich eine Hand vor die Stirn hielt.

›Was ist, wenn er uns wieder entwischt, dann falle ich ganz bestimmt in Ohnmacht!‹, sagte das Mädchen, das in der Küche gewesen war, als der Troll hereingesprungen kam. ›Ich sage euch, er schaute mir direkt in die Augen!‹

›Ooooohhh!‹, machten die anderen Mädchen alle, und es war ihnen deutlich anzuhören, dass sie sehr neidisch auf das Küchenmädchen und sein wunderbar fürchterliches Erlebnis waren. Dann durchschnitt Mrs Hawkes' Stimme das Durcheinander, und alle schwiegen.

›RUUUUHE! SEID ALLE RUHIG!‹ Selbst der Heckentroll in der Brennholzkiste hörte auf, gegen den Deckel zu drücken.

›Wie lange soll eine hilflose Frau eigentlich noch hier sitzen und Mann gegen Mann mit diesem Biest kämpfen, das eine solche Schweinerei in meiner Küche angerichtet hat, *ohne dass eines der Mannsbilder hier ihr zu Hilfe kommt?!*‹

Ein Ruck ging durch den Schornsteinfeger, den Gutsherrn und alle die anderen, die nun herbeieilten, um Mrs Hawkes zu helfen. Tatsächlich sah sie gar nicht so aus, als stecke sie in Schwierigkeiten, aus denen sie nicht leicht alleine wieder herausgekommen wäre.

Ein Bote wurde zum Jäger des Gutsherrn geschickt. Er schlug sogleich einige starke Nägel in den Deckel der Brennholzkiste, damit der Troll nicht entfliehen konnte. Danach wurde beratschlagt, was nun zu tun sei.

›Einen Troll im Dorf zu haben ist eine sehr ernste Angelegenheit‹, ergriff der Gutsherr das Wort. Dabei machte er ein wichtiges Gesicht und legte dann eine bedeutungsvolle Pause ein, als habe er etwas gesagt, das nur er erkannt habe und das für alle anderen eine große Überraschung sein müsse. Eines der Zimmermädchen flüsterte einem anderen zu: ›Ist es nicht – es ist lustig! Endlich ist mal was los in diesem Haus!‹

Zum Glück hörte der Gutsherr sie nicht, und er fuhr mit ernster Stimme fort: ›So etwas ist der Königin mitzuteilen. Wenn Hexerei im Spiel ist, schickt die Kirche einen Priester und der König seine Jäger zu Hilfe, um dem Spuk ein Ende zu machen. Ich habe allerdings nie von anderen Vorfällen gehört, bei denen Trolle ihre Finger im Spiel hatten, und deshalb ist es von allergrößter Wichtigkeit für unsere Sache, dass wir als Beweis den Troll vorzeigen können, den Mrs Hawkes gefangen hat.‹

Das, meinten alle, waren vernünftige Worte, und einstimmig wurde beschlossen, dass einer der Diener des Gutsherrn schon am nächsten Morgen nach London aufbrechen und die Angelegenheit der Königin vortragen solle.

In der Zwischenzeit trugen die Männer die Brennholzkiste mit dem Troll in eine der Scheunen. Keiner wagte es vorzuschlagen, es sei vielleicht das Beste, sie da zu lassen, wo sie war, denn allen war klar, dass Mrs Hawkes dies niemals erlauben würde. Schon jetzt drang ein unangenehmer Geruch aus der Kiste, und selbst als die Männer sie in die Scheune getragen und man gründlich durchgelüftet hatte, konnte man immer noch riechen, dass hier ein Troll gewesen sein musste. Mrs Hawkes erklärte, dass die Küche nun geschrubbt und gewienert werden müsse, fünf Mal bis in alle Ecken hinein – sonst würde es unmöglich sein, sie wieder zu benutzen. Und obwohl es schon sehr spät am Abend war, mussten die armen Küchen- und Zimmermädchen sofort mit dem Küchenputz beginnen, und das auch noch unter der strengen Aufsicht von Mrs Hawkes. Es dauerte bis tief in die Nacht hinein, sodass sie nicht viel Schlaf fanden. Später sollte sich zeigen, dass es im Haus des Gutsherrn noch viele andere gab, denen es in dieser Nacht genauso erging!

Schatten in der Nacht

Der Mond stand hoch über Compton Basset und warf sein kaltes, blaues Licht über die Häuser und Scheunen des Dorfes. Im Haus des Gutsherrn dauerte es bis weit nach Mitternacht, bis die Reinigung der Küche zu Mrs Hawkes' Zufriedenheit durchgeführt war. Mehrere Male stellte sie klar, dass sie noch nie zuvor einen Troll in ihrer Küche gehabt habe. Das hatte eigentlich auch niemand angenommen, aber aus diesem Grund sah sie es als unbedingt notwendig an, dass die Küche einer Reinigung unterzogen wurde, die einem fünffachen Doppel-Frühjahrsputz gleichkam.

Aber jetzt war endlich alles erledigt, alle hatten sich hingelegt und der Heckentroll saß gefangen in der Brennholzkiste, die in der großen Scheune stand. Nächtliche Ruhe lag über dem Haus des Gutsherrn von Compton Basset.

Aber damit sollte es bald vorbei sein!

Draußen in der Dunkelheit trugen sich seltsame Begebenheiten zu. Zwischen Büschen und Hecken, über Hausdächer und Schornsteine schlichen merkwürdige Gestalten lautlos wie Schatten durch das Dorf. Auf samtweichen Füßen huschten sie im Schutz des tiefen Dunkels entlang der Häuser und Scheunen und schlüpften durch Löcher in Zäunen und Hecken. Einige kletterten die Regenrohre hinauf und auf die Dächer und Giebel der Häuser. Das ging blitzschnell und schien eine Kleinigkeit für sie zu sein. Waren sie oben auf den Dächern angekommen, sprangen und liefen sie herum, als wäre es eine fein gemähte Wiese. Einige von ihnen hüpften sogar mit Bocksprüngen über die Schornsteine – das können Heckentrolle einfach nicht lassen, auch wenn sie auf dem ›Kriegspfad‹ sind.

Drüben beim Gasthaus hatte Goodwin seinen großen Bluthund Hector an einer Kette angebunden, damit er draußen schlafen konnte. Dieser witterte jetzt einen starken, ziemlich schlechten Geruch, der sich im Dorf ausbreitete. Hector spürte, dass irgendetwas ganz und gar nicht in Ordnung war, und mit seinem tiefen Bellen tat er sein Bestes, um Goodwin zu wecken. Es dauerte ein Weilchen, bis Goodwin aufstand, denn in einer so kalten Herbstnacht hatte er keine große Lust, aus seinem warmen Bett zu steigen. Aber als Hectors Bellen immer wütender wurde, stand er schließlich doch auf und sah durch das Fenster nach draußen. Und was er sah, ließ es ihm kalt den Rücken herunterlaufen!

Draußen vor dem Gasthaus saß der Bluthund aufrecht da. Vor ihm standen drei Trolle von derselben Art, wie Goodwin sie vor ein paar Jahren gesehen hatte, nur waren sie in der Zwischenzeit größer geworden. Die Trolle hüpften und tanzten vor Hector herum – einer von ihnen machte sogar einen Handstand –, schnitten Grimassen und streckten ihm die Zunge heraus. Der Bluthund wusste sehr gut, dass er angekettet war und nichts tun konnte, und so saß er nur still da und ließ ein bedrohliches Knurren hören, das tief aus seiner Kehle kam.

Nach und nach gewöhnten sich Goodwins Augen an die Dunkelheit, und von seinem Fenster aus konnte er sehen, dass im ganzen Dorf Trolle waren. Überall flitzten ihre langen Schatten hin und her. Die, die oben auf den Dächern herumliefen, waren leicht zu erkennen, denn ihre Umrisse hoben sich im bläulichen Mondschein vor dem Nachthimmel deutlich ab.

Ein kleines Stück vom Gasthaus entfernt den Weg hinunter lag das Anwesen des Gutsherrn. Als einige der Trolle bis zu der großen Scheune des Gutsherrn gekommen waren, konnte der Gastwirt sehen, dass sie immer unruhiger wurden. Einer der Trolle sprang auf das Dach und fing an, wie eine Eule zu rufen – so hört es sich jedenfalls für uns Menschen an, aber es kann sehr gut sein, dass es für Trolle ganz anders klingt. Nun kamen immer mehr Trolle von allen Seiten herbei. Aus den Schatten, Hecken und Büschen, von den Dächern und Bäumen strömten sie heran und liefen den Weg zum Anwesen des Gutsherrn hinunter.

Bald waren alle Trolle rund um die große Scheune versammelt und versuchten das Tor zu öffnen oder sich durch Spalten in den Wänden und im Dach zu zwängen. Aber das schafften selbst die Heckentrolle nicht, denn die große Scheune war fast noch neu und solide gebaut. Sie war auch sorgfältig verriegelt, und der Jäger hatte ein Schloss am Tor angebracht. Viele der Trolle begannen zu heulen, weil sie nicht zu ihrem gefangenen

Freund gelangen konnten. Da sah Goodwin, wie ein besonders großer Troll in die Mitte der Horde sprang. Mit seinen großen Händen gab er den anderen Trollen, einem nach dem anderen, einen Klaps auf die Schulter, und sie hörten zu heulen auf. Der große Troll zeigte hinüber auf das Wohnhaus des Gutsherrn, wo man alle Lichter gelöscht hatte, und sprang auf das Haus zu. Er kletterte die Mauer hinauf, bis ganz nach oben auf das Dach, und alle anderen folgten ihm. Bald wimmelte es nur so vor Trollen auf dem Haus des Gutsherrn von Compton Basset. Goodwin konnte nur tatenlos zusehen. Er wünschte, er hätte die Leute im Gutshaus warnen können, aber es gab nichts, was er in diesem Moment hätte unternehmen können.

Oben auf dem Dach des Gutshauses sammelten sich jetzt die Trolle, große und kleine, in Gruppen um die vierzehn Schornsteine herum. Der große Troll hielt sich mit einer Hand die Nase zu, dann verschwand er mit einem gekonnten Sprung hinunter in den nächsten Schornstein. Sofort begannen alle Trolle, schnell nacheinander in die Schornsteine zu hüpfen und nach unten zu rutschen. In die Kachelöfen und Kamine von Küche und Wohnzimmer, Stuben und nicht zuletzt Schlafzimmern plumpsten nun in rascher Folge Trolle hinein. Große wie kleine landeten auf- und übereinander in wildem Tumult, während der Ruß in großen schwarzen Wolken in die Zimmer drang.

Jetzt war was los im Haus des Gutsherrn! Sobald sie sich aufgerappelt hatten, riefen sie allen und jedem, der ihnen in die Quere kam, ein lautes ›Buuh!‹ ins Gesicht.

Der Gutsherr wurde aus dem Schlaf gerissen, als vier oder fünf Trolle mit lautem Heulen in seinen Kamin plumpsten. Einer nach dem anderen sprangen sie hinüber auf sein Bett und riefen ›Buuh!‹. Als Erster war ein großer Troll mit tiefer Stimme zur Stelle, danach kamen zwei mittelgroße und zuletzt ein ganz kleiner, der nur ein zartes, heiseres ›Bu!‹ zustande brachte. Er hatte wohl noch nicht so recht gelernt, wie man ›Buuh!‹ ruft, sodass der andere einen richtigen Schrecken kriegt. Schnell lief er hinter seinen Freunden her, die auf den Flur gesprungen waren, um noch andere zu finden, die sie erschrecken konnten. Als der Gutsherr schon glaubte, für dieses Mal sei der Spuk vorbei, bemerkte er noch einen Troll, der über ihm hin und her schaukelte. Er hing mit dem Kopf nach unten am Kronleuchter und war so begeistert, dass er ganz vergaß, etwas zu sagen, als er das erste Mal an dem Gesicht des Gutsherrn vorbeischwang. Aber der Gutsherr erschrak fast noch mehr, als der Troll dann beim zweiten Mal ›Buh!‹ rief. Der Gutsherr traute seinen Augen nicht. Er tat sein Bestes, um sich selbst davon zu überzeugen, das Ganze müsse ein böser Traum sein.

Ganz oben im Haus, wo die Zimmer- und Küchenmädchen wohnten, gab es keine Kamine und Kachelöfen, aber einige der Trolle hatten bald die Treppe nach oben gefunden. Jetzt machten sie sich einen Spaß daraus, herumzulaufen und an alle Türen zu klopfen. Da einige der Mädchen auf das Klopfen hin die Tür öffneten, dauerte es nicht lange, bis die oberste Etage des Hauses von ihrem Geschrei erfüllt war. Einige versuchten, über die Treppe nach unten zu flüchten, andere machten Anstalten, sich unter ihrem Bett oder im Kleiderschrank zu verstecken.

Das Durcheinander im Haus war vollkommen. Einmal, als ein Troll draußen auf dem Gang an eine Tür klopfte, wurde sie von einem anderen Troll geöffnet, der durch den Schornstein in das Zimmer gekommen war. ›Buh!‹, riefen die zwei genau im selben Augenblick und erschraken beide ganz fürchterlich. Nachdem jeder von ihnen schreiend in die Richtung davongelaufen war, aus der er gekommen war, merkten sie dann doch noch, wer ihnen da ›Buh!‹ zugerufen hatte, und sie fingen laut an zu lachen.

Auch unten in der Stube des Jägers waren viele Trolle durch den Schornstein geplumpst. Aber der Jäger war ein starker und entschlossener Mann. Er war sofort hellwach, und mehr als einem Troll erging es schlecht, als sie ihm zu nahe kamen und eins auf die Nase kriegten. Und als er erst einmal aus dem Bett heraus war, hatte er sich sehr bald einen nach dem anderen gegriffen und zur Tür hinausbefördert. Aber genauso schnell, wie er mit einem Troll fertig wurde, schlüpfte schon ein anderer oder einer von denen, die er eben erst hinausgeworfen hatte, wieder zur Tür herein, und der Tumult ging weiter. Zum Glück bekamen die Trolle sehr schnell Respekt vor dem Jäger, nachdem einige ein paar kräftige Hiebe eingesteckt hatten – oft gefolgt von einem gezielten Tritt ins Hinterteil, sodass die Trolle nacheinander zur Tür hinauspurzelten. Die Trolle merkten sehr schnell, dass sie dem Jäger nicht zu nahe kommen durften, aber es waren viel zu viele, als dass er alle hätte verscheuchen können. Er hatte reichlich damit zu tun, sich selbst zu helfen, und konnte den anderen im Haus nicht zu Hilfe kommen.

Es sah schlecht aus für die Menschen im Haus des Gutsherrn. Die Heckentrolle hatten sie buchstäblich aus dem Bett geworfen.

Eine ganz dufte Waffe

Im Haus des Gutsherrn herrschte das reinste Chaos, überall waren Trolle. In der Küche tobten sie so sehr, dass die Töpfe und Pfannen aus den Schränken und Regalen und von den Haken fielen. In der Speisekammer zerbrachen sie die Einmachgläser und stopften Brot, Schinken, Butter und vieles mehr in sich hinein. Ein paar von ihnen kippten die Säckchen mit Zucker und Mehl aus und machten sich einen Spaß daraus, sich das Mehl gegenseitig über den Kopf zu schütten, sodass sie auf einmal nicht mehr rußig schwarze, sondern mehlig weiße Heckentrolle waren. Aber als sie dann beim Anblick weißer Trolle selbst Angst bekamen, fand dieses Spiel schnell ein Ende. In der Bibliothek liefen einige Trolle an den Regalen entlang und rissen alle Bücher heraus, und oben schrien sich die Mädchen beinahe die Kehle aus dem Hals, während sie versuchten, wegzulaufen oder sich zu verstecken.

Auch dem Gutsherrn erging es schlecht. Den Trollen war es gelungen, ihn in seine Decke und sein Laken einzuwickeln, und jetzt rollten sie ihn von einem Ende des Schlafzimmers zum anderen, sodass ihm ganz schwindelig wurde, was ihnen ganz offensichtlich großes Vergnügen bereitete. Unten im Haus war es dem Jäger, dem Butler und einigen Knechten gelungen, sich zu verteidigen und die Trolle auf Abstand zu halten, doch schafften sie es nicht, den anderen zu Hilfe zu kommen. Goodwin, der Gastwirt, war mit seinem großen Bluthund zum Haus des Gutsherrn gelaufen, um zu helfen, aber da die Türen sorgfältig abgeschlossen waren, konnte er nicht ins Haus gelangen, und so nützte es auch nichts, dass Hector aus Leibeskräften bellte. Auch andere Leute aus dem

Dorf waren inzwischen herbeigelaufen, doch konnten sie natürlich auch nicht ins Haus. Das ganze Dorf war auf den Beinen, alarmiert von dem Lärm, doch die meisten wussten noch gar nicht, was überhaupt vor sich ging.

Trotzdem gab es eine Person im Haus des Gutsherrn, die immer noch schlief: Mrs Hawkes. Sie hatte, wie sie selbst meinte, ein sehr feines Gehör und stopfte sich darum immer Pfropfen in die Ohren, um nachts nicht gleich von jedem kleinen Geräusch geweckt zu werden. Die Mädchen wunderten sich zwar manchmal, warum Mrs Hawkes mit einem so feinen Gehör ihr eigenes Schnarchen nicht hörte, wenn sie deswegen sogar noch zwei Etagen höher kaum schlafen konnten. Aber das war nun einmal eine Angelegenheit, über die man besser nicht mit ihr selbst sprach. Auch diese Nacht hatte sich Mrs Hawkes wieder Pfropfen in die Ohren gestopft. Sie war der

Ansicht, dass sie einen ungestörten Schlaf unbedingt nötig hatte, nach dem großen Reinemachen in der Küche, noch dazu so spät am Abend. Der Schock darüber, dass in ihrer Küche ein so schmutziger Troll sein Unwesen trieb, hatte sogar sie ermüdet. Wegen ihrer Ohrenpfropfen – und vielleicht auch, weil sie so sehr schnarchte – bekam sie gar nicht mit, dass das ganze Haus auf den Kopf gestellt wurde. Sie hörte auch nicht, wie vier oder fünf Trolle mit lautem Jubelgeschrei den Schornstein heruntergefahren kamen und in den Kamin in ihrem Zimmer purzelten. Ohne dass es auch nur die kleinste Unterbrechung in ihrem äußerst ausgeprägten Schnarchrhythmus gegeben hätte, schlief Mrs Hawkes einfach weiter. Den Trollen waren die seltsamen Geräusche, die sie hervorbrachte, nicht ganz geheuer, und so beeilten sie sich, zur Tür hinauszukommen und anderswo im Haus etwas anzustellen. Einer von ihnen aber war so neugierig, dass er sich doch etwas näher herantraute, um zu sehen, woher die merkwürdigen Geräusche kamen und wie sie zustande gebracht wurden.

Nachdem er ein Weilchen auf dem Boden gesessen und gelauscht hatte, sprang er auf die Bettkante, neigte den Kopf zur Seite und betrachtete verwundert Mrs Hawkes. Solch sonderbare Laute hatte er nie zuvor gehört, und er hätte gerne gelernt, wie man sie zuwege brachte. Das wäre mal etwas Neues, womit er die anderen oben in den Höhlen unter den Weidenbäumen zum Lachen bringen konnte, dachte er. Obwohl sie immer noch schlief, nahm Mrs Hawkes' feine Nase – und die war ganz ohne Zweifel fein, da waren sich alle einig! – den strengen Geruch wahr, den der Heckentroll verbreitete, und das brachte nun doch eine gewisse Unregelmäßigkeit in ihren Schnarchrhythmus.

Aber erst als der Troll seine Neugierde nicht länger unterdrücken konnte, wachte Mrs Hawkes auf. Da er sich immer noch nicht sicher war, ob Mrs Hawkes schlief oder doch wach war bei all dem Krach, den sie selbst machte, hob der Troll eines ihrer Lider und schaute in ihr Auge. Sie schlief, das konnte

der Troll deutlich sehen, doch plötzlich veränderte sich ihr Blick, und nun sah ihr Auge ihn direkt an. Es war ein scharfer Blick, der sich in das Auge des Trolls bohrte! Er machte einen kleinen Satz rückwärts, und mit einem Ruck setzte sich Mrs Hawkes im Bett auf, hellwach und mit angespanntem Gesichtsausdruck.

›Das ist ja wohl die Höhe! Schon wieder eins von diesen ungewaschenen Biestern – und diesmal auch noch in meinem Schlafzimmer! Das geht nun wirklich zu weit!‹

Der Troll sah sie etwas überrascht an, denn er verstand nicht, dass sie aufwachen und ihn anschauen konnte, ohne zu erschrecken, wie die Menschen es sonst immer taten.

Er versuchte es mit einem ›Buuh!‹, aber es klang nicht sehr überzeugend und hatte keinesfalls die Wirkung auf Mrs Hawkes, die er erwartet hatte.

›Na, das ist ja wohl die allergrößte Unverschämtheit, die mir je vorgekommen ist!‹, sagte sie. ›Ich werde dir haarigem Fellknäuel schon ordentliche Manieren beibringen, wie man eine Dame anzusprechen hat, verlass dich drauf. Und dieser Gestank – PFUI TEUFEL! Dagegen *muss* etwas getan werden!‹

Damit ergriff sie das kleine Zerstäuberfläschchen, das sie immer auf ihrem Nachttisch stehen hatte. Es enthielt ein selbst gemachtes Lavendelparfüm, und bevor der Troll wusste, wie ihm geschah, machte es ›puf-puf, puf-puf‹, und eine kleine, aber dichte Wolke feinsten Lavendelparfüms umnebelte ihn und setzte sich in sein struppiges Fell.

Der Troll atmete tief ein, der Lavendelduft stieg ihm in die Nase und er bekam den Schock seines Lebens! Augenblicklich brach er in ein fürchterliches Heulen aus, das alle hören konnten, die zu dieser Zeit in Compton Basset wohnten. Sogar die, die ganz unten am anderen Ende des Dorfes wohnten, hörten in dieser Nacht das unheimliche Trollgeheul. Es ging ihnen durch Mark und Bein, und noch viele Jahre danach erzählten sich die Leute gegenseitig davon. Es war ein großes Glück, dass Mrs Hawkes, die dem Troll ja am nächsten war, immer noch die Pfropfen in ihren Ohren hatte, denn sonst hätte ihr Gehör ganz sicher einen dauerhaften Schaden davongetragen! Der arme Troll hätte sich niemals, auch nicht in seinen schlimmsten Albträumen, vorstellen können, dass etwas so abscheulich riechen konnte wie Mrs Hawkes' Lavendelparfüm, und er schoss zur Tür und aus dem Zimmer, als hätte man ihn aus einer Kanone abgefeuert. Jetzt kam Mrs Hawkes aus dem Bett und trat an die Tür, um zu sehen, was eigentlich vor sich ging. Ein anderer Troll glaubte, leichtes Spiel zu haben, sprang zur Tür hin und sagte: ›Buuh!‹

Aber Mrs Hawkes erschrak natürlich auch diesmal nicht. Nichts konnte sie mehr überraschen.

›Ihr riecht allesamt gleich scheußlich!‹, stellte sie fest, und mit entschlossener Miene und einigen ›Puf-pufs‹ verabreichte sie dem Troll eine gehörige Portion ihres Nachtparfüms. Auch er bekam einen Schock, den er nie vergessen sollte. Mit entsetzlichem Heulen ergriff er augenblicklich die Flucht und verschwand durch das Fenster. Jetzt nahm Mrs Hawkes ihre Pfropfen aus den Ohren, und das Erste, was sie hörte, waren die Schreie der Mädchen oben im Haus. Mit der ganzen Kraft ihrer Stimme rief sie: ›MÄDCHEN, ICH KOMME, HABT KEINE ANGST!‹, und später wurde behauptet, auch dies sei bis in den letzten Winkel von Compton Basset zu hören gewesen.

Damit leitete Mrs Hawkes ihren Feldzug durch das Haus ein. Ihre Furcht einflößende Waffe – das Zerstäuberfläschchen mit dem selbst gemachten Lavendelparfüm – vor sich, säuberte sie puffend jedes einzelne Zimmer im Haus von Trollen. Sie begann ganz oben und eilte den Mädchen zu Hilfe. Als sie diese Etage gesäubert hatte, arbeitete sie sich weiter nach unten vor, gefolgt von einer Duftspur aus Lavendel, die sich nie wieder ganz verziehen sollte, und bald darauf waren alle Trolle hinaus in die Nacht geflohen.

Und auch der Troll, der gefangen in der Brennholzkiste in der großen Scheune gesessen hatte, war verschwunden!«

Wenn Trolle und guter Rat teuer sind

Der Abend war schon fortgeschritten, die letzten Sonnenstrahlen erreichten Nathans Haus nicht mehr und er stand auf, um ein paar kleine Lampen anzuzünden. In ihrem Schein warfen unsere Sessel große Schatten an die Wände, und die hereinbrechende Dunkelheit ließ genau die richtige Stimmung aufkommen, um Trollgeschichten zu erzählen, und so brachte ich es einfach nicht über mich, nach Hause zu gehen. Nathan setzte sich wieder zurecht und fuhr in seinem bedächtigen Tempo fort:

»Als es Morgen wurde, inspizierte man im Haus des Gutsherrn die Schäden, die die Trolle angerichtet hatten. Überall hatten sie ihre Spuren hinterlassen, und wenn Mrs Hawkes und – nicht zu vergessen – ihr Lavendelparfüm nicht gewesen wären, wäre es sicher noch viel schlimmer ausgegangen. Die Zimmer- und Küchenmädchen hatten so viel Spaß wie noch nie zuvor gehabt, aber nun mussten sie den Preis dafür bezahlen. Sie erhielten die Anweisung, unter der Aufsicht von Mrs Hawkes das gesamte Haus wieder in Ordnung zu bringen. Aber das Allerschlimmste war, dass der Troll, den Mrs Hawkes in der Küche gefangen hatte, entwischt war. Die Schlüssel des Jägers lagen neben der Brennholzkiste auf dem Boden der großen Scheune. Goodwin nahm an, der große Troll, der wohl der Anführer war, müsse sie sich in dem Durcheinander geschnappt und dann herausbekommen haben, wie man die Scheune aufschloss. Als die Trolle erst einmal in der Scheune waren, mussten sie mit Spaten und Schaufeln und was sie sonst noch finden konnten die Brennholzkiste aufgebrochen haben. Damit hatte das Dorf also keinen Troll mehr, den es der Königin zeigen konnte, und so wie die Sache stand, fürchtete der Gutsherr, sich zum Gespött zu machen, wenn er einen Boten nach London um Hilfe gegen die Trollplage schickte.

›In London stehen die Dinge ganz anders als hier draußen auf dem Land‹, sagte der Gutsherr bedauernd. ›Für gewöhnlich macht man sich in London ohnehin gerne über uns Leute vom Land lustig, und dort verstehen sie auch nicht, dass in der Natur so manche merkwürdigen Dinge geschehen, die man nur hier draußen erlebt.‹ Der Gutsherr hatte scheinbar völlig vergessen, dass er tags zuvor selbst noch über den Schornsteinfeger gelacht und sich lustig gemacht hatte, als dieser ihm erzählte, dass er einen Troll gesehen habe.

Noch am Vormittag nach dem großen Trollangriff trafen sich alle Dorfbewohner in der großen Scheune des Gutsherrn, um zu beratschlagen, was man gegen die Trolle unternehmen könne. Einer der Bauern schlug vor, man solle einige Jäger anwerben, um die Trolle loszuwerden, aber der Jäger des Gutsherrn war dagegen: ›Wir haben alle gesehen, was die Trolle anrichten können, wenn sie sich von uns bedroht oder angegriffen fühlen. Es gibt keinen Zweifel daran, welchem Umstand wir den Angriff letzte Nacht zu verdanken haben: Wir hatten einen von ihnen gefangen und sie wollten ihn befreien. Außerdem deutet alles, was unser Gastwirt erzählt hat, darauf hin, dass sie am Weg leben, der auf die Hügel hinaufführt. In den letzten Jahren sind mir jede Menge seltsamer Löcher unter den Weidenbäumen am Gramp's Hill aufgefallen, und ich glaube, das sind ihre Behausungen. Wie wir von den Leuten wissen, die in unser Dorf gekommen sind, können sich die Trolle an Menschen heranschleichen, ohne dass wir sie hören. Ich nehme an, es wird wohl fast unmöglich sein, auch nur einen einzigen Troll aus den Höhlen aufzuscheuchen. Wenn wir das tun, riskieren wir, dass sie ernsthaft zum Angriff gegen uns übergehen!‹

Für eine Weile wurde es sehr still in der großen Scheune; die Dorfbewohner mussten einsehen, dass der Jäger Recht hatte. Mit grimmiger Miene ergriff jetzt der Gutsherr wieder das Wort: ›Ich fürchte, es stimmt, was mein guter Jäger sagt. Ich bezweifle sogar, dass das Heer der Königin die Trolle von hier verjagen könnte. Man kann nicht gegen einen Feind kämpfen, der sich unter der Erde versteckt. Wir werden wohl oder übel lernen müssen, mit den Trollen als Nachbarn zu leben.‹

Ein lang gezogenes und enttäuschtes ›Oohhhhhhhh!‹ war von der Versammlung zu hören, aber der Gutsherr fuhr fort. Er hatte eine Idee: ›Hört zu, wir können die Trolle zwar nicht aus Compton Basset verjagen, aber wenn wir sie dazu bringen können, unseren Häusern nicht zu nahe zu kommen, werden wir kaum Ärger mit ihnen haben. Wie wir wissen, können wir sie mit Mrs Hawkes' Lavendelparfüm verscheuchen. Wenn wir nun noch mehr Lavendelparfüm nach dem Rezept von Mrs Hawkes herstellen und es in allen Häusern versprühen, wird der Duft sie sicher fern halten!‹

Als Mrs Hawkes hörte, dass ihr Parfüm als Waffe gegen die Trolle benutzt werden sollte, sah sie den Gutsherrn scharf an. Andererseits hatten die Ereignisse der Nacht ja gezeigt, wie wirksam es war, um sich die Trolle vom Leib zu halten, und deshalb konnte sie eigentlich nichts gegen den Vorschlag des Gutsherrn sagen. Unter den Leuten im Raum hob ein Gemurmel an, und dann war eine Stimme zu hören: ›Ich habe Mrs Hawkes' Lavendelparfüm gerochen – dann lieber die Trolle!‹

Schallendes Gelächter rundum, und dann waren Rufe wie ›Hört, hört!‹ und ›Recht hat er – lieber Trolle als das Lavendelparfüm!‹ zu hören. Aus einer anderen Ecke der Scheune rief einer: ›Wenn das Parfüm hier überall versprüht wird, müssen nicht nur die Trolle von hier flüchten, sondern auch die Menschen!‹

Einer rief sogar: ›Habt doch Erbarmen mit den armen Trollen – das ist ja Trollmisshandlung!‹, aber es war unmöglich, zu sehen, von wem die Zwischenrufe kamen.

Bei all dem sah Mrs Hawkes aus, als habe sie gerade in die Schale einer frisch gepflückten Zitrone gebissen. Jetzt entgegnete sie: ›Es ist mir wirklich vollkommen unerklärlich, wie die Mannsbilder in diesem Dorf es zulassen können, dass wehrlose Frauen den Überfällen dieser haarigen Fellknäuel ausgesetzt sind. Diese verlausten Strolche machen in fünf Minuten mehr schmutzig, als eine ganze Putzkolonne an einem Tag sauber machen kann! Und wie immer werden wir wehrlosen Frauen allein gelassen und müssen Mann gegen Mann mit diesen zotteligen Tunichtguten kämpfen und dürfen auch noch hinter ihnen herräumen. Ich meine, sie müssten unbedingt einmal so richtig gewaschen und abgeschrubbt werden, in einer riesigen Wanne voll mit schäumendem Seifenwasser, die ganze Bande! Und übrigens müsste ihnen mal das Fell geschoren werden, in *meinem* Haushalt dürfen normalerweise nicht einmal die Hunde lange Haare haben!‹

Mrs Hawkes' Miene machte nur allzu deutlich, dass aus ihrer Sicht zu der Sache nichts hinzuzufügen war. Sie ging nicht näher darauf ein, wie sie es sich vorstellte, die Trolle zu fassen zu kriegen und in eine Wanne voll Seifenwasser zu stecken, wenn man noch nicht einmal wusste, wie man sie aus ihren Höhlen herausbekommen sollte. Danach gab es niemanden, der sonderliche Lust verspürte, etwas zu sagen, teils, weil keiner Mrs Hawkes widersprechen wollte, teils, weil keiner eine andere Idee hatte, was man gegen die Trolle tun könnte. Aber schließlich ergriff der Arzt des Dorfes, der besonnene Doktor Pillbury, der das Geschehen mit einem stillen Lächeln verfolgt hatte, das Wort: ›Reinlichkeit ist eine wichtige Sache, da muss ich Mrs Hawkes Recht geben‹, begann er ganz diplomatisch. ›Aber es wäre ja eine geradezu kolossale Arbeit, alle Trolle zu waschen, und ganz sicher wäre es notwendig, sie mehr als einmal zu waschen. Und wenn sie doch einmal sauber geworden wären, müsste man sie danach wohl mindestens einmal in der Woche waschen, um sie einigermaßen sauber zu halten. Eine solche Last können wir bestimmt niemandem hier im Dorf aufbürden.‹

Auf diese Weise vermied der freundliche Doktor es geschickt, Mrs Hawkes zu beleidigen, die ihre ›Alle-bürden-alle-Lasten-den-wehrlosen-Frauen-auf-und-wir-ertragen-es-ohne-Murren‹-Miene aufgesetzt hatte.

Der Doktor fuhr fort: ›Ich meine, wir sollten uns daran erinnern, was wir über die Trolle wissen – also abgesehen davon, dass sie Lavendelparfüm nicht besonders mögen, was ja im Übrigen offenbar auch für einige der Bewohner hier im Dorf gilt, die ganz sicher keine Trolle sind.‹

Dies rief wieder lautes Gelächter in der Versammlung hervor. Der Doktor fuhr unbeirrt fort: ›Aufgrund des Berichts unseres guten Gastwirts hier wissen wir zwei Dinge: Die Trolle wurden von einem seltsamen Fremden am Gramp's Hill ausgesetzt, und dieser Fremde sagte, dass die Trolle die sonderbaren Weidenbäume lieben, die am Weg entlang wachsen. Wenn wir die Weidenbäume nun fällen, damit das Licht wieder den Weg erhellt, dann könnte es sein, dass den Trollen die Gegend nicht mehr gefällt und sie deshalb woanders hingehen. Die Wurzeln können wir sicher nicht ausgraben – das würde wohl nicht einmal das Heer der Königin schaffen –, und außerdem geben sie der Erde Halt und der Weg wird nicht mehr fortgespült, wenn es kräftig regnet. Die Weidenbäume werden sicher wieder wachsen – das tun jedenfalls gewöhnliche Weidenbäume –, aber wenn wir darauf achten, die Triebe immer früh genug abzuschneiden, werden sie nicht mehr zu einer Hecke zusammenwachsen können, und die Trolle kommen bestimmt nicht zurück.‹

Dieser Vorschlag klang vernünftig, meinte die Versammlung, und einige wunderten sich darüber, dass sie nicht selbst schon längst darauf gekommen waren. Der Jäger des Gutsherrn sagte, dass er zwar keine Erfahrung mit Trollen habe, aber dennoch glaube, der Doktor habe Recht. Ohne die Bäume würde es den Trollen schwer fallen, sich zu verstecken, und es war klar, dass sie es gar nicht mochten, wenn man sie sehen konnte.

Also wurde beschlossen, dass alle arbeitsfähigen Männer im Dorf nach Hause gehen und ihre Sägen und Äxte hervorsuchen sollten. Danach wollte man sich sofort hinauf zum Weg begeben und damit beginnen, die Weidenbäume am Gramp's Hill zu fällen.

Das Tierleben am Gramp's Hill, aus nächster Nähe

Nicht lange, und ein Arbeitstrupp von Dorfbewohnern hatte sich auf dem kleinen Platz vor dem Pfarrhaus versammelt. Von hier marschierten sie mit ihren Sägen und Äxten hinauf zum Gramp's Hill. Oben am Weg angekommen, teilten sie sich in drei Gruppen und machten sich gleich an die Arbeit. Die erste Gruppe nahm sich das Stück unten am Weg vor, gar nicht weit vom Pfarrhaus, die zweite begann etwa auf halber Höhe des Hügels und die dritte begab sich bis ganz zum Gipfel, wo die Weidenhecke aufhörte, und wollte sich von dort nach unten vorarbeiten. Am Abend sollten die meisten der Weidenbäume umgelegt sein!

Aber so einfach ging es dann doch nicht.

Zu der Gruppe, die am oberen Teil des Wegs begann, gehörte Philbert, ein großer, starker Kerl, der auf dem Hof des

Gutsherrn arbeitete. Er wollte den letzten Baum fällen, der am Ende des Weges stand. In hohem Bogen schwang er seine mächtige Axt mit dem langen Griff über den Kopf, sodass ihr Blatt in der Sonne blitzte, als es durch die Luft pfiff. Mit aller Kraft und gewaltigem Schwung hieb er die Axt in den Stamm des Weidenbaums, aber statt des Geräuschs von splitterndem Holz war nur ein hässlicher, scharfer Ton zu hören.

›KLANG!‹ Man hätte glauben können, er habe mit der Axt direkt auf den Amboss geschlagen, der unten im Dorf in der Schmiede stand, und der war aus reinem Eisen.

›Auuuaaa!‹, stieß der arme Philbert hervor, denn er bekam einen kräftigen Stoß in die Hände, als die Axt auf den steinharten Baum traf.

›Was is'n los?‹, fragte einer der Männer, er hieß Ogbert. ›Kannste nich' ma' das bisschen Axt in den Baum schlagen?‹

›Die sin' hart wie Stein‹, sagte Philbert und sah dabei ganz verwirrt aus. ›Sieh dir das an, die Axt hat den Baum ja fast nich' ma' geritzt!‹

Es stimmte tatsächlich, was Philbert sagte. Obwohl er so hart wie er nur konnte zugeschlagen hatte, war in dem Baumstamm nur ein kleiner Ritz zu sehen.

›Ach was, du kanns' eben nich' ma' richtig mit 'ner Axt umgehen‹, sagte Ogbert. ›Lass mich ma', das Bäumchen hier hab ich doch ruckzuck umgehaun.‹

Ogbert krempelte die Ärmel hoch und übernahm selbstsicher die Axt. Auch er holte weit aus, schwang die Axt hoch über den Kopf und wollte gerade mit aller Kraft zuschlagen, als er plötzlich seltsam zuckte und sie wieder sinken ließ.

›Was is'n jetzt?‹, fragte Philbert. ›Warum schlägst du nich' zu?‹

›Irgendwas kitzelt mich auf einma' am Rücken‹, sagte Ogbert, während er sich reckte, um mit der Hand an seinen Rücken zu kommen. ›Das muss ich erst ma' wegkriegen.‹

Die anderen halfen Ogbert, sein Hemd auszuziehen, und darunter krabbelte eine große Spinne auf seinem Rücken herum.

›Na so was!‹, sagte Philbert belustigt. ›Läufst du jetzt schon mit 'ner Spinne unterm Hemd rum? Zum Glück hat se noch kein Netz gesponnen!‹

›Sehr witzig!‹, sagte Ogbert, der sein Hemd schnell wieder anzog. ›Gib mir lieber ma' die Axt, damit wir endlich vorwärts kommen.‹

Aber kaum hatte Ogbert die Axt noch einmal hoch über den Kopf gehoben, als er plötzlich anfing, hin und her zu hüpfen.

›Was is'n nu' schon wieder?‹, fragte Philbert. ›Soll das etwa 'n Baumfällertanz sein oder was?‹

›Nein, zum Henker!‹, rief Ogbert. ›Jetzt zwickt mich irgendwas ins Bein ... ah ... autsch, tut das weh!‹ Es war nichts zu machen, Ogbert musste so schnell wie möglich seine Hose ausziehen. An seinem Bein saßen zwei fette Ohrwürmer, die offenbar den Weg ins Freie nicht hatten finden können.

›Sag ma' – hältst du jetzt Haustiere in deinen Sachen?‹, fragte Philbert fröhlich. ›Wenn das so weitergeht, kriegen wir nie raus, ob du mit 'ner Axt umgehen kannst oder nich'!‹

Inzwischen war Ogbert ziemlich wütend. Schnell sprang er wieder in seine Hose und hob die Axt, zum dritten Mal. Aber gerade als er ausgeholt hatte, ließ er sie mit einem Aufschrei fallen und fasste sich mit beiden Händen ans Hinterteil.

›Hilfe! Irgendwas hat sich an meinem Hintern festgebissen. Nehmt es weg, schnell!‹

Philbert und die anderen sprangen dem armen Ogbert zu Hilfe. Sie konnten ihn kaum dazu bringen stillzustehen. In einem Hosenbein fanden sie eine Maus! Sie hatte sich wohl bedrängt gefühlt und Angst bekommen, als Ogbert die Axt geschwungen hatte, und ihn deshalb mit ihren kräftigen Vorderzähnen ins Hinterteil gebissen.

›Das is' ja 'n ganzer Zirkus, den du in deinen Sachen mit rumschleppst‹, stellte Philbert fest, als sie die Maus verscheucht hatten. Er konnte sich das Lachen kaum verkneifen. ›Hast du etwa irgendwo auch Hühner, die Eier legen? Solltest dich dann lieber vorsichtig bewegen!‹

Ogbert schielte zu ihm hinüber, sein Gesicht war rot angelaufen. Er sprang auf, packte die Axt und ließ sie durch die Luft pfeifen. Schließlich traf sie mit einem ohrenbetäubenden Krachen den Baumstamm.

›KLANG!‹ machte es wieder, und Ogbert wich die Farbe aus dem Gesicht. Der Stoß, der von dem steinharten Baum ausging, fuhr ihm über den Griff der Axt in die Hände und Arme und bis in die Schultern, aber er war so wütend, dass er sich nichts anmerken lassen wollte, obwohl seine Knochen vibrierten wie eine Stimmgabel. Sofort schwang er wieder die Axt, aber in dem Moment, als er sie niedersausen lassen wollte, erstarrte er plötzlich und blieb ganz still stehen.

›Was is' es diesma'?‹, fragte Philbert. Allmählich langweilte ihn die ganze Sache. ›Wie lange willste noch so stehn bleiben?‹

›Irgendwas Kaltes kriecht langsam meinen Rücken runter‹, flüsterte Ogbert. Er wurde ganz weiß im Gesicht.

›Na, das is' ja immerhin ma' was anderes als das was kitzelt, zwickt oder beißt‹, sagte Philbert. Also mussten sie Ogbert wieder das Hemd ausziehen, um zu sehen, was es diesmal war. Und tatsächlich: Ein aufgeschlagenes Ei lief an Ogberts Rücken herunter!

›Hab ich's doch gewusst!‹, sagte Philbert vergnügt. ›Der Kerl hat auch Hühner dabei, aber wo er die versteckt hat ... nich' zu fassen!‹

›Halt die Klappe, du Hornochse!‹, sagte Ogbert. ›Irgendwas stimmt hier nich', und solange wir nich' rausgekriegt haben, was, fällen wir hier keinen einzigen Baum.‹

›Ich glaube, das sin' die Trolle‹, sagte Lambert, ein kleiner, aufgeweckter Kerl, der ebenfalls als Knecht für den Gutsherrn arbeitete. ›Es waren bestimmt die Trolle, die dir das ganze Getier untergeschoben haben, ohne dass wir sie bemerkt hätten.‹

›Denen werd ich's schon zeigen, den Trollen!‹, sagte Ogbert wütend und sah sich um, aber es war niemand zu sehen, an dem er seine Wut hätte auslassen können.

›Na ja, mir scheint, du hast genug damit zu tun, dich um die Haustiere zu kümmern, die du schon dabei hast‹, machte sich Philbert weiter lustig.

Ogbert sah ihn wieder scharf an, war aber zu wütend, um sich eine passende Antwort einfallen zu lassen.

›Jetzt hört endlich auf mit der Streiterei‹, sagte Lambert. ›Ich versteh auch nich', wie die Trolle das machen. Vielleicht sitzen sie oben in den Bäumen und werfen alles mögliche Zeug auf uns runter. Oder sie strecken ihre Arme aus den Löchern unter den Wurzeln hier und stecken dir die Kameraden ins Hosenbein.‹

Alle spähten sie in die dunklen Löcher unter den Wurzeln der Weidenbäume, aber es war nichts zu sehen. Dann schauten sie nach oben in die Bäume, aber zwischen den dichten Ästen konnten sie ebenfalls nichts erkennen. Unschlüssig, was sie tun sollten, standen sie eine Weile herum, als einer von ihnen plötzlich auf etwas zeigte und rief: ›Ha, da! Da bewegt sich was, seht ihr!‹ Jetzt schoben sie sich alle ganz nah an ihn heran, um sehen zu können, worauf er zeigte. Dicht zu einem Haufen zusammengedrängt standen sie da und beobachteten ein Tier – oder war es ein Troll? –, das oben im Baum von einem Ast zum nächsten hüpfte und blitzschnell den Stamm rauf- und runterlief. Plötzlich hielt es inne und saß still da.

›Seht!‹, sagte Ogbert. ›Es hat was in der Hand, ich kann nich' sehen, was es is', aber ich glaube …‹, und weiter kam er nicht, denn in diesem Moment machte es ›Klatsch!‹, und es traf ihn etwas ins Gesicht.

›Das war 'n Ei‹, sagte Philbert. ›Und jetzt tropft's dir überall vom Kopf.‹ Er konnte kaum verbergen, dass Ogberts Pech ihm sehr viel Spaß machte.

›Wir müssen besser aufpassen!‹, sagte Lambert, ›und ständig alles im Auge behalten!‹ – Wie Recht er damit hatte, ahnte er in diesem Augenblick selbst noch nicht.

›Schaut mal, da!‹, rief er und zeigte nach oben. Der Troll hüpfte zwischen den Ästen herum und auf einen anderen

Baum, und allesamt machten sie ein paar Schritte, um ihn besser sehen zu können. Aber jetzt ging alles schief!

›Hej, hör auf, mich zu schubsen!‹, rief Philbert.

›Ich schubs dich doch gar nicht. Weg da!‹, rief Ogbert.

›Passt doch AUUUF! – Ihr stoßt mich ja um!‹, rief Lambert, aber es half nichts. Der ganze Baumfällertrupp fiel unter lautem Rufen und Schreien auf- und übereinander, und je mehr sie schoben und stießen, um wieder freizukommen, umso verwickelter wurde das Knäuel aus Armen und Beinen. Denn als sie dagestanden hatten und in die Bäume starrten, hatte jemand ihre Schnürsenkel kreuz und quer zusammengebunden. Bis sie sie aufgeknotet hatten und alle wieder freigekommen waren, war es schon Nachmittag. Und noch hatten sie keinen einzigen Weidenbaum gefällt!

Ein merkwürdiges Gespräch

Etwas oberhalb des Pfarrhauses hatte der erste Holzfällertrupp begonnen, mit der großen Baumsäge einen der Weidenbäume zu bearbeiten. Zwei Mann waren nötig, um mit ihr sägen zu können, einer an jedem Ende. Aber trotz der großen Zähne der Säge und obwohl die Männer schwitzten und schnauften vor Anstrengung, kamen sie doch kaum voran. Immer dann, wenn sie meinten, einen guten Anfang gefunden zu haben, wurde es ungeheuer schwer, die Säge vor und zurück zu ziehen. Ein paar Mal drehten sie sich um, denn es kam ihnen so vor, als sei da jemand hinter ihnen, der die Säge festhielt, wenn sie sie ganz zurückgezogen hatten, aber es war niemand zu sehen. Und es half auch nicht viel, wenn sie tatsächlich einmal den richtigen Rhythmus gefunden hatten, denn der Baum war hart wie Stein, und die Zähne der Säge glitten einfach von ihm ab. Deshalb konnten sie auch nicht sehr lange sägen, bis das Blatt wieder geschliffen werden musste, so hart war das Holz.

Randall und Kendall, zwei der kräftigsten Waldarbeiter des Gutsherrn, wurde schnell klar, dass diese Sache hier nicht so einfach werden würde. Sie waren sich einig, dass diese Weidenbäume das härteste Holz waren, an dem sie jemals ihre Säge angesetzt hatten. Ja, tatsächlich hätten sie sich nie träumen lassen, dass es überhaupt Bäume gab, die so hart waren. Und ihre Laune wurde noch schlechter, als obendrein auch noch sonderbare Dinge passierten und sie ihre Arbeit einstellen mussten.

Gerade waren sie so richtig in Schwung gekommen und die Säge glitt gleichmäßig über den Stamm, als ihnen irgendetwas ihre Hüte hinten hochschob, sodass sie vorne herunterrutschten und die Männer nicht mehr richtig sehen konnten. Doch das Merkwürdigste daran war, dass es bei beiden immer genau im selben Augenblick geschah, und jedes Mal rutschte die Säge aus ihrer Rille. Dann warf einer dem anderen vor, er sei es gewesen, der die Säge nicht ordentlich festgehalten habe.

›Hej!‹, rief Randall. ›Irgendetwas ist gegen meinen Hut gestoßen, ich kann kaum noch was sehen. Halt die Säge gut fest, ich schiebe ihn nur schnell wieder zurecht.‹

›Ich kann zwar auch fast nichts sehen‹, sagte Kendall, ›aber gut, ich halte sie fest.‹ Doch als sie ihre Hüte zurechtgerückt hatten, war die Säge trotzdem aus ihrer Rille gerutscht, und weil sie so lang und biegsam war, konnten sie sie nicht so einfach wieder hineinbekommen.

›Warum hast du denn losgelassen?‹, beschwerte sich Randall.

›Hab ich doch gar nicht!‹, antwortete Kendall. ›Aber du hast so mit der Säge gewackelt, dass sie wieder rausgesprungen ist.‹

Und mehr sagten sie nicht, denn Waldarbeiter verschwenden nicht gerne Zeit mit unnötigem Gerede, obwohl beide vom anderen dachten, er habe heute wohl nicht seinen besten Tag erwischt.

Nachdem sie sich kurz ausgeruht hatten, wollten sie sich wieder so hinsetzen, dass sie weitersägen konnten, aber da geschah etwas wirklich Schlimmes. Kendall sprang so plötzlich laut schreiend auf, dass Randall erschrak und beinah nach hinten umgefallen wäre.

›Was ist denn mit dir los?‹, rief Randall, während Kendall wild herumhüpfte und sich an sein Hinterteil fasste.

›Ich weiß nicht‹, jammerte Kendall, ›irgendwas hat mich ganz fürchterlich in den Allerwertesten gestochen.‹

Jetzt sah Randall, dass sich ein kleiner Igel genau an der Stelle, wo Kendall sich hatte hinsetzen wollen, zufrieden zusammengerollt hatte. Seine Stacheln mussten sich durch Kendalls Hose gebohrt haben, als dieser sich beinahe auf ihn gesetzt hatte.

›Du hast dich nur auf einen Igel gehockt, stell dich nicht so an‹, sagte Randall, aber er hatte ja auch gut reden. ›Komm her, ich zieh dir die Stacheln raus.‹

Es waren schon eine Menge Stacheln, die aus dem Hosenboden herausragten, und es dauerte seine Zeit, bis Randall alle entfernt hatte. Kendall stöhnte ein paar Mal laut auf.

›Pass gefälligst ein bisschen besser auf‹, sagte Randall, ›sich auf einen Igel zu setzen ist nun wirklich keine Meisterleistung.‹

›Ich hab doch extra hingesehen, bevor ich mich gesetzt hab. Da war kein Igel!‹, sagte Kendall entschieden. ›Jemand muss ihn hingeschoben haben, als ich schon dabei war, mich hinzusetzen.‹

›Jetzt hör mal‹, sagte Randall. ›Niemand kann einem einen Igel unterschieben, ohne dass man es bemerkt. Du musst ihn übersehen haben.‹

Kendall wollte etwas erwidern, kam aber nicht dazu, denn in diesem Augenblick erschienen der Gutsherr, Doktor Pillbury und Mrs Hawkes, um zu sehen, wie die Arbeiten vorankämen. Als sie die Waldarbeiter erreicht hatten, wollte Randall erklären, warum sie noch nicht weitergekommen waren, aber im selben Moment, als er den Mund öffnete, sagte jemand: ›Quak!‹

Es hörte sich so an, als käme es von Randall.

›Wie bitte?‹, sagte der Gutsherr, und alle, sogar Kendall, sahen Randall verwundert an, der selbst nicht verstehen konnte, warum er wie ein Frosch gequakt hatte, anstatt etwas zu sagen. Wieder öffnete er den Mund: ›Quak!‹

›Guter Mann‹, übernahm Mrs Hawkes streng das Wort. ›Sie müssen sich schon etwas klarer ausdrücken, wenn Sie uns etwas mitteilen wollen. Können Sie denn nichts anderes sagen als quak?‹

›Quak-quak!‹, kam es wieder von Randall, diesmal sogar ganz begeistert, wie es schien, und dabei hatte er merkwürdigerweise noch nicht einmal den Mund geöffnet.

›Sagen Sie mal, mein Guter, sind Sie etwa auch noch Bauchredner?‹, fragte Mrs Hawkes ziemlich entrüstet. ›Das ist sicher sehr lustig, aber jetzt würden wir doch gerne wissen, wie Sie mit dem Fällen der Bäume vorankommen. Es wäre also sehr freundlich, wenn Sie wie ein Mensch und nicht wie ein Frosch sprechen könnten!‹

Randall war inzwischen so verwirrt, dass er keinen Laut hervorbrachte. Er konnte sich nicht erklären, was mit ihm los war, aber Kendall hatte erkannt, was hier vor sich ging, und kam seinem Kameraden zu Hilfe. Er nahm Randall den Hut ab und zeigte mit breitem Grinsen auf dessen Kopf. Dort saß ein dicker, grüner Frosch.

›QUAK!‹, sagte er. Jetzt, ohne Hut, klang es noch viel lauter.

›Also, das ist ja wirklich sehr komisch!‹, rief Mrs Hawkes. Trotzdem sah sie nicht so aus, als sei ihr zum Lachen zumute. ›Während wir Frauen in der Küche schuften, um für all die tapferen Männer, die hier draußen tüchtig Bäume fällen, das Abendessen zuzubereiten, haben diese phantastischen Mannsbilder hier einen Frosch gefangen und sind doch tatsächlich auf den überaus spaßigen und geistreichen Gedanken gekommen, sich damit einen Scherz zu erlauben! Bei so wichtigen Angelegenheiten war sicher noch keine Zeit, Bäume zu fällen, oder? Die Herren mögen sich auch gerne reichlich Zeit lassen, es sind ja nur die hilflosen Frauen, die in ihrem Dorf einem heimtückischen Überfall nach dem anderen ausgesetzt sind von diesen pelzigen und haarigen Biestern, die sich nie waschen!‹

Nach dieser Abfuhr standen sowohl Randall als auch Kendall wie begossene Pudel da, aber dem guten Doktor Pillbury war gleich klar, dass es sich so nicht zugetragen haben konnte, und er kam sehr schnell dahinter, was tatsächlich passiert war. Später gelang es ihm sogar, Mrs Hawkes das meiste davon zu erklären, obwohl sie unerschütterlich dabei blieb, dass ihr Sinn für Humor nicht ausreiche, um zu erkennen, was so komisch daran war, sich einen Frosch unter den Hut zu setzen und seine Späße mit anderen zu treiben.

Als der Gutsherr, der Doktor und Mrs Hawkes den ganzen Weg bis auf den Hügel hinaufgegangen waren, bestand für sie kein Zweifel mehr daran, dass es völlig unmöglich war, die Weidenbäume zu fällen. Keiner der drei Arbeitstrupps hatte auch nur einen einzigen Baum gefällt, und es war schon sehr spät am Nachmittag. Nicht genug damit, dass die Trolle den Männern jede Menge Streiche spielten und ihnen ins Handwerk pfuschten, das Holz der Bäume war auch so hart, dass sie ihm mit ihren Äxten und Sägen nichts anhaben konnten. Daher beschloss der Gutsherr, die Arbeiten abzubrechen. Am nächsten Morgen sollte eine weitere Versammlung in der großen Scheune stattfinden.

Alle gingen in ihr Haus und schlossen sorgfältig Fenster und Türen ab, aber trotzdem trieben die Trolle so manchen Unfug in dieser Nacht. Durch die Ereignisse der letzten Tage – und Nächte! – waren sie so richtig auf den Geschmack gekommen.

Mrs Hawkes begegnet zum zweiten Mal einem Heckentroll

Am nächsten Morgen ging eines der Zimmermädchen den Flur entlang, der auch zu Mrs Hawkes' Zimmer führte. Als sie an der Tür vorbeikam, traute sie ihren eigenen Ohren nicht: Es war schon acht Uhr und alle im Haus hatten bereits gefrühstückt, und doch war auf der anderen Seite der Tür Mrs Hawkes' ganz spezielles Schnarchen zu hören. Sonst war Mrs Hawkes immer die Erste, die morgens aufstand! Wenn die Mädchen aus ihren Zimmern ganz oben im Haus herunterkamen, stand sie schon an der Treppe und sah sie mit strengem Blick an, als sei sie selbst schon seit Stunden auf den Beinen. Jedenfalls war sie immer schon lange genug auf, um genau zu planen, was die Mädchen an diesem Tag alles erledigen sollten.

Das Zimmermädchen freute sich ein wenig darüber, dass es nun auch einmal Mrs Hawkes passiert war, zu verschlafen. Jetzt wollte sie sich die Chance, die Hausvorsteherin zu wecken, nicht entgehen lassen. Vorsichtig öffnete sie die Tür zum Schlafzimmer und schob sich hinein. Es roch sehr, sehr stark nach Mrs Hawkes' Lavendelparfüm, mehr noch als es das normalerweise schon tat. Das Zimmermädchen dachte sich, Mrs Hawkes habe nach den Ereignissen der letzten Tage ihr Zimmer sicher vorsichtshalber mit Lavendel eingesprüht, damit ja keiner der Heckentrolle auf die Idee kam, hereinzuspazieren und alles auf den Kopf zu stellen. Ein paar von ihnen hatten ja schon die schreckliche Erfahrung machen müssen, wie es ist, mit Mrs Hawkes' Nachtparfüm besprüht zu werden. Auf Zehenspitzen schlich das Zimmermädchen zum Bett hinüber und wollte gerade die immer noch schnarchende

Mrs Hawkes wecken, als im selben Moment die Tür geöffnet wurde und eine ihr wohlbekannte Stimme sagte: ›Was tust du denn hier, mein Mädchen? Solltest du dich nicht um die Wäsche kümmern?‹

Dem Zimmermädchen wurde ganz schwindelig, denn in der Tür stand Mrs Hawkes! Und trotzdem war nach wie vor vom Bett her ihr Schnarchen zu hören. Wie konnte sie an zwei Stellen gleichzeitig sein?

›Ja, aber – aber …‹, stieß das arme Mädchen hervor, ›wie können Sie denn da stehen, wenn Sie doch noch in Ihrem Bett liegen?‹

›Was ist denn das für ein Unsinn, Kindchen?‹, sagte Mrs Hawkes gebieterisch. ›Ich stehe genau hier, und kurz vor Mittag liege ich nie in meinem Bett!‹

Das Zimmermädchen hielt es nicht länger aus, das Ganze war ihr viel zu unheimlich. Sie riss die Decke vom Bett, um zu sehen, wer dort lag und schnarchte. Und da – mitten im Bett, die Hände faul unter den Kopf geschoben und mit einem behaglichen Lächeln im Gesicht – lag ein Heckentroll. Er roch ganz entsetzlich nach Lavendelparfüm, so sehr, dass sein typischer Trollduft fast nicht mehr wahrzunehmen war. Er schnarchte genau so wie Mrs Hawkes, aber er schlief nicht! Seine großen, sanften Augen sahen das Zimmermädchen direkt an. Dann blinzelte er ein paar Mal, und sie war ganz entzückt und konnte ihren Blick gar nicht mehr von der unergründlichen, wundersam dunkelblauen Tiefe hinter den großen Pupillen lösen. Jetzt hörte der Troll zu schnarchen auf, und ganz verlegen sagte er: ›Buu – uuh!‹ Dann streckte er dem Zimmermädchen eine seiner großen, mit langen, filzigen Haaren bedeckten Hände entgegen. Sie war geschlossen, und er hielt sie so, als wolle er ihr etwas geben. Ohne darüber nachzudenken, was sie tat, hielt das Zimmermädchen seine offene Handfläche unter die Faust des Trolls, und während sie ihm immer noch tief in die Augen sah, legte er etwas in ihre Hand. Sie warf einen Blick darauf – und schrie aus vollem Hals!

Da saß die größte Spinne mit den längsten und schaurigsten haarigen Beinen, die sie je gesehen hatte. Heftig schüttelte sie ihre Hand, um die Spinne loszuwerden, und wollte gerade aus dem Zimmer stürzen, als sie merkte, dass noch immer Mrs Hawkes neben ihr stand. Mrs Hawkes hatte die Arme in die

Seiten gestemmt und sah gar nicht so aus, als sei sie zum Spaßen aufgelegt. Sie beugte sich über den Troll, der immer noch in ihrem Bett lag.

›Wenigstens stinkst du diesmal nicht so gottserbärmlich, aber es gehört sich nicht, sich in anderer Leute Betten zu legen!‹, sagte sie streng und bohrte ihren Blick in den des Trolls. Der Heckentroll schaute mit einem Mal ganz schuldbewusst drein, als täte es ihm sehr leid, was er getan hatte. Es sah fast so aus, als wolle jeden Moment eine Träne kullern, aber auf diesen Trick fiel Mrs Hawkes nicht herein. Kurzerhand packte sie den Troll an seinem buschigen Schwanz, der über die Bettkante hing, und hielt ihn in die Luft, wo er hin und her baumelte, mit schlappen Ohren und mutlosem Blick.

›Wenn du in einem sauberen Bett liegen willst, musst du auch selber sauber sein, und darum können wir uns gerne sofort kümmern!‹, erklärte Mrs Hawkes und ging mit schnellen Schritten hinüber in ihr Badezimmer.

Noch bevor der Troll wusste, wie ihm geschah, befand er sich zum ersten Mal in seinem Leben in einem Badezimmer. Es war ein großes Glück – oder Unglück, wenn man es aus der Sicht des Trolls betrachtet –, dass dort gerade eine Wanne voll mit Seifenwasser stand. Mrs Hawkes hatte darin ihr morgendliches Fußbad gemacht und war noch nicht dazu gekommen, sie auszuleeren. Ohne zu zögern drückte sie den Troll in die Wanne hinein, sodass er vollständig verschwand und pustete und prustete, als er wieder zum Vorschein kam. Hin und wieder tauchte eine seiner großen Hände und auch schon mal ein Fuß aus dem Seifenwasser auf, manchmal auch der ganze Kopf oder nur seine große Nase. Aber Mrs Hawkes hielt ihn fest und wusch ihn mit einem Lappen überall so gründlich ab, dass ihm das Seifenwasser sogar in die Ohren und in die Nase drang.

›So wird das gemacht! Pfui, wie schmutzig du bist, das Wasser wird ja ganz schwarz. Da müssen wohl noch einige Eimer herbei, bevor du mit am Esstisch sitzen darfst!‹

Es kann schon sein, dass der arme Troll versuchte ›Buuh!‹ zu sagen, aber das Einzige, was aus seinem Mund kam, waren Seifenblasen. Als er schließlich kein Wasser mehr im Mund hatte, brach er in fürchterliches Gebrüll aus: ›Waaaaah!‹ Es hörte sich ganz schauderhaft an.

Da ließ Mrs Hawkes endlich los und sah ihn verwundert an.

›Nanu? Gefällt dir das etwa nicht? Sollen wir lieber die große Badebürste nehmen?‹, sagte sie energisch und griff nach selbiger. Aber jetzt wurde es dem Troll zu viel. Er hatte gemerkt, dass Mrs Hawkes ihn nicht mehr festhielt, und mit einem Satz war er aus der Wanne, schoss aus dem Badezimmer und durchs Schlafzimmer und sprang direkt aus dem Fenster.

Noch am selben Vormittag trafen sich alle Einwohner von Compton Basset wieder in der großen Scheune des Gutsherrn, um aufs Neue zu beratschlagen, wie es nun weitergehen sollte. Alle redeten aufgeregt durcheinander, und meistens ging es dabei um die steinharten Weidenbäume. Kaum einer sprach davon, wie sie von den Trollen zum Narren gehalten worden waren, während sie versucht hatten, die Bäume zu fällen. Schließlich bat der Gutsherr lautstark um Ruhe und sagte: ›Wie wir alle wissen, verlief das Fällen der Weidenbäume gestern nicht besonders gut, und es sieht so aus, als ließe sich dieser Plan leider nicht in die Tat umsetzen. Wir müssen uns etwas anderes überlegen. Wenn jemand einen Vorschlag hat, dann lasse er ihn hören.‹

Doch niemand hatte mehr etwas zu sagen, und nach und nach machte sich ein nervöses Murmeln breit.

Schließlich stand Doktor Pillbury auf, und in der Scheune wurde es ruhig.

›Wie es aussieht, war mein Vorschlag, die Weidenbäume zu fällen, kein guter Gedanke, aber es konnte auch niemand ahnen, dass diese seltsamen Bäume so hart sein würden.‹ Er machte eine kurze Pause, während der sich das zustimmende Gemurmel der Versammlung wieder legte. Dann fuhr er fort:

›Weidenbäume hart wie Stein und Trolle, die überall ihr Unwesen treiben – sonderbare Kräfte sind in Compton Basset am Werk! Wenn wir mit dem Spuk, der hier buchstäblich Wurzeln geschlagen hat, fertig werden wollen, dann müssen wir herausfinden, was es damit auf sich hat. Ich glaube, das ist unsere einzige Hoffnung! Und es gibt nur einen Mann, der uns das sagen kann: der merkwürdige Fremde, der sowohl die Samen der Weidenbäume als auch die Trolle hierher gebracht hat.‹

Ein Schauer schien die Versammlung zu durchlaufen. Alle hatten die Geschichte von dem eigenartigen Fremden gehört, aber jetzt, als sie Gewissheit hatten, dass er ein Zauberer oder etwas Ähnliches sein musste, fuhr ihnen allein bei dem Gedanken an ihn die Angst durch Mark und Bein. Und bei den nächsten Worten des Doktors lief es jedem Einzelnen von ihnen kalt den Rücken herunter, denn tief in ihrem Innern wussten sie nur zu gut, dass er Recht hatte.

›Es gibt keine andere Möglichkeit: Einer von uns muss sich auf den Weg machen und versuchen, den fremden Zauberer zu finden!‹, sagte der Doktor.«

Auf der Suche nach dem Zauberer

Die Uhr in Nathans Wohnzimmer zeigte halb zwölf. Ich wäre am liebsten die ganze Nacht aufgeblieben, um die Sage von den Heckentrollen in Compton Basset zu hören, aber man sah es Nathan an, dass er müde war. Er sprach immer langsamer, und ein paar Mal glaubte ich, er sei tatsächlich eingeschlafen. Aber immer wenn er einnickte, puffte es in seiner Pfeife, und das weckte ihn wieder auf. Nachdem das einige Male passiert war, stand ich auf, bedankte mich dafür, dass er mir die Geschichte erzählt hatte, und fragte, ob ich am nächsten Tag wiederkommen und den Rest hören dürfe.

Nathan brachte mich zur Tür und schaltete die Lampe vor seinem Haus ein, sodass ich die Stufen sehen konnte, die durch den Garten hinauf zur Straße führten. Als ich oben an der Straße angelangt war, winkte er und schloss die Tür. In der nächtlichen Stille hörte ich deutlich, wie er sie abschloss und einen Riegel vorschob. Dann ging das Licht aus, und ich beeilte mich, nach Hause zu kommen. Zum Glück brauchte ich nicht hinauf zum Gramp's Hill zu gehen, sondern nur das kurze Stück durchs Dorf bis zu meinem Haus. Unterwegs schaute ich mich sehr genau um. Zwar hatte Nathan gesagt, dass die Trolle nicht mehr so oft ins Dorf hinunter kämen, aber man konnte ja nie wissen. Ich schaute nach allen Seiten, aber an diesem Abend war keine Spur von den Trollen zu sehen.

Und doch! Gerade als ich ins Haus ging und die Tür hinter mir schließen wollte, sah ich mich ein letztes Mal um. Und da, oben auf dem Nachbarhaus, huschte ein Schatten über den Dachfirst. Vielleicht war es ein Eichhörnchen, aber das glaube ich nicht.

Am nächsten Tag traf ich mich wieder mit Nathan, diesmal auf der Bank drüben beim Briefkasten. Das Wetter war schön, es war warm, und so setzten wir uns. Dann erzählte Nathan weiter:

»Am Nachmittag desselben Tages, an dem sie sich zur Beratung getroffen hatten, standen alle Dorfbewohner hier an dieser Stelle und sahen zu, wie der brave Gastwirt Goodwin loszog.

Es war Goodwin, der ausgewählt wurde, um sich auf die Suche nach dem mysteriösen Fremden zu machen, der die Weidenbäume und die Trolle nach Compton Basset gebracht hatte. Zum einen hatte Goodwin ihn ja beide Male gesehen, als er im Dorf gewesen war, und deshalb meinten alle, dass der Gastwirt derjenige war, der den fremden Zauberer am besten wiedererkennen könnte. Und zum anderen war da etwas Besonderes, ja beinahe Mystisches an Goodwin selbst. Das kam daher, dass er als Einziger im Dorf schon weit herumgekommen war. Viele Generationen lang hatten sich alle, die in Compton Basset geboren und aufgewachsen waren, auch dort niedergelassen. Es kam vor, dass ein junges Mädchen in eines der Nachbardörfer zog, aber soweit sich die Ältesten im Dorf erinnern konnten – oder wollten –, hatte es niemals jemanden gegeben, der ausgezogen war, um sein Glück in der großen weiten Welt zu versuchen. Als Goodwin aufwuchs, deutete zunächst ebenfalls nichts darauf hin, dass er von diesem für die Dorfbewohner typischen Lebensweg abweichen würde. Als er zwölf Jahre alt war, ging er bei seinem Onkel, dem alten Morgan Ashwell in die Lehre, dem hoch angesehenen Baumeister des Dorfes. Schon bald zeigte sich, dass Goodwin ganz seinem alten Onkel nachschlug und sehr gut mit Zimmermannsarbeiten zurechtkam. Auch als Maurer und Dachdecker war er sehr geschickt. Schon nach ein paar Jahren sprachen die älteren Männer oft darüber, dass Goodwin der Nachfolger des alten Morgan werden würde. Ja, sie hatten es regelrecht vorausgesehen, denn so hatten sich die Dinge in Compton Basset schon oft zum Besten gefügt, und jetzt würden sie es wieder tun.

Aber dann, als Goodwin gerade siebzehn geworden war, tauchte ein gestandener Seebär im Gasthaus auf, der sich einfach nur als Harris vorstellte. Seinen Vornamen nannte er niemandem. Harris wohnte fast eine Woche lang im Gasthaus, und abends erzählte er Geschichten von seinen Reisen über die sieben Weltmeere, und alle im Dorf saßen da und spitzten die Ohren – obwohl die meisten sich insgeheim darüber ausließen, dass sie kein Wort von seinen ›Märchen‹ glaubten! Goodwin sprach oft mit Harris, und viele meinten, dass der alte Seebär sehr an Goodwin und seiner Mutter, Betty Ashwell, der Witwe des jüngeren Bruders von Morgan Ashwell, interessiert war. Den letzten Abend, an dem Harris in Compton Basset war, verbrachte der Seemann in Bettys kleinem Haus. Morgan und Goodwin waren auch dabei, und die Neugierigen im Dorf – und davon gab es viele! – bemerkten, dass sehr spät noch Licht in dem kleinen Haus brannte. Am nächsten Morgen ging Harris fort, und eine ganze Zeit lang sahen viele im Dorf die Familie Ashwell schief an. Das taten sie hauptsächlich deshalb, weil sie nicht erfahren konnten, worüber Betty, Morgan und Goodwin mit dem Seemann gesprochen hatten. Erst viele Jahre später redete man wieder über Harris' Besuch, aber davon werde ich ein anderes Mal erzählen.

Bald darauf schien alles wieder beim Alten zu sein. Morgan und Goodwin nahmen ihre Arbeit als Baumeister und Handwerker wieder auf, und die älteren Dorfbewohner sprachen über andere Dinge. Aber ein paar Monate später erlebten sie eine Überraschung! Eines Tages waren Morgan und Goodwin mit der großen Scheune, die sie gerade bauten, fertig geworden, und am nächsten Morgen zog Goodwin zur Verblüffung aller Bewohner des Dorfes mit einigen Habseligkeiten über der Schulter fort aus Compton Basset! Es sollte dreizehn Jahre dauern, bis sie ihn wiedersahen. Eines schönen Tages tauchte er genauso plötzlich wieder auf, wie er damals fortgegangen war. Er wohnte wieder bei seiner alten Mutter, doch nach ein paar Wochen kaufte er ein Stück Grund und Boden mit-

ten im Dorf, etwas oberhalb des Weges. Hier baute er ein kleines Haus mit zwei Seitenflügeln. Zwar erledigte er alle Arbeiten selbst, aber es war ganz klar, dass er draußen in der weiten Welt zu Geld gekommen sein musste, denn er bezahlte gleich sowohl für den Grund und Boden als auch für das Baumaterial. Trotzdem taten sich die meisten Leute in Compton Basset schwer damit, ohne weiteres zu akzeptieren, dass Goodwin jetzt wieder richtig zum Dorf gehörte.

Als Goodwin ein kleines Gasthaus eröffnete, war das Eis schnell gebrochen, wie man so sagt. Das alte Gasthaus war vor einigen Jahren geschlossen worden, und später brannte

das Gebäude ab. Die meisten waren ziemlich skeptisch, denn was konnte Goodwin schon davon verstehen, ein Gasthaus zu führen? Aber als es öffnete, merkten die Leute schnell, dass Goodwin eine gute Stimmung verbreitete und dass das Essen, das er servierte, gut war – sogar sehr gut! Bekanntlich gibt es ja nichts, was besser geeignet ist, Vertrauen und Wohlwollen zu schaffen, als gutes Essen! Und so wurden das Gasthaus und Goodwin schon bald zum Mittelpunkt des Dorfes.

Als vor vielen Jahren die Probleme mit den Heckentrollen begannen, wussten alle im Dorf, dass Goodwin ein zuverlässiger und vernünftiger Mann war. Sie vertrauten ihm voll und ganz, und es bestand auch kein Zweifel, dass er sich in der großen weiten Welt auskannte. Der Gutsherr gab ihm die Mahnung mit auf den Weg, dass die Zukunft des ganzen Dorfes von ihm abhinge.

Diesen Weg ist er gegangen.« Nathan zeigte hinauf zum Gramp's Hill. »Und diesmal sollte fast ein Jahr vergehen, bis sie sich wiedersahen.

Der Gutsherr gab ihm einen großen, schweren Geldbeutel mit Silber und Gold. Das Silber sollte er nehmen, um für die Reise aufzukommen und davon zu leben, bis er den seltsamen Zauberer gefunden hatte. Er sollte es auch verwenden, um diejenigen zu bezahlen, denen er auf seinem Weg begegnete und die ihm Ratschläge geben konnten und ihm halfen, dem merkwürdigen Fremden auf die Spur zu kommen. Das Gold sollte er behalten, bis er den Zauberer finden würde. Damit sollte er versuchen ihn zu überreden, den Bewohnern des Dorfes bei der Bekämpfung der Trollplage zu helfen.

Goodwin nahm seinen großen Bluthund Hector mit auf die Reise. Hector war ein besonnener und kluger Hund, und er passte immer sehr gut auf seinen besten Freund auf, und das war Goodwin. Wenn Hector dabei war, wusste Goodwin, dass er keine Angst vor Dieben und Räubern haben musste, denn Hector war ein aufmerksamer Wachhund, mit dem nicht gut Kirschen essen war. Mit all dem Silber und Gold, das Goodwin bei sich trug, war es gut für ihn zu wissen, dass er seinen treuen Freund an seiner Seite hatte.

Während die Dorfbewohner winkten und ihre Taschentücher schwenkten und ihnen ›Viel Glück auf der Reise‹ und ›Kommt bald zurück‹ zuriefen, durchquerten Goodwin und Hector den Ort und gingen hinauf zum Gramp's Hill.

An diesem Tag sahen die Reisekameraden nichts von den Trollen. Vielleicht lag es daran, dass es noch helllichter Tag war, vielleicht war der Grund aber auch, dass Goodwin Hector dabei hatte – oder vielleicht, dass er sich auf eine Reise begab, die sehr viel größere Bedeutung bekommen sollte, als er es sich jemals hätte träumen lassen.

Oben auf der Kuppe des Hügels schaute Goodwin noch ein letztes Mal hinunter auf das Dorf. Er wusste nicht, ob er den seltsamen Zauberer jemals finden würde, und deshalb hatte er auch keine Ahnung, wie lange es dauern würde, bis er wieder zurückkehrte.

›Siehst du das Strohdach da unten, Hector?‹ Goodwin ging in die Hocke und legte den Arm um den großen Bluthund. ›Das ist das Dach unseres Gasthauses. Wer weiß, wann wir es wiedersehen. Vielleicht müssen wir weit, weit weg, vielleicht sogar über das Meer in fremde Länder, wo alles ganz anders ist als hier.‹

Hector sah nicht sonderlich bekümmert aus. Solange er mit Goodwin zusammen war, den er über alles auf der Welt liebte, war er vollkommen zufrieden. ›Aber jetzt ist es Zeit, aufzubrechen!‹, riss sich der Gastwirt los. ›Wir finden ja keine Zauberer, wenn wir hier herumhocken, bis es dunkel wird.‹

So wanderten sie den uralten Weg entlang, der oben auf dem Hügelkamm verläuft. Sie gingen Richtung Westen, denn nach den Sagen aus dem alten England kommen die Zauberer aus den öden Gegenden weit draußen im Westland. Gerüchten zufolge gab es auch sehr viel Magie und Hexerei in den Städten drüben im Westen, und daher meinte Goodwin, dass er in dieser Richtung die größten Chancen hätte, jemanden zu treffen, der etwas über den fremden Zauberer wusste. Goodwin und Hector schritten kräftig aus, es war schon spät, und in wenigen Stunden würde die Sonne untergehen. Goodwin wollte gleich am ersten Tag ein ordentliches Stück vorankommen. Gut begonnen ist schon halb gewonnen, wie er immer sagte, auch wenn es sich diesmal zeigen sollte, dass die erste Tageswanderung nur ein ganz, ganz kleiner Teil seiner Reise sein würde.

Als die Dunkelheit hereinbrach, gingen die beiden Reisekameraden hinunter in die kleine Stadt Bishopstone. Goodwin hatte ja eine Menge Geld bei sich, und so bestellte er sich im Gasthaus des Städtchens ein ordentliches Abendessen und einen Knochen für Hector. Als sie gegessen hatten, lud er einige der Gäste zu einem Krug Bier ein. Viele von ihnen kannten Goodwin sehr gut, denn noch waren sie ja nicht allzu weit von zu Hause weg. Sie wussten, dass er selbst ein Gasthaus besaß, und fragten sich, warum er unterwegs war, anstatt sich darum zu kümmern. Goodwin erzählte ihnen nichts von Trollen oder Zauberern, sondern erklärte, dass er nach einer kleinen Figur suche, die der Gutsherr von Compton Basset gerne kaufen wollte. Das stimmte ja eigentlich auch, denn Goodwin dachte an die kleine, silberne Figur, die der fremde Zauberer bei sich gehabt hatte, als er nach Compton Basset kam. Er hatte sie damals wieder mitgenommen, weil der Gutsherr lieber die Samen der Weidenbäume behalten wollte. Goodwin vermutete, dass die Figur etwas mit den Trollen zu tun hatte. Das kleine Mädchen hielt ja ein Büschel in der Hand, das sehr an das Schwanzende eines Trolls erinnerte. Damals konnte nicht einmal Goodwin ahnen, wie wichtig die kleine Silberfigur noch werden sollte!

Goodwin fragte die Leute im Gasthaus, ob sie jemals einen seltsamen Fremden gesehen hatten mit einem hohen Hut, dessen Spitze umgebogen war. Aber keiner konnte sich an einen Mann erinnern, auf den seine Beschreibung des sonderbaren Zauberers gepasst hätte, und so zogen sich Goodwin und Hector wenig später auf ihr kleines Zimmer zurück und legten sich schlafen.

Am nächsten Morgen zogen sie gut gelaunt los. Es war ein schöner, klarer Herbsttag, die Luft war frisch und mild. An diesem Tag wanderten sie weit nach Westen und waren froh, als sie am Abend ein kleines, gemütliches Gasthaus unten im Tal erreichten, wo sie einkehren und übernachten konnten. Aber auch dort gab es niemanden, der etwas über den fremden Zauberer wusste.

So vergingen viele Tage, bis die beiden schließlich in die große Stadt Glastonbury kamen. Goodwin hatte viele merkwürdige Geschichten über Glastonbury gehört, und sie handelten meistens von Zauberern und Magie. Wenn er hier nichts erfahren konnte, dann wusste er sich keinen Rat mehr. In Glastonbury gab es einen großen Markt, viel größer, als Goodwin je zuvor einen gesehen hatte. Überall waren Händler, die entweder auf einer Decke auf der Erde saßen oder einen kleinen Stand mit einem Dach aus Segeltuch aufgebaut hatten. Sie verkauften Kleider und Stiefel, Decken und Taschen, Schmuck und Figuren. Es gab viele, die magische Steine und Zauberkräuter anboten – das behaupteten sie jedenfalls. Eine Menge Gaukler waren da, die alle möglichen Kunststücke aufführten. Einer konnte einen Knoten in sich selbst machen, ein anderer verschluckte brennende Holzstäbe und ein Dritter konnte die Laute aller möglichen Tiere nachahmen. Im einen Augenblick grunzte er wie ein Schwein, im nächsten blökte er wie ein Schaf. Als Goodwin und Hector an ihm vorbeigingen, bellte er gerade wie ein Hund. Aber das wäre ihm beinahe schlecht bekommen, denn Hector wurde sehr wütend.

Den ganzen Tag liefen Goodwin und Hector auf dem Markt herum und fragten alle möglichen Leute, ob sie etwas über einen Fremden wüssten, der eigenartig sprach und einen hohen, spitzen Hut trug. Aber als der Tag zu Ende ging, war ihnen immer noch niemand begegnet, der auch nur das Geringste über den seltsamen Fremden wusste.

Es schien eine angenehme Nacht zu werden, und Goodwin beschloss, unter freiem Himmel draußen beim Marktplatz zu schlafen, so wie die Händler und Gaukler. Er hatte eine warme Decke bei einem der Händler gekauft, die er gegen die nächtliche Kälte um sich wickelte. Mit hochgestellten Ohren legte sich Hector neben ihn. Goodwin wusste, dass er ruhig schlafen konnte, denn Hector schlief niemals mit mehr als einem Auge auf einmal, und er würde ganz sicher aufpassen. Eine Weile saß Goodwin da und lauschte den Geräuschen, die vom Marktplatz durch die Nachtluft zu ihm drangen. Einige der Gaukler machten Musik und sangen; in der abendlichen

Stille hörte es sich schön und traurig an. Andere, die auf dem Marktplatz übernachteten, hatten ein Feuer angezündet, rösteten Brot und grillten Fleisch. Aber nach und nach gingen die Feuer aus, die Musik verstummte und die meisten legten sich schlafen.

Wie er so in seine warme Decke eingehüllt dasaß, merkte Goodwin nicht, dass auch er allmählich einschlief. Mit einem Ruck schreckte er hoch, als er Hectors tiefes Knurren neben sich vernahm. Goodwin war hellwach. Ein wenig entfernt stand ein merkwürdiger kleiner Mann und sah ihn an. Er hatte fast keine Zähne mehr und einen so durchdringenden Blick, dass er die Dunkelheit zu zerteilen schien.

›Was willst du von mir?‹, fragte Goodwin. ›Es ist spät, und mein Hund mag es überhaupt nicht, wenn mir jemand zu nahe kommt, wenn ich schlafe.‹

›Bist du derjenige, der nach Castanac sucht?‹, fragte der kleine Mann.

Eine Begegnung in Glastonbury

Goodwin gefiel der kleine Mann mit den stechenden Augen und dem hinterlistigen und misstrauischen Blick nicht besonders, und er spürte gleich, dass der Zwerg nicht einfach gekommen war, um ihm zu helfen. Er musste also aufpassen, was er sagte.

›Ja – kann schon sein, dass ich Castanac suche‹, antwortete Goodwin so beiläufig er konnte. Eigentlich wusste er ja gar nicht, ob der fremde Zauberer so hieß, aber er hatte das deutliche Gefühl, dass dieser merkwürdige Name sehr gut zu dem mysteriösen Fremden passte. Goodwin machte sich ausführlich mit seiner Decke zu schaffen und legte sie sich umständlich um die Schultern, um zu zeigen, dass es ihn nicht sonderlich interessierte, was der kleine Mann zu sagen hatte. Dann fuhr er fort: ›Aber ich kann mich nicht erinnern, dich nach ihm gefragt zu haben.‹

›Neuigkeiten machen hier auf dem Marktplatz schnell die Runde‹, sagte der kleine Mann. ›Wie ich höre, suchst du nach einem Zauberer mit einem hohen, spitzen Hut, der oben umgebogen ist. Auch wenn du seinen Namen nicht genannt hast, kann es sich nur um Castanac handeln.‹

Goodwin war sehr zufrieden mit dem, was er hörte. Wahrscheinlich ohne es zu ahnen hatte der kleine Mann bereits etwas über den mysteriösen Fremden erzählt, das Goodwin bisher nicht gewusst hatte, den Namen und dass Castanac offenbar ständig seinen auffälligen Hut trug. Ein eigenartiger Name!, dachte er bei sich und war sehr gespannt darauf, ob er noch mehr erfahren würde.

›Setz dich doch ein Weilchen, dann können wir besser miteinander reden‹, sagte er sehr viel freundlicher als zuvor.

›Danke, ich verzichte!‹, entgegnete der Mann ohne zu lächeln. ›Castanac ist nicht gerade der Mann, über den ich so gerne spreche, dass ich mich dazu setzen würde. Je weniger ich von ihm höre, umso besser!‹ Ein Schauer durchlief den kleinen Mann, als ob ihm allein der Gedanke an seinen unheimlichen Bekannten schon durch Mark und Bein ginge. Er fuhr fort: ›Falls du ihn tatsächlich suchst, könnte ich dir verraten, was ich weiß. Du musst einen guten Grund haben, ihn finden zu wollen. Castanac ist jemand, dem man besser aus dem Weg geht, wenn man noch alle Sinne beieinander hat.‹

›Hm, ja, doch‹, sagte Goodwin langsam. ›Wenn du mir sagen kannst, wo ich ihn finde, würde mir das schon weiterhelfen. Zu einem Plauderstündchen können wir uns ja auch noch ein anderes Mal treffen.‹

›Was zahlst du?‹, fragte der kleine Mann geradeheraus. ›Ja, wenn du hier nach ihm suchst, weiß ich mehr darüber, wo er sich aufhält, als du – so viel ist sicher!‹

Goodwin war zwar wenig überrascht, aber es ärgerte ihn doch, dass der Zwerg bezahlt werden wollte, bevor er ihm erzählte, was er wusste. Aber es war vielleicht seine einzige Chance, die Spur des fremden Zauberers aufzunehmen.

›Wenn du mir sagst, was du weißt, gebe ich dir eine Silbermünze‹, sagte Goodwin. Das war mehr als reichlich, doch wollte er nicht riskieren, dass der kleine Mann einfach seiner Wege ging.

›Mach zwei draus, und wir sind im Geschäft!‹, sagte der kleine Mann schnell. Er hatte sofort bemerkt, dass dies eine günstige Gelegenheit war, mit seinem Wissen gutes Geld zu verdienen.

›Na gut, einverstanden.‹ Goodwin nahm zwei Silbermünzen aus dem Beutel, den ihm der Gutsherr mitgegeben hatte, achtete aber darauf, dass der kleine Mann nicht sehen konnte, wie viel Geld sich tatsächlich darin befand.

›Jetzt erzähl mir, was du weißt, und zwar ein bisschen plötzlich!‹, sagte Goodwin, und seine Stimme klang nun gar nicht mehr freundlich.

Der kleine Mann betrachtete beide Münzen eingehend, bevor er sie irgendwo unter seinem Umhang verstaute. Dann lächelte er listig.

›Castanac ist nicht hier. Es ist schon viele Jahre her, dass er sich hier aufgehalten hat – und das ist gut so, wenn du mich fragst.‹

›So so‹, sagte Goodwin. ›Und wo ist er jetzt? Für zwei Silbermünzen solltest du mir schon etwas mehr erzählen können!‹

›Vor ein paar Jahren verschwand er plötzlich. Er war fürchterlich wütend über irgendetwas. Er wollte mich mitnehmen, aber ich lehnte ab. Für meinen Geschmack machte er sich zu viel mit Hexerei und Zauberei zu schaffen.‹

›Worüber war er denn so wütend?‹, fragte Goodwin. Er überlegte, ob es vielleicht etwas damit zu tun haben konnte, dass der Gutsherr von Compton Basset dem Fremden damals die Samen der Weidenbäume abgenommen hatte.

›Das hat er mir nun wirklich nicht gesagt! Nur, dass er fortgehen wollte‹, sagte der kleine Mann. ›Würdest du ihn besser kennen, wüsstest du, dass er nie irgendjemand etwas darüber verrät, was er denkt oder was er vorhat.‹

So wie das Gespräch verlief, würde er nicht viel erfahren, und deshalb entschloss sich Goodwin, die Karten auf den Tisch zu legen und direkt zu fragen.

›Hast du jemals gesehen, dass Castanac einige kleine Trolle in einem Käfig bei sich hatte?‹

Der kleine Mann runzelte die Stirn. ›Trolle! Nein, Trolle habe ich nicht gesehen. Obwohl … einmal hatte er einen Käfig bei sich, in den ich nicht hineinschauen durfte. Wenn ich dabei war, hatte er immer eine Decke oder ein Tuch darüber gelegt. Deshalb kann ich nicht sagen, was sich in dem Käfig befand. Aber es war etwas, das er bewachte, als sei es reines Gold. Ha! Trolle – ja, das würde mich nicht wundern! Castanac schleppte immer eine Menge Dinge mit sich herum, von denen sich ordentliche Menschen lieber fern halten.‹

Der kleine Mann drehte sich um und wollte gehen.

›Hej!‹, sagte Goodwin. ›Du hast vergessen, mir zu sagen, wohin Castanac verschwunden ist.‹

Wieder lächelte der kleine Mann listig. Er dachte sich wohl, für das wenige, was er wusste, einen sehr guten Schnitt gemacht zu haben. ›Wenn ich du wäre, würde ich übersetzen und in Frankreich nach ihm suchen‹, sagte er. Dann fügte er hinzu: ›Er wollte in eine Stadt tief unten im Süden, wo es schrecklich warm und staubig sein soll – Avignon heißt sie wohl –, und von dort wollte er weiter in die wunderlichen Länder im Osten – weit weg, wo der Pfeffer wächst.‹

Viel war es nicht, was Goodwin erfuhr. Mit einem misstrauischen Blick auf Hector, vor dem er sichtlich einen ziemlichen Respekt hatte, beeilte sich der kleine Mann wegzukommen. Er fürchtete, Goodwin könnte vielleicht nicht zufrieden sein mit dem wenigen, das er für seine zwei Silbermünzen bekommen hatte. Als er schon fast nicht mehr zu sehen war, drehte sich der kleine Mann aber noch einmal um.

›Falls du einen guten Rat haben willst, dann halte dich fern von Castanac – es wird dir nicht gut bekommen, wenn du ihn ausfindig machst!‹ Dann verschwand er in die Dunkelheit.

Goodwin saß noch lange da und dachte darüber nach, was er gehört hatte. Es gab keinen Zweifel daran, dass der unheimliche Fremde Castanac hieß. Sowohl die Beschreibung des Hutes als auch die Zauberei, der Käfig und die Wut, von der der kleine Mann gesprochen hatte und die Castanac anscheinend oftmals erfasste, passten zu dem Fremden. Aber er und Hector waren viel zu spät gekommen. Castanac war zwar in Glastonbury gewesen, aber das war schon lange her, und inzwischen war er längst übers Meer nach Frankreich verschwunden. Es blieb ihnen nichts anderes übrig, als ihm zu folgen, und das gleich am nächsten Tag. Für Goodwin stand bereits fest, dass es eine längere Reise werden würde, als er es sich anfangs vorgestellt hatte.

Es ist wirklich ein Glück, dass ich Hector mitgenommen habe, dachte er, und dann schlief er ein.

Castanac

Am nächsten Morgen war die Sonne kaum aufgegangen, als Goodwin vom Lärm, der auf dem Marktplatz herrschte, geweckt wurde. Der morgendliche Tau hatte seine Decke ganz klamm werden lassen, aber trotzdem fror er nicht, denn Hector hatte sich ganz dicht neben ihn gelegt.

›Na, alter Freund‹, sagte Goodwin und streckte sich. ›Das Beste wird sein, gleich aufzubrechen. Hier werden wir wohl nichts mehr erfahren, was uns weiterhelfen könnte, und es scheint so, als hätten wir eine lange Reise vor uns.‹ Dann stand Goodwin auf, wickelte seine Decke zusammen und nahm sie mitsamt seinem Rucksack auf den Rücken. Auf dem Weg über den Marktplatz kaufte er Brot und getrocknetes Fleisch, das sie unterwegs essen konnten. Kurz darauf hatten Goodwin und Hector Glastonbury verlassen und wanderten weiter in Richtung der englischen Südküste.

Es dauerte drei Tage, bis sie das Meer erreichten. Fröhlich pfeifend wanderte Goodwin die schmalen, gewundenen Wege entlang und winkte allen zu und grüßte jeden, der ihnen begegnete, ganz egal ob die Leute sich selbst für zu vornehm hielten, ebenfalls zu grüßen. Castanac – ob er nun ein Zauberer war oder nicht – war ja immer noch weit weg, in einem anderen Land jenseits des Meeres.

Meistens ging Hector direkt neben ihm, hin und wieder aber lief er so weit voraus, dass Goodwin ihn aus den Augen verlor. Er machte sich deshalb keine Sorgen, denn er kannte Hector gut genug, um zu wissen, dass der große Bluthund ihn immer sehen oder jedenfalls hören konnte. Auch wenn der Weg sich teilte und Hector gerade außer Sichtweite war, zögerte Goodwin keinen Moment, sondern marschierte unverdrossen weiter in die Richtung, in die sie gehen mussten, und kurz darauf tauchte Hector wieder auf und rieb seine große Schnauze an Goodwins Hosenbein.

Am dritten Tag, nachdem sie Glastonbury verlassen hatten, führte sie der Weg einen kleinen Höhenzug hinauf, und als sie den Kamm erreichten, blies ihnen ein frischer, salziger Wind ins Gesicht. Und da, unterhalb der Hügel, breitete sich die blaue See vor ihnen aus.

Am Nachmittag gingen sie hinunter in das kleine Hafenstädtchen Poole. Steile, enge Gassen führten schnurgerade hindurch und die Böschung hinab direkt bis zum Hafen. Kleine Häuser standen auf beiden Seiten in langen Reihen dicht aneinander gedrängt. Bei vielen von ihnen hingen kleine Lampen über der Eingangstür, was bedeutete, dass es sich um ein Gasthaus handelte und man etwas zu essen und bei einigen auch ein Bett für die Nacht bekommen konnte. Überall liefen Seeleute herum, und sie sahen ganz anders aus als die Leute, mit denen Goodwin in den letzten paar Jahren für gewöhnlich zu tun gehabt hatte, seit er sein Gasthaus betrieb. Er hatte geglaubt, er würde sich unter Seeleuten sehr schnell wieder heimisch fühlen. Er war ja schließlich selbst dreizehn Jahre zur See gefahren. Aber er hatte vergessen, wie rau und hart das Leben an Bord der Schiffe war. Jetzt kam es ihm so vor, als gehöre seine Zeit als Seemann zu einem ganz anderen Leben. Die Gesichter der Seeleute waren vom Wetter gegerbt, ihre Haut ledern und zerfurcht. Viele trugen große Messer am Gürtel und Ringe in den Ohren oder Metallbänder an Armen oder Knöcheln, und nicht wenige von ihnen hatten eine Augenklappe über einem Auge – falls es noch da war.

Goodwin ging zuerst zum Hafen hinunter und sah sich die großen Segelschiffe an. Bei der Erinnerung an seine jungen Jahre spürte er ein Ziehen im Bauch. Das Leben auf See war hart gewesen, aber auch wunderbar und voller Abenteuer. Jedes Knirschen der Schiffe und der Taue, mit denen die mächtigen

THE SUNKEN WHALER

Segler festgemacht waren, all der Lärm vom Löschen der Ladung und vom Aufnehmen neuer Fracht war ihm vertraut, und er kannte jeden Geruch so genau, als käme er aus seiner eigenen Küche im Gasthaus von Compton Basset. Goodwin seufzte.

Wenig später ging er eine der steilen Gassen hinauf zurück in das Städtchen, wo er ein kleines Steinhaus mit winzigen Fenstern und einer Lampe über der Tür betrat. Hier hoffte er zu erfahren, ob es Schiffe gab, die nach Frankreich segelten. Er setzte sich mit Hector an einen Tisch in der Ecke der kleinen Gaststube. Obwohl es noch nicht einmal Abend war, herrschte hier drinnen fast schon Dunkelheit. Es roch nach Teer, Rum und starkem Seemannstabak. Überall in dem kleinen Raum saßen Gruppen von Seeleuten an den Tischen um eine Flasche dunklen Jamaikarum, und jeder der Männer hatte ein kleines Glas vor sich stehen, das er von Zeit zu Zeit in einem einzigen Zug leerte. Danach schenkten sie sich die Gläser sofort wieder voll und ließen sie vor sich stehen, bis ihre Unterhaltung an einen Punkt gekommen war, der Gelegenheit bot, das Glas wieder auszutrinken. Wie von einem automatischen Mechanismus in Gang gesetzt, hoben sie alle im selben Moment ihr Glas, legten den Kopf zurück und stürzten den Rum die Kehle hinunter. Es hatte nicht den Anschein, als wäre das herbe Gesöff ein Genuss, trotzdem schenkten sie ohne Zögern immer wieder nach. Goodwin hätte gerne gewusst, ob es die Gesprächsthemen waren, die die Seeleute zu einem Schnaps nach dem anderen veranlassten, aber er konnte nicht verstehen, worum es in ihren Unterhaltungen ging. Ihre breiten Schultern bildeten einen fest geschlossenen Kreis, und es war nur das Gemurmel ihrer rauen Stimmen zu hören.

Nach einiger Zeit kam der Gastwirt – ein großer, dicker und mürrisch dreinschauender Kerl mit Hakennase und zottigen Haaren – an Goodwins Tisch.

›Rum?‹, fragte er nur.

›Nein, danke‹, sagte Goodwin. ›Ich nehme lieber einen Becher von deinem Bier. Dort, wo ich herkomme, sind wir das eher gewöhnt.‹

Für einen kurzen Moment verstummten die Gespräche der Seeleute, in der kleinen, schummrigen Gaststube wurde es totenstill. Einige der Gäste drehten sich halb um und sahen zu Goodwin herüber – ein Mann, der keinen Rum trank, kam ihnen verdächtig vor! Goodwin lächelte ihnen freundlich zu, spürte aber dennoch, dass man ihm nicht sonderlich gut gesonnen war.

Der Gastwirt wühlte lange hinter seiner Theke herum. Dann öffnete er demonstrativ eine Luke, die in den Keller hinunterführte, aber schließlich fand er doch noch einen Krug alten Bieres für Goodwin. Verärgert darüber, dass sein Gast keinen Rum trank, knallte er den Krug unwirsch vor Goodwin auf den Tisch.

›Hör mal –‹, sagte Goodwin, ›kannst du mir vielleicht sagen, wie die Chancen stehen, ein Schiff nach Frankreich zu finden?‹

Wieder verstummte jegliches Gespräch im Raum, und sowohl die Seeleute als auch der Gastwirt sahen Goodwin argwöhnisch an.

›Was hat eine Landratte wie du an Bord eines Schiffes zu suchen?‹, fragte der Gastwirt missmutig. ›Es würde dir sicher besser bekommen, an Land zu bleiben!‹

Dann verschwand er wieder hinter seiner Theke, und die Seeleute nahmen ihre Gespräche wieder auf. Das half Goodwin nun nicht viel weiter, und er wollte gerade seiner Wege gehen, um zu sehen, ob er nicht am Hafen mehr Glück hätte, als die Tür aufschwang. Ein großer, rundlicher Mann trat ein und sagte: ›Guten Tag, guten Tag alle miteinander, wie geht's, wie steht's?‹

Das Gesicht des Mannes war ganz von weißen, lockigen Haaren und einem ebensolchen Bart umrahmt. Nicht nur sein Mund, auch seine Augen lächelten, als sei er allerbester Laune. Auch er kam den Seeleuten anscheinend verdächtig vor, vielleicht weil er es sich erlaubte, gute Laune zu haben, jedenfalls sahen sie misstrauisch zu ihm hin, so wie sie es vorher bei Goodwin auch getan hatten. Dem Mann mit den weißen Locken war dies aber ganz offensichtlich völlig gleichgültig. Er ließ sich an Goodwins Nebentisch nieder und atmete dabei hörbar zufrieden aus. Auf seiner Schulter saß ein sonderbarer Papagei mit grünen, roten und blauen Federn.

›Puh, das war eine harte Fahrt!‹, sagte der Mann und sah sich lächelnd in der Gaststube um. ›Unten vor Spanien gerieten wir in einen heftigen Sturm, es hätte nicht viel gefehlt, und meinen kleinen Freund hier hätte es über Bord geweht.‹ Er streichelte dem Papagei über den Rücken. ›Sagst du den Leuten hier denn mal nett Guten Tag?‹

›Möge die Erde sich auftun und euch alle verschlingen!‹, krächzte der Papagei. Wieder verstummten die Seeleute. Nach diesem Gruß sahen sie den Neuankömmling beinahe feindselig an.

›Tja, er ist nicht immer höflich‹, sagte der Mann mit leichtem Bedauern in der Stimme, ›aber sonst ist er ein patenter Kerl. Er heißt Castanac.‹

Goodwin hätte um ein Haar sein Bier umgestoßen. Es schmeckte etwas fad und alt, sodass der Verlust zu verschmerzen gewesen wäre. Der Papagei hieß Castanac! – Das konnte doch kein Zufall sein.

›Entschuldige, darf ich mich zu dir setzen?‹, fragte Goodwin und rückte mit seinem Stuhl zu dem Tisch hinüber, an dem der Neuankömmling saß. ›Das hört sich an, als wärst du schon viel auf See gewesen, und ich könnte einen guten Rat wirklich gebrauchen.‹

›Ja, gerne!‹, sagte der Mann freundlich. ›Setz dich endlich her – du hättest dir keine bessere Gesellschaft aussuchen können!‹

›Trink deinen Rum!‹, sagte der Papagei zu Goodwin. Hector öffnete ein Auge und sah ihn blinzelnd an, beschloss dann aber doch, dass der Vogel es nicht wert war, auch das andere Auge aufzuschlagen.

Ein komischer Vogel

Goodwin war der große, fröhliche Seemann von Anfang an sympathisch. Jetzt musste er versuchen herauszubekommen, wie der Papagei dieses Seebären zu dem Namen Castanac gekommen war.

›Ich suche ein Schiff hinüber nach Frankreich‹, erzählte Goodwin. Er brannte darauf, ihn über den Papagei auszufragen, dachte aber, es sei klüger, erst einmal sein Vertrauen zu gewinnen. ›Weißt du, ob hier im Hafen Schiffe liegen, die mich mitnehmen könnten?‹

›Da hast du aber Glück‹, sagte der Seemann freundlich, ›denn du bist genau an den Richtigen geraten. Das Schiff vom alten Bomstaff segelt morgen hinüber – und Bomstaff, das bin ich!‹

›Ich bin Castanac!‹, sagte der Papagei, als sei er der Ansicht, alle sollten sich einander vorstellen.

›Danke für das Angebot, das ist sehr freundlich von dir und wirklich ein Glück für mich‹, sagte Goodwin. ›Ich heiße Goodwin. Was wird die Überfahrt mich und meinen Freund Hector hier kosten? Wir würden gerne dafür bezahlen.‹

›Möge der Blitz in deinen Mast niederfahren!‹, wünschte der Papagei Goodwin.

›Nee, nee‹, sagte Bomstaff und lächelte über das ganze Gesicht, ›lass mal gut sein. Ich hab's gern, wenn Gäste an Bord sind. Und außerdem erlebe ich bei der Gelegenheit mal, wie es ist, einen Schiffshund mit auf Fahrt zu haben. Das haben sonst immer nur die großen Schiffe, die vornehmen Leuten gehören.‹ Dann lachte er, dass es durch die ganze Gaststube dröhnte, und wieder drehten sich die anderen Seeleute um und sahen ihn schief an.

›Steckt eure Nase in eure eigenen Angelegenheiten!‹, krakeelte der Papagei ihnen zu. ›Sonst könnte es sein, dass sie abfällt!‹ Den Seeleuten gefiel der freche Papagei immer weniger, ganz besonders ärgerten sie seine Aussprüche über Zauberei und Unglück, denn Seeleute sind ein sehr abergläubisches Volk. Aber Bomstaff schien überhaupt nicht zu bemerken, dass sie ihnen böse Blicke zuwarfen und äußerst unfreundliche Bemerkungen entgegenknurrten. Doch wagte es keiner, sich ihrem Tisch zu nähern, denn Hector spürte die bedrohliche Stimmung ebenfalls, hob den Kopf und ließ ein tiefes Brummen hören.

›Lass uns ein Glas Rum trinken, auf eine glückliche Reise!‹, sagte Bomstaff und rief den Gastwirt herbei.

Goodwin fürchtete, Bomstaff könne es als Beleidigung auffassen, wenn er dessen freundliche Einladung ausschlug, und so nahm er einen Schluck aus dem Glas, das der Wirt vor ihn auf den Tisch gestellt hatte. Aber er hätte den Rum beinah in den falschen Hals bekommen. Bomstaff stürzte sein Glas in einem Zug herunter.

›Aaaaah – das war gut!‹, sagte er. ›Obwohl es nicht gerade der beste Jamaikarum ist, den man hier kriegt.‹ Letzteres war deutlich an die Adresse des Gastwirts gerichtet.

›Wag es nicht, mich zu betrügen!‹, rief der Papagei dem Gastwirt hinterher. ›Sonst schicke ich dir Fledermäuse auf den Hals!‹

Der Wirt sah aus, als könne er sich gut vorstellen, den Papagei zu Frikassee zu verarbeiten.

›Das ist ja ein toller Vogel, den du da hast‹, sagte Goodwin. ›Wo hast du ihn her?‹

›Trink deinen Rum!‹, mahnte der Papagei noch einmal.

Goodwin schielte hinunter auf sein Glas. Der Rum schmeckte ihm nicht besonders, und er hatte gehofft, niemand würde bemerken, dass er nicht ausgetrunken hatte. Er atmete tief ein, schüttete den letzten Rest des ekligen Zeugs hinunter und musste husten. Tränen traten ihm dabei in die Augen.

›Ja, ein Schluck Rum ist etwas Feines‹, sagte Bomstaff fröhlich und klopfte Goodwin kräftig auf den Rücken. ›Also, den Papagei habe ich in Frankreich gekauft, auf dem Marktplatz am Hafen von Marseille.‹

›Hast du ihn vielleicht einem Mann abgekauft mit einem hohen, spitzen Hut, der oben umgebogen war?‹, fragte Goodwin gespannt, als er seine Stimme wiedergefunden hatte.

›Iss deinen Hut!‹, sagte der Papagei, ›dann wirst du groß und stark.‹

›Nee, so einen Hut hatte er nicht, glaub ich. Er war ein ziemlich komischer Kauz, der sicher früher mal zur See gefahren ist. Auf seine alten Tage versuchte er wohl, sich als Krämer über Wasser zu halten. Tatsächlich habe ich ihn gekauft, weil er die ganze Zeit sagte, er sei wütend und werde fortgehen, und da dachte ich mir, dass er ruhig mit mir fortgehen könnte!‹ Wieder ließ Bomstaff sein dröhnendes Lachen hören, und Castanac – also der Papagei – rief: ›Castanac ist wütend – ich werde fortgehen! Castanac ist wütend – ich werde fortgehen!‹

›Da, da hörst du's!‹, sagte Bomstaff, als er endlich zu lachen aufgehört hatte. ›Er sagt immer noch dasselbe, obwohl er doch mit mir fortgegangen ist.‹

›Du weißt also nicht, woher der Mann ihn hatte oder wem er vorher gehört hat?‹, fragte Goodwin etwas enttäuscht. Er war überzeugt, dass es eine Verbindung zwischen dem Papagei und dem Zauberer Castanac geben müsse. Einiges von dem, was er sagte, könnte er durchaus von dem Zauberer gelernt haben, dachte Goodwin, und er hörte jedes Mal aufmerksam zu, wenn der Papagei den Schnabel auftat.

›Nein, ich weiß sonst nichts über ihn‹, antwortete Bomstaff, ›abgesehen von dem, was er mir selbst erzählt natürlich!‹ Das, fand Bomstaff, war so lustig, dass er wieder in schallendes Gelächter ausbrach, bis ihm die Tränen aus den Augen und übers Gesicht liefen.

›Na gut, aber vielleicht kann ich ihn etwas fragen?‹, versuchte es Goodwin.

›Neugier ist gefährlich!‹, sagte der Papagei. ›Steckt eure Nase in eure eigenen Angelegenheiten! Sonst könnte es sein, dass sie abfällt!‹

›Ja, wenn du so an dem Papagei interessiert bist, dann frag einfach drauflos‹, sagte Bomstaff munter. ›Aber glaub bloß nicht, du bekommst vernünftigere Antworten als ich oder alle anderen, die es schon versucht haben!‹ Bomstaffs Augen lächelten, doch war dem freundlichen Seemann inzwischen klar geworden, dass Goodwin mehr als nur gewöhnliches Interesse an seinem Papagei hatte. Goodwin dachte kurz nach. Der Papagei hatte natürlich alles, was er sagen konnte, von denen gelernt, denen er im Laufe der Zeit gehört hatte. Aber was konnte er ihm entlocken, das mit Sicherheit bewies, dass er einmal im Besitz des Zauberers Castanac gewesen war?

›Hat Castanac einen hohen, spitzen Hut?‹, probierte Goodwin es.

›Castanac ist wütend. Ich werde fortgehen! Trink deinen Rum!‹, kam als Antwort, und das half ja nicht sehr viel.

›Wo gehst du hin?‹, fragte Goodwin.

›Dahin zurück, woher ich gekommen bin!‹, rief der Papagei.

›Was ist in dem Käfig?‹, fragte Goodwin und hoffte, der Papagei habe etwas über die Trolle gehört.

›Wenn du nichts sehen kannst, nimm das Fernrohr!‹, antwortete der Papagei.

Bomstaff hatte noch ein Glas Rum bestellt und den Gastwirt dabei nachdrücklich aufgefordert, diesmal den besseren Jamaikarum zu bringen, den er doch sicher auch im Hause hatte. Auch wenn er nun innig auf sein Glas mit Rum blickte, spitzte er doch die Ohren.

Aber von den vielen Fragen wurde der Papagei müde. Außerdem war er neugierig geworden und wollte sich Hector etwas näher betrachten – einen solchen Kameraden hatte er noch nie gesehen. Der Papagei hüpfte von Bomstaffs Schulter herunter und bis zur Kante des Tisches. Dann breitete er die Flügel aus, und im Nu saß er unten auf dem Boden neben Hector. In aller Seelenruhe ging er einmal um den großen Bluthund herum, während Hector zuerst das eine, dann das andere Auge öffnete und ihn aus den Augenwinkeln dabei beobachtete. Zum Schluss stellte sich der Papagei direkt vor Hectors großer Schnauze auf und sah ihn an.

›Wo sind die Trolle?‹, versuchte Goodwin es ein letztes Mal. ›Hast du die Trolle gesehen?‹

Aber der Papagei schien keine Notiz von ihm zu nehmen. Er beugte sich vor und sah Hector direkt in die Augen.

Dann sagte er: ›Buuh!‹

Nach Frankreich

Am nächsten Tag lief die bildschöne ›Elinor‹, Bomstaffs Schiff, unter vollen Segeln aus dem Hafen von Poole, und Goodwin und Hector waren an Bord. Es war schon spät am Vormittag, denn ihr Kapitän war alles andere als ein Frühaufsteher.

Glücklicherweise wollte Bomstaff zurück nach Marseille, das ja an Frankreichs Mittelmeerküste liegt. Goodwin hoffte, dort den Krämer ausfindig zu machen, der Bomstaff den Papagei verkauft hatte.

Zwar hatte der merkwürdige kleine Mann, den Goodwin in der Nacht in Glastonbury getroffen hatte, gesagt, Castanac habe nach Avignon gewollt, doch lag Avignon nicht weit von Marseille entfernt, wie Bomstaff ihm erzählt hatte. Also wollte Goodwin zuerst versuchen, ob er nicht schon in der Hafenstadt eine Spur von Castanac finden konnte.

Für Goodwin und Hector war es eine sehr angenehme Seereise, und es kümmerte sie daher nicht, dass sie über einen Monat dauerte. An den meisten Tagen hatten sie fast keinen Wind, und wenn er doch einmal etwas stärker blies, kam er meistens von Südost, und so mussten sie umständlich gegen ihn aufkreuzen, um weiter Richtung Süden zu gelangen. Bomstaff hatte es nicht eilig, und so setzte er nur am Tag die Segel. Abends und nachts lag die Elinor am Treibanker, denn Bomstaff ließ es sich gern ein wenig gut gehen und genoss jeden Abend eine gute Mahlzeit und etwas Wein dazu – und danach legte er sehr viel Wert auf einen erholsamen und ungestörten Schlaf in seiner Koje. Wahrscheinlich war er deswegen auch so ein lustiger und immer gut gelaunter Kerl.

Wenn sie am Abend die Segel eingeholt hatten und das Schiff klar für die Nacht war, machten es sich Goodwin, Bomstaff und seine Besatzung, die aus vier gestandenen Seebären bestand, beim Essen und Brettspielen gemütlich. War das Wetter schön, saßen sie draußen an Deck, regnete es oder war es ihnen zu kalt, hockten sie unten in der kleinen Kajüte zusammen. In diesen Tagen entdeckte Goodwin seine alte Vorliebe für die Seefahrt wieder, tatsächlich gefiel es ihm sogar noch besser als in seinen jungen Jahren, auf See zu sein. Ganz besonders genoss er es, abends unter einem sternklaren Himmel an Deck zu sitzen und Schach zu spielen oder den Geschichten zu lauschen, die die anderen zu erzählen hatten. Blickte er nach oben, konnte er die hohen Mastspitzen vor dem nachtblauen Himmel sehen, von dem tausende von Sternen zu ihnen hinunterleuchteten.

Hector lag immer direkt neben ihm, und oben auf Hectors großem Kopf saß Castanac, also der Papagei. Die beiden waren die besten Freunde geworden, und Castanac verbrachte nun sogar mehr Zeit auf Hectors Kopf als auf Bomstaffs Schulter. Oft redete der Papagei aufgeregt mit seiner krächzenden Stimme auf den großen Bluthund ein, oder zumindest hatte es den Anschein. Er ermahnte ihn, seinen Rum zu trinken und seine Nase in seine eigenen Angelegenheiten zu stecken, aber Hector sah ihn nur mit seinen großen Augen an und ließ ihn reden, wie und was er wollte. Es brachte ihn auch nicht im Geringsten aus der Ruhe, dass der Papagei auf seinem Rücken hin und her spazierte, als sei er eine Planke, und dabei dauernd erklärte, er sei wütend und werde fortgehen. Das war zumeist ein Zeichen dafür, dass er besonders gut gelaunt war. Jeden Morgen pickte der Papagei Hector vorsichtig mit dem Schnabel in die Schnauze, bis der Bluthund eine seiner Brauen hochzog, sodass Castanac geradewegs in sein Auge sehen konnte.

›Buuh!‹, sagte der Papagei dann jedes Mal, worauf Hector die Braue wieder sinken ließ.

Auch Bomstaff und Goodwin wurden im Laufe der Reise gute Freunde, und eines Abends erzählte Goodwin dem stets fröhlichen Seebären die Geschichte von den Trollen. Bomstaff fiel es schwer zu glauben, dass es Trolle gebe, aber er spürte doch, dass sein neuer Freund die Wahrheit sagte. Der Kapitän beschloss, ihm zu helfen so gut er konnte.

Bomstaff navigierte nach den Sternen, und langsam, aber sicher führte er die Elinor entlang der portugiesischen Küste nach Süden, bis sie eines Tages schließlich den Felsen von Gibraltar umrundeten. Sie segelten ganz dicht daran vorbei, und durch Bomstaffs langes Fernrohr konnten sie die Affen, die dort leben, herumspringen sehen.

Als die Elinor das Mittelmeer erreicht hatte, wurde die Luft wärmer, der Wind frischte auf und nach nur wenigen Tagen fuhren sie in den Hafen von Marseille ein. Nachdem das Schiff sorgfältig festgemacht war, ging Bomstaff mit Goodwin zum Marktplatz. Vielleicht würde er ja den Krämer wiedererkennen, bei dem er den Papagei gekauft hatte.

Der Markt in Marseille war ganz anders als der in Glastonbury. Die Händler boten sonderbare Früchte und Gewürze an, einige verkauften Wein, und es fiel Goodwin schwer zu verstehen, was die Leute sagten. Zum Glück war Bomstaff schon sehr oft hier gewesen und konnte sich ohne Schwierigkeiten mit den Einheimischen verständigen. Tatsächlich wurde Goodwin sehr schnell klar, dass Bomstaff wirklich gut darin war, wen auch immer anzusprechen und Auskünfte zu bekommen. Aber obwohl sie sehr lange suchten, gab es doch keine Spur von dem Krämer, der den Papagei verkauft hatte. Bomstaff fragte ebenso nach Castanac, aber niemand konnte sich an einen Mann erinnern, auf den Bomstaffs Beschreibung passte.

Ratlos und etwas enttäuscht gingen die beiden Freunde und Hector zurück zur Elinor. Goodwin sah nun keine andere Möglichkeit, als nach Avignon zu reisen und dort nach Castanac zu suchen. Bomstaff wollte mit seinem Schiff weiter nach

Nordafrika und hinüber an die türkische Küste, wo er Gewürze und andere Waren besorgen würde, die er mit nach England nehmen und dort verkaufen konnte. Beide fanden es sehr schade, dass sich ihre Wege nun trennen würden, und Goodwin ärgerte es sehr, dass ihn das Glück offensichtlich verlassen hatte. Als er Bomstaff und dem Papagei begegnet war, hatte er angefangen zu glauben, dass es ihm wirklich gelingen könnte, den Zauberer zu finden und vielleicht mit einem Rat nach Hause zurückzukehren, der den Bewohnern von Compton Basset helfen konnte. Aber nun sah es ziemlich trostlos aus, auch wenn Bomstaff seine gute Laune nicht im Stich ließ.

›Jetzt wollen wir mal nicht die Ohren hängen lassen, sonst sehen wir am Ende noch alle so aus wie Hector‹, sagte er zu Goodwin, und dann lachte er, dass es in der kleinen Kajüte nur so dröhnte. ›Nichts ist so schlecht, dass es nicht auch etwas Gutes hätte! Immerhin hast du gelernt Rum zu trinken, wie es sich für einen ordentlichen Seemann gehört, und wenn man das kann, dann kann man auch so manches schwere Wetter im Leben überstehen. Heute Abend gibt es ein richtiges Festmahl – wer weiß, vielleicht kreuzen sich unsere Wege schon bald wieder. Ich meine, du solltest noch einen Tag warten, bevor du aufbrichst. Wir lichten den Anker ja erst übermorgen, und man kann nie wissen, ob nicht doch irgendetwas geschieht oder irgendjemand auftaucht, der uns weiterhilft. Und ob du in Avignon einen Tag früher oder später ankommst, macht auch keinen großen Unterschied.‹

Also beschlossen sie, dass Goodwin erst am nächsten Tag Richtung Avignon aufbrechen würde, und am Abend ließen sie es sich mit einem üppigen Abendessen an Deck richtig gut gehen, so, wie sie es schon viele Male zuvor auf ihrer Fahrt von England nach Marseille getan hatten. Die Mannschaft hatte einige Lampen an Deck aufgestellt, und das sah nicht nur schön aus, sondern versetzte sie auch in eine angenehm gemütliche Stimmung. Nachdem sie gegessen hatten, setzten sich Goodwin und Bomstaff zurecht, um eine letzte Partie

Schach zu spielen. Das Meer lag ganz ruhig da. Nur das weiche Plätschern des Wassers und das leise Knirschen der Taue waren zu hören, wenn das Schiff im sanften Wellengang an ihnen zog.

Doch plötzlich hörten sie von der Mole her das Geräusch leichter Schritte, die genau vor der Elinor anhielten. Sie drehten sich beide um, Hector spitzte die Ohren. An der Reling tauchte ein kleiner Junge auf, er war sicher nicht älter als elf oder zwölf Jahre, und sprang flink und behände an Bord. Seine Arme und Beine waren von der Sonne gebräunt und er hatte rabenschwarze Haare, strahlend weiße Zähne und dunkle Augen in seinem braunen Gesicht, die aufmerksam in alle Richtungen blickten.

›Na, wenn das mal nicht Henri ist!‹, rief Bomstaff freudestrahlend. ›Wo hast du denn gesteckt, du kleiner Strolch? Den lieben langen Tag habe ich auf dem Marktplatz Ausschau nach dir gehalten. Ich dachte schon, du wärst weitergezogen, woanders hin, und ich würde dich vielleicht gar nicht mehr zu Gesicht bekommen.‹

›Non, Monsieur Bomstaff, ich bin noch hier‹, sagte der Junge mit einem breiten Lächeln, und seine weißen Zähne schienen in der Dunkelheit zu leuchten. Er sprach sehr gut Englisch, wenn auch mit lustigem französischem Akzent. Er fuhr fort: ›Ich hatte nur noch nicht gehört, dass die Elinor wieder in Marseille ist, sonst wäre ich natürlich schon früher gekommen, um Ihnen Guten Tag zu sagen.‹

›Setz dich, mein Junge, und nimm dir was zu essen‹, sagte Bomstaff und winkte Henri herbei.

›Ja, setz dich!‹, sagte der Papagei Castanac, ›dann gehst du nicht in Stücke, wenn ich dich in eine Teekanne verwandele.‹

›Das hier ist mein neuer Freund, Goodwin‹, sagte Bomstaff.

Henri setzte sich und füllte sich eine der Blechschalen, aus denen auf dem Schiff üblicherweise gegessen wurde, bis zum Rand.

›Das ist Spinnensuppe!‹, sagte der Papagei, aber Henri grinste nur. Trotz der etwas seltsamen Empfehlung des Vogels begann er gleich zu essen, seinem Appetit konnte das ganz offensichtlich nichts anhaben.

›Trink deinen Rum und iss deinen Hut – dann wirst du groß und stark‹, ermahnte Castanac den Jungen von seinem Standort auf Hectors Kopf aus.

Henri grinste über sein ganzes braunes Gesicht und beeilte sich, aus seinem Becher zu trinken, wenn es auch ganz sicher kein Rum war.

›Wirklich schön, dich zu sehen, Henri‹, brummte Bomstaff hinter seiner Pfeife.

Dann wandte er sich an Goodwin. ›Siehst du, das ist es, was ich vorhin gemeint habe: Es kann immer irgendetwas geschehen. Jetzt wird es nicht nötig sein, nach Avignon zu gehen, um Castanacs Spur zu finden!‹

Henris Stadt

Am nächsten Tag – also einen Tag, nachdem Henri aufgetaucht war – verbrachten Goodwin und Bomstaff den ganzen Morgen an Bord der Elinor und warteten. Henri hatte sich spät am Abend aufgemacht, seine leichten Schritte hatten sich genauso schnell in der Dunkelheit verloren, wie sie gekommen waren. Jetzt blieb ihnen nichts anderes übrig als zu hoffen, dass er mit Neuigkeiten über Castanac und darüber, wo sie ihn suchen sollten, zurückkommen würde.

›Aber was meinst du denn damit, dass ich nicht nach Avignon muss, um Castanacs Spur zu finden?‹, hatte Goodwin am Abend vorher Bomstaff gefragt. ›Henri scheint ja ein gescheiter Junge zu sein, aber wie soll er herauskriegen, wohin Castanac von hier aus gegangen ist?‹

›Warten wir einfach ab, was dabei herauskommt!‹, hatte Bomstaff geantwortet. ›Henri, solltest du jemals fertig werden mit Essen, habe ich einen Auftrag für dich. Und es gibt eine ordentliche Belohnung, falls du mir helfen kannst!‹

›Du kriegst einen Wurstzipfel!‹, hatte der Papagei gesagt.

›Selbstverständlich, Monsieur Bomstaff‹, hatte der Junge mit vollem Mund erwidert. ›Henri kann jeden Auftrag erfüllen, verlassen Sie sich nur auf mich.‹

›Ich verlasse mich auf niemanden‹, sagte der Papagei wütend. ›Nur auf diejenigen, die ich in Kaulquappen verwandelt habe.‹

Henri hatte ihn fasziniert angesehen. Für ihn war der Vogel immer wieder eine Sensation.

›Trink deinen Rum!‹, sagte der Papagei, unzufrieden über allzu viel Aufmerksamkeit.

›Wir suchen nach einem seltsamen Mann, vielleicht ist er ein Zauberer‹, hatte Bomstaff erklärt. ›Er trägt immer einen hohen, spitzen Hut, der oben umgebogen ist. Er wird schnell wütend, und sein Name ist Castanac, aber er verrät ihn wohl nicht allzu vielen Leuten. Wir glauben, dass er hier in Marseille gewesen ist, denn dieser Papagei hat ihm einmal gehört, und den habe ich vor etwa einem Jahr hier gekauft.‹

›Wenn euer Zauberer hier in Marseille gewesen ist, wird Henri das herauskriegen‹, hatte der Junge geantwortet, als wäre es die einfachste Sache der Welt. Sie hatten Henri genug Geld mitgegeben, um die Leute, die ihm Auskünfte geben konnten, dafür zu bezahlen, wenn es nötig sein sollte. Und sie hatten ihm eine gute Belohnung versprochen, wenn er die Spur des Zauberers finden konnte. Bomstaff erzählte Goodwin, dass Henri keine Eltern hatte und in Marseille unter Vagabunden und Räubern lebte. Aber Henri war eine ehrliche Haut, und deshalb wurde er von vielen Leuten mit allen möglichen Aufgaben betraut und verdiente sich damit sein Geld.

›Der Junge findet Dinge heraus, die uns niemals jemand verraten würde‹, sagte Bomstaff. ›Er kennt nicht nur jeden Winkel der Stadt, sondern auch alle Leute, die einem nützlich sein können. Marseille ist voller Kinderbanden, die auf der Straße leben, und bis morgen früh hat Henri sie sicher alle alarmiert, Castanacs Spur zu finden.‹

Aber der Vormittag verging, es wurde Nachmittag, und noch immer tauchte Henri nicht auf. Schließlich setzten sich Bomstaff und Goodwin aufs Deck und begannen noch eine Partie Schach. Es war ein spannendes Spiel, und nach und nach vergaßen sie Henri und seine Nachforschungen. Konzentriert starrten sie beide auf das Schachbrett. Bomstaff wollte gerade einen Zug mit seinem Turm machen, als eine Stimme neben ihnen sagte: ›Non-non, Monsieur Bomstaff! Wenn Sie das machen, kann Monsieur Goodwin ja Ihre Dame schlagen!‹

Da, direkt neben ihnen auf Deck, saß Henri.

›Was denn, du kleiner Gauner, sitzt du einfach so da?‹, wunderte sich Bomstaff.

Henri grinste über das ganze Gesicht.

›Ich wollte Ihr Spiel nicht stören, Monsieur Bomstaff‹, sagte er. ›Übrigens, Sie hätten Monsieur Goodwins Turm schon zwei Züge vorher schlagen können, und Monsieur Goodwin hätte schon ein paar Züge davor die Möglichkeit gehabt, Ihren Läufer zu schnappen.‹

Die beiden Schachspieler sahen sich an, und ohne auch nur ein Wort zu wechseln, schoben sie ihr Spiel beiseite.

›Was hast du herausbekommen?‹, fragte Bomstaff eifrig. ›Bist du jemandem begegnet, der Castanac kennt?‹

›Erzähl mir alles, sonst verwandele ich deine Beine in Froschschenkel!‹, sagte der Papagei.

›Tja, etwas habe ich tatsächlich herausbekommen‹, sagte Henri, ›aber es war schwierig, denn es sind nur wenige, die etwas über euren Zauberer wissen. Seinen Namen hat er fast niemandem genannt, und das Haus, in dem er wohnte, hat er auch nie verlassen. Seine Besorgungen haben andere für ihn erledigt.‹

›Ja, das sieht ihm ähnlich‹, sagte Goodwin, ›aber weißt du, wo Castanac jetzt ist?‹

›In der Keksdose!‹, fuhr der Papagei dazwischen. ›Da sitzt auch ein blauer Elefant‹, führte er weiter aus. Henri grinste, aber ansonsten nahm keiner Notiz von dem, was der Papagei zu sagen hatte.

›Nein, ich weiß nicht, wo Castanac jetzt ist‹, sagte Henri. Weder Goodwin noch Bomstaff konnten ihre Enttäuschung verbergen.

›Hurra – das muss gefeiert werden!‹, rief der Papagei. Diesmal warf Bomstaff ihm doch einen bösen Blick zu.

›Ich weiß nicht, wo euer Castanac jetzt ist‹, sagte Henri bestimmt, aber mit einem schelmischen Blick. ›Aber ich weiß, wer es weiß! Ich habe herausgefunden, wo Castanac gewohnt hat, nämlich bei einer alten Dame im alten Teil der Stadt, und sie weiß eine ganze Menge über ihn.‹

›Ja, aber warum hat sie es dir denn nicht verraten?‹, fragte Goodwin.

›Sie wollte es nicht sagen‹, entgegnete Henri. ›Eigentlich wollte sie überhaupt nichts von ihm erzählen.‹

›Verflixt und zugenäht, so dicht dran, und trotzdem kommen wir nicht weiter‹, sagte Goodwin und sah fast noch enttäuschter aus als vorher.

›Doch, doch!‹, rief Henri. ›Sie wollte Geld haben für das, was sie weiß, aber ich hatte nichts mehr übrig. Leider musste ich alles ausgeben, um die Spur eures Zauberers überhaupt ausfindig zu machen.‹

›Na dann‹, sagte Bomstaff, und seine Miene hellte sich auf. ›Das ist natürlich etwas anderes! Bring uns zu der alten Dame, jetzt sofort. Los geht's.‹

›Hisst die Segel!‹, rief Castanac, ›wir fahren nach Konstantinopel!‹

Aber niemand gehorchte den Befehlen des Papageis.

Mit Henri als Führer liefen Bomstaff, Goodwin, Hector und der Papagei durch die Straßen von Marseille. Die fünf bildeten eine wunderliche Gesellschaft, und sie kamen an vielen sonderbaren Orten vorbei und begegneten merkwürdigen Leuten. Henri kannte sämtliche Schleichwege, die durch die weniger schönen Stadtteile führten. Unter Brücken, durch Tunnels und sogar unterirdisch ging es durch Marseille, denn Bomstaff und Goodwin wollten unbedingt auch die Teile der Stadt sehen, in denen Henri zu Hause war.

Selbst unter den Straßen lebten Menschen. Viele von ihnen sahen gefährlich aus, aber sie hatten ja Hector dabei, und mit ihm wollte sich offensichtlich niemand anlegen. Trotzdem wäre es einmal beinahe schief gegangen, als sie in einem Tunnel auf eine Räuberbande trafen. Es waren fünf Männer, und sie hätten sich bestimmt gerne etwas genauer angesehen, ob Bomstaff und Goodwin Geld bei sich hatten. Gerade in dem Moment, als sie die bedrohlich aussehende Gruppe passierten,

entschloss sich der Papagei Castanac, den Räuber anzusprechen, der ihm am nächsten stand und ihr Anführer zu sein schien. ›Guck nicht so, nimm lieber deinen Kopf ab und setz dich drauf, das steht dir besser, du Dummkopf!‹, verkündete er.

Das konnte der Räuberhauptmann natürlich nicht auf sich sitzen lassen – besonders weil seine Kameraden es auch gehört hatten –, und er griff nach dem Messer, das in seinem Gürtel steckte. Aber noch bevor er es herausziehen konnte, war Hector schon auf ihn zugesprungen und hatte mit seinen Zähnen das Handgelenk des Mannes gepackt. Die Wut des Räubers kühlte daraufhin sehr schnell ab, und nachdem Goodwin Hector befohlen hatte loszulassen, beeilten sie sich weiterzukommen.

Kurz darauf gelangten sie in eine enge, steile Gasse. Hier standen sich die Häuser so dicht gegenüber, dass man leicht vom Fenster eines Hauses auf der einen Straßenseite etwas zum Fenster des Hauses auf der anderen Seite hätte hinüberreichen können. Zwischen den Häusern hatte man Seile gespannt, und daran hingen so viele Tücher, Laken und anderes zum Trocknen, dass der schmale Streifen blauen Himmels hoch oben zwischen den Dächern kaum noch zu sehen war. Henri führte sie ein Stück die Gasse hinauf, bis sie vor einem schmalen Haus mit einer Tür standen, die aussah, als habe sie seit mindestens hundert Jahren weder Teer noch Öl noch Farbe abbekommen.

›Hier ist es‹, sagte Henri mit gedämpfter Stimme. ›Madame Patan wohnt ganz oben. Die Leute hier glauben, sie sei so etwas wie eine Hexe. Na ja, sie sieht jedenfalls wie eine aus, wenn ihr mich fragt, und sie war nicht gerade freundlich, als ich vorhin an ihre Tür geklopft habe. Sollen wir hineingehen und sehen, ob sie zu Hause ist?‹

›Ja, lasst uns schnurstracks in die Höhle des Löwen gehen!‹, rief der Papagei vergnügt.

Madame Patan und Langebein

Im Treppenhaus, das hinauf zu Madame Patans Wohnung führte, roch es feucht und schimmlig. Durch ein Loch in einer der Stufen sahen sie für einen Augenblick die roten Augen einer Ratte. Endlich, im vierten Stock, blieb Henri vor einer Tür stehen.

›Hier wohnt Madame Patan‹, flüsterte er. ›Soll ich anklopfen?‹

›Ja, wir sollten uns nicht länger als unbedingt nötig in diesem Haus aufhalten und lieber gleich zur Sache kommen!‹, antwortete Bomstaff. Er trat direkt hinter Henri und legte seine Hände auf die Schultern des Jungen. ›Keine Angst, mein Junge, klopf ruhig an.‹

Henri klopfte, erst vorsichtig, aber als kein Laut zu hören war, etwas kräftiger. Zunächst schien in der Wohnung alles still zu bleiben, aber nach einer Weile drang durch den Spalt unter der Tür ein unheimliches, schleppendes Geräusch zu ihnen auf den Flur. Jemand kam mit schweren Schritten langsam Richtung Tür, so als könne er oder sie die Füße kaum heben. Madame Patan war auf dem Weg zur Tür! Unwillkürlich traten sie alle einen Schritt zurück, außer Hector – und dem Papagei, der auf seinem Kopf saß. Goodwin musste plötzlich an das blaue Meer und eine frische Brise denken und wünschte sich, er würde unter einem strahlenden Himmel oder den blinkenden Sternen dahinsegeln, anstatt hier zu stehen, in diesem muffigen, finsteren Haus, und auf die gespenstische Madame Patan zu warten. Aber er blieb, wo er war, und wartete, denn er war schon viel zu weit gereist, und Madame Patan war die Einzige, die ihm helfen konnte.

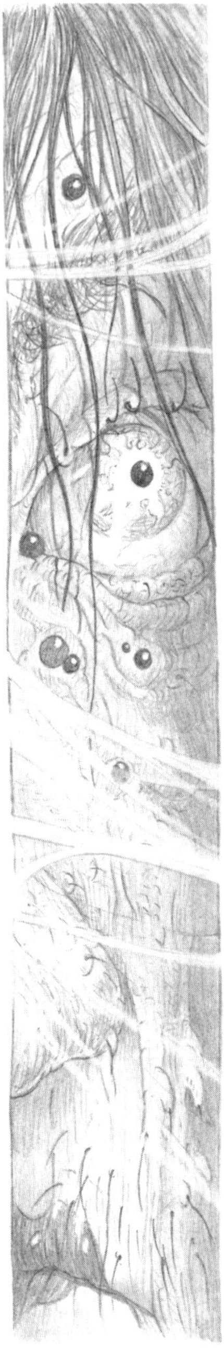

Ein Rasseln war zu hören, und dann – ganz, ganz langsam – öffnete sich die Tür mit einem Knarren, dass ihnen ein kalter Schauer den Rücken hinunterlief. Es klang, als stöhne die Tür vor Schmerzen, aber endlich gab sie nach, und nachdem sie scheinbar unendlich lange gebraucht hatte, um sich nur einen Spalt breit zu öffnen, schwang sie plötzlich ganz auf, und vor ihnen stand ... Madame Patan.

Der Anblick, der sich ihnen bot, ließ sie allesamt nach Luft schnappen. Madame Patan hatte ein langes, spitzes Kinn und eine noch längere, stark gekrümmte Nase, übersät mit großen, schwarzen Warzen. Ihre graue Haut hing in langen Falten von ihrem Gesicht, das aber zum Teil hinter dünnen, langen Strähnen borstiger, grauer Haare verborgen blieb. Doch das weitaus Fürchterlichste waren ihre Augen. Blutrot und winzig klein, saßen sie ganz dicht an der scharfkantigen Nasenwurzel. Alle drei fühlten sie eine eisige Kälte in sich aufsteigen, als Madame Patan einem nach dem anderen direkt in die Augen sah. Jedem von ihnen fiel dabei die Ratte ein, die sie unten hinter der Treppenstufe gesehen hatten. Einen Augenblick lang brachte keiner von ihnen ein Wort heraus – außer dem Papagei: ›Hallo, mein Püppchen, wollen wir tanzen?‹

Madame Patan wandte sich augenblicklich dem Papagei zu und kniff ihre roten Augen hasserfüllt zusammen. Wäre sie eine richtige Hexe gewesen, hätte sie Castanac wahrscheinlich sofort in einen Wellensittich verwandelt, aber so leicht ließ sich der Papagei nicht ins Bockshorn jagen – jedenfalls dann nicht, wenn er auf Hectors Kopf saß. Er hatte längst gemerkt, dass dies ein sicherer Standort war, an dem sich niemand an ihn heranwagte. Wollte ihm jemand an die Federn, musste er ja erst mal an Hectors Zähnen vorbei.

›Iiiich kenneee diiieseeen Vogel guuut!‹, sagte Madame Patan. Es hörte sich nicht so an, als ginge ihr bei der Erinnerung an den Papagei das Herz auf.

›Wäreee eeees nach miiir gegangeeen, wäreee eeer schon vor langer Zeiiit iiiin eineee Spannerraupeee verwandelt woorden! Hhhhsssssss!‹ Ein zischender Laut drang durch ihre wenigen verbliebenen Zähne.

Wieder lief es sowohl Henri als auch Bomstaff und Goodwin kalt über den Rücken.

›Der Kessel kocht!‹, sagte der Papagei, und vielleicht war es gut, dass sie nicht erfuhren, was Madame Patan daraufhin antworten wollte. Bevor sie die Chance hatte, etwas zu sagen, hatte sich Bomstaff gefasst. ›Liebe Madame Patan‹, begann er.

›Möge sich die Erde auftun und dich verschlingen!‹, fiel der Papagei wieder ein. Das war in diesem Moment natürlich nicht sehr glücklich, doch Bomstaff ließ sich nicht ablenken und fuhr unbeirrt fort: ›Es ist uns zu Ohren gekommen, dass ein Herr Castanac bei Ihnen zur Miete gewohnt hat. Wir würden sehr gerne mit ihm sprechen und sind deshalb heute in der Hoffnung zu Ihnen gekommen, Sie könnten uns vielleicht sagen, wo wir den besagten Herrn eventuell finden könnten … und wenn Sie die unendliche Güte besäßen, uns zu helfen, würden wir uns als Zeichen unserer Dankbarkeit gerne erkenntlich zeigen.‹ Auf diese Weise umschrieb Bomstaff, dass sie bereit waren, für das zu bezahlen, was Madame Patan von Castanac erzählen konnte. Seine vornehme Rede schien jedoch keinen großen Eindruck auf Madame Patan gemacht zu haben.

»Eees iiist eeeerst eeetwa fünfziiig Jahre heeer, dass zweiimal iiin eiiineeem Monat an meiiiine Tür geklopft wuuurde‹, erklärte sie. Wer vor ungefähr fünfzig Jahren angeklopft hatte, wussten die drei natürlich nicht, aber heute musste es Henri gewesen sein, als er früher am Tag schon einmal hier gewesen war. ›Kaaann maaan denn niemaaaals seineee Ruheee habeeen!‹

Mit zusammengekniffenen Augen starrte Madame Patan Bomstaff an, ohne sich zu rühren. Als er schon glaubte, Madame sei zur Salzsäule erstarrt, sprach sie schließlich doch noch weiter: ›Pmhhhff!‹, schnaubte sie. ›Aaaaber kooommt dooch hereiiin.‹

Mit schleppenden Schritten ging Madame Patan voran ins Wohnzimmer. Sie folgten ihr und schauten sich dabei verwundert um. Die Wohnung sah aus, als sei hier seit mindestens hundert Jahren niemand mehr gewesen. Den Boden bedeckte eine geschlossene Schicht aus Staub, so dick, dass Madame Patans langer brauner Umhang, der über den Boden schleifte, eine Bahn andeutete, unter der man die Dielen erahnen konnte. Sie ließ sich in einem hohen Schaukelstuhl nieder.

›Iiiihr kooommt zu einer seeeehr ungünstigeeen Zeiiit‹, sagte sie. ›Iiiich war geradeee dabeiii, Langebein zu fütteeern!‹

Bomstaff, Goodwin und Henri fragten sich, wer denn wohl Langebein sein mochte, aber sie konnten nichts entdecken, das einem Haustier auch nur entfernt ähnlich sah. Dann setzte sich Madame Patans Schaukelstuhl in Bewegung, ohne dass sie sich allem Anschein nach auch nur im Geringsten gerührt hätte. Langsam, gespenstisch langsam, schaukelte er vor und zurück und knarrte dabei leise.

›Nuun seeetzt euch schooon!‹, forderte Madame Patan sie auf und deutete mit einer ausladenden Handbewegung auf das Sofa, das wohl einmal einen gelblichen Farbton hatte, nun aber die Farbe des Staubs angenommen zu haben schien. Bomstaff ließ sich nieder und gab Henri ein Zeichen, sich neben ihn zu setzen. Goodwin hatte einen Stuhl mit einem Kissen darauf entdeckt, der weniger staubig zu sein schien, und wollte sich setzen. Im selben Moment schrie Madame Patan auf: ›Neiiiii-in, Vooorsiiicht, das iiist Langebeins Stuhl, seheeen Sie das deeenn niiiicht!‹

Erschrocken machte Goodwin einen Satz zur Seite. Er dachte, er hätte sich um ein Haar auf Madames Katze oder Hamster gesetzt, aber auf dem Kissen war nichts zu sehen. Inzwischen war er sicher, Madame Patan müsse völlig verrückt sein. Aber er irrte sich!

›Koooomm nur heeervooor, Langebeiiin‹, sagte Madame Patan freundlich in Richtung des frei gebliebenen Stuhls.

Goodwin, Bomstaff und Henri waren der Überzeugung, Madame Patan bilde sich ein, sie habe ein Haustier, das dort auf dem Stuhl säße. Aber dann geschah etwas, das ihnen die Haare zu Berge stehen ließ! Ein trockener, kratzender Laut war zu hören, und unter dem Kissen kamen zwei sehr, sehr lange und dünne Beine hervor, dicht bedeckt mit dicken, borstigen schwarzen Haaren. Es folgten die Spitzen zweier weiterer Beine, und dann kam – so groß wie ein Kuchenteller – Langebeins Körper zum Vorschein. Langebein war eine Spinne! Seine acht Beine waren etwa so lang wie die eines fünfjährigen Jungen und erinnerten an die Strohhalme, die oft auf Kindergeburtstagsfeiern zu sehen sind. Er beugte und streckte die Gelenke in der Mitte der Beine, sodass sich sein flacher Körper senkte und hob. Sowohl Goodwin als auch Bomstaff und Henri rührten sich nicht und starrten wie versteinert auf die mächtigste Spinne, die sie je gesehen hatten. Hector sprang auf, bereit, das Monster anzugreifen.

›Platz, Hector!‹, sagte Goodwin scharf, wandte den Blick aber nicht von der Spinne ab. Nicht auszudenken, was passieren konnte, wenn es Streit zwischen den beiden gäbe. Die Spinne glitt den Stuhl hinunter und landete auf dem Boden. Alle hielten den Atem an, während sie darauf warteten, welche Richtung sie nun einschlagen würde. Zum Glück kroch sie hinüber zu Madame Patan. Ihre Beine kratzten mit einem trockenen Geräusch über die hölzernen Dielen.

›Langebein iiist so eineeee süßeeee kleineeee Spinneeee, niiicht wahr, Langebeiiinchen‹, sagte Madame Patan und strich sanft über den dicht behaarten Rücken des Tieres. Langebeins Körper wippte hoch und runter vor lauter Wohlbehagen, und er ließ seine langen Taster einige Male kreisen.

›Jeeetzt sollst du eeetwas zu esseeen habeen, niiicht wahr, mein Kleiiiner?‹, sagte Madame Patan.

›Das ist aber ein schönes und liebes Haustierchen, das Sie da haben, Madame Patan‹, war von Bomstaff zu hören. Seine Stimme klang nicht ganz so wie sonst. Er atmete tief ein und fuhr fort: ›Ich glaube, es wäre tatsächlich eine Schande, wenn wir seine Fütterungszeit stören würden. Vielleicht könnten wir uns solange das Zimmer ansehen, das Sie Herrn Castanac vermietet hatten?‹ Bomstaff hatte keine Lust, Langebein beim Verzehr seiner Mahlzeit zuzusehen, und schon gar nicht, herauszubekommen, woraus sie bestand.

›Eeees freut miiich, dass Sie Langebeiiins Schönheiiit zu schätzen wisseeen‹, sagte Madame Patan. ›Iiiist eeer niiicht prächtiiig?‹

Madame hob Langebeins Körper ein wenig an. Bomstaff nickte und musste an all das Gift denken, das sich darin befand, tat aber sein Bestes, überzeugend auszusehen.

›Aber Siiie haben Reeecht. Lassen Siiie uns nach nebeeenan geheeen, damiiit das liiiebe Tiiier sein Esseeen iiin aller Ruheee zu siiich nehmeeen kann.‹

Madame Patan erhob sich und ging langsam vor ihnen her aus dem Zimmer und einen langen, dunklen Gang entlang. Henri hoffte, dass Langebein keine Geschwister hatte, die hier auf ihre Mahlzeit warteten und in der Dunkelheit kaum zu sehen sein würden. Endlich blieb Madame Patan vor einer Tür stehen.

›Hiiier wohnte Heeerr Castanac, eeeer war ja so eiiin feiiiner Mann, und eeer hinterliiieß einen so angenehmeeen Duft iiim Ziiimmer, man kann iiihn iiimmer noch riiiechen, obwohl eeer schon vor übeeer eineeem Jahr abgereiiist iiist.‹

Sie betraten den Raum. Es roch feucht und faulig wie im ganzen Haus, aber da waren auch noch andere Düfte dabei. Ein schwacher Geruch von Pulverdampf hing im Zimmer, doch noch durchdringender war ein merkwürdiger scharfer, ekliger Gestank, der ihnen in die Nasen drang. Bomstaff und Henri verzogen angewidert das Gesicht, doch Goodwin kannte den Geruch sehr gut. Er hatte ihn schon oft bemerkt, zu Hause am Gramp's Hill in Compton Basset.

Langebein auf Beutezug

Als Goodwin das Zimmer betrat, das Madame Patan an den Zauberer Castanac vermietet hatte, zweifelte er nicht einen Augenblick lang daran, dass hier auch ein Heckentroll gewesen sein musste. Der ganz spezielle Trollgeruch, den man überall und sofort wiedererkannte, wenn man schon einmal in seinen Genuss gekommen war, schloss jeden Irrtum aus. Aber warum hatte Castanac einen oder vielleicht sogar mehrere Trolle dabei gehabt, als er vor etwas mehr als einem Jahr bei Madame Patan gewohnt hatte? Es war ja schon einige Jahre her, dass er die anderen Trolle am Gramp's Hill bei Compton Basset ausgesetzt hatte. Ob der oder die Trolle immer noch bei Castanac waren?

Sowohl Goodwin als auch Bomstaff sahen sich gründlich in dem Zimmer um, konnten aber nichts entdecken, das ihnen etwas über den mysteriösen Castanac verraten hätte. Bomstaff war der Ansicht, dass es nun an der Zeit sei, zur Sache zu kommen und den Besuch bei Madame Patan zu Ende zu bringen.

›Liebe Madame Patan‹, begann er wieder.

›Willst du ein Küsschen haben?‹, übernahm der Papagei das Wort. Bomstaff tat so, als habe er nichts gehört, Madame Patan dagegen sah den Papagei mit zusammengekniffenen Augen hasserfüllt an.

›Wir schätzen Ihre Gastfreundschaft wirklich über alle Maßen.‹

›Und die leckere Spinnensuppe!‹, sagte der Papagei. Madame Patan verschlug es beinahe den Atem. Goodwin packte den Vogel mit beiden Händen, damit er sich nicht wieder in das Gespräch einmischen konnte.

Bomstaff ging zu Madame Patan hinüber und beugte sich ein wenig zu ihr hinunter. Flüsternd versuchte er herauszubekommen, wie viel Geld sie für ihr Wissen über Castanac haben wollte, denn er war der Ansicht, dass dies besser ohne den Papagei und seine Bemerkungen vor sich gehen sollte. Es war ein seltsamer Anblick, wie der große, kräftige Seemann über die kleine, unheimliche Madame Patan gebeugt dastand. Es sah nicht so aus, als würden sie sich sehr schnell über den Preis einig werden, aber schließlich schob Bomstaff der Alten einige Münzen zu und lauschte anschließend aufmerksam dem, was Madame Patan sagte. Endlich richtete sich Bomstaff mit einem breiten Lächeln im Gesicht auf.

›Liebe Madame, Sie waren uns eine große Hilfe. Nun erlauben Sie uns, dass wir uns zurückziehen. Wir wollen Sie und den lieben Langebein nicht länger belästigen.‹

›Aaach jaa – Langebeiiin. Hört iiihr? Eeer iiist draußeeen auf dem Gang. Eeer kommt hierheeer, zu uns. Wahrscheinliiich, weil eeer noch niiicht genug zu esseeen bekommeeen hat!‹

Hector knurrte. Die anderen spitzten die Ohren, und jetzt konnten auch sie das Kratzen von Langebeins Schritten draußen auf dem Flur hören. Keiner von ihnen verspürte besondere Lust, den Rückweg durch den langen, dunklen Gang anzutreten, solange Langebein da draußen war! Henri beeilte sich, hinter Hector in Deckung zu gehen. Schlimm genug, dass sie sich mit der mehr als unheimlichen Madame Patan abgeben mussten, und dabei war er es gewohnt, mit allen möglichen sonderbaren Menschen zu tun zu haben. Aber Langebein war dagegen noch etwas ganz anderes! Die gewaltige Spinne hatte Henri einen fürchterlichen Schrecken eingejagt, und der einzige Ort, an dem er sich einigermaßen sicher fühlte, war hinter Hector.

›Langebein, Langebein!‹, schrie der Papagei. ›Komm her, jetzt kommst du in die Suppe!‹

Madame Patan ließ wieder ein heiseres Zischen hören. Diesmal machte ihr giftiger Blick dem Papagei doch ein wenig

Angst, und er zog es vor, seine Flügel zu heben, sich zu putzen und die Federn in Ordnung zu bringen. Bomstaff gefiel die Situation nun überhaupt nicht mehr. Der einzige Weg aus dem Zimmer heraus führte durch den Gang, und dort lauerte die Spinne.

Im selben Moment erschien Langebein. Die Spinne ließ den hinteren Teil ihres Körpers sinken und stand ganz still da, so, als setze sie zum Sprung an. Ihre großen Augen untersuchten jeden Winkel des Zimmers genau und gaben die Beobachtungen an ihr kaltes Spinnenhirn weiter, wo sie zu einem Gesamtbild zusammengesetzt wurden. Henri, Bomstaff und Goodwin schoss der Gedanke durch den Kopf, Langebein könnte sich einen von ihnen als Beute ausgesucht haben, und sie fragten sich, wen er wohl anspringen würde. Hector war ebenfalls zum Sprung bereit, ließ ein bedrohliches Knurren hören und fletschte die Zähne.

›Neiiin, kleineees Langebeiiinchen!‹, rief Madame Patan. ›Dieseee hier taugen alleee nicht als Futteeer für diiich. Sie siiind viel zu zäääh!‹

Sie hob ihren Zeigefinger, und die Spinne schien sie anzusehen. ›Du weiiißt doch geeenau, dass du nuuur Fleisch esseeen darfst, das du mindesteeens eiiin Jahr lang versteeeckt hast, damit eees schön weiiich und fauliiig wiiird. Sonst bekommst du wiedeeer Bauchweeeh, wie beiiim letzteeen Mal!‹

Sie wandte sich Goodwin und Bomstaff zu, die beide sehr blass waren.

›Eeer iiist so ein verrückteeer kleiiiner Keeerl, mein Langebeiiinchen. Eeeer glaubt immeeer noch, eeer könnteee eees vertrageeen, friiisches Fleiiiisch zu verzehreeen – aber eeer ist ja sonst so ein Liiiieber, dass man iiihm niiicht böseee seiiin kann!‹

Bomstaff versuchte zu lächeln – es wollte ihm nicht so richtig gelingen. Langebein versperrte noch immer die Tür, als wolle er sich zehnmal eher auf einen von ihnen stürzen, als den Weg freizugeben. Zum Glück hatte Goodwin eine Idee.

›Sieh mal, Langebein‹, sagte er und zog ein kleines Knäuel Wollgarn aus seiner Tasche, einen Faden, der sich von seiner Reisedecke gelöst und den er aus irgendeinem Grund zusammengerollt und glücklicherweise eingesteckt hatte.

›Siehst du hier ... das ist eine Riesenfliege, und sie schmeckt wirklich lecker. Schnell, schnapp sie dir!‹

Goodwin warf das Knäuel in die hinterste Ecke des Zimmers. Einen Moment lang standen alle da und rührten sich nicht – auch Langebein nicht. Dann, ganz plötzlich – so schnell, dass sie es kaum verfolgen konnten – sprang Langebein mit einem einzigen, mächtigen Satz durch das ganze Zimmer und landete genau auf der Wollkugel! Doch das hätte er besser nicht getan, denn der Faden verfing sich überall in den borstigen Haaren, die an seinen Beinen wuchsen, und bald hatte er sich ganz in das Garn verstrickt.

›Neiiiin!‹, schrie Madame Patan, ›was hast du getaaan!?! Warteee, ich heeelfe diiir, mein kleiiiner Langebeiiin!‹, und sie ging so schnell sie konnte zu der Spinne, um sie aus dem Garn zu befreien.

›Los, sehen wir zu, dass wir wegkommen!‹, sagte Goodwin und winkte den anderen, durch die Tür und auf den Gang zu verschwinden. ›Auf Wiedersehen, Madame Patan, und haben Sie vielen Dank! Wir finden selbst hinaus und machen die Tür hinter uns zu!‹

Ab ging's, durch den Gang, das Wohnzimmer, dass der Staub aufflog und um sie herumwirbelte, dann die Treppe hinunter, hinaus auf die Straße und weg von dem unheimlichen Haus! Alle vier rannten so schnell sie konnten, und Castanac, der Papagei, flog laut kreischend um ihre Köpfe. Ausnahmsweise wusste er einmal nichts zu sagen.

›Puuh!‹, stöhnte Bomstaff, als sie einige Häuser weiter stehen blieben, um wieder zu Atem zu kommen. ›Ich bin nass geschwitzt. Diese Spinne gehört ganz sicher zum Unheimlichsten, was ich je erlebt habe.‹

›Ja!‹, sagte Henri. ›Ich glaube, sie war kurz davor, einen von uns anzuspringen. Jedenfalls war ich froh, dass wir Hector dabei hatten.‹ Er legte dem großen Bluthund die Arme um den Hals und kraulte ihn. Hector brummte. Die zwei waren dicke Freunde geworden.

›Eine Spinne dieser Größe ist nicht normal‹, sagte Goodwin. ›Auch Madame Patan war ziemlich merkwürdig. Ich wüsste zu gerne, ob Castanac sich gerade dieses Zimmer ausgesucht hat, weil die beiden etwas gemeinsam haben. Eines ist jedenfalls sicher: Castanac hatte einen Heckentroll dabei, als er bei Madame Patan gewohnt hat! Dieser seltsame Geruch in dem Zimmer ... das war eindeutig der Geruch von Heckentrollen. Es gibt also noch mehr Trolle als die in Compton Basset. Aber wo sind sie oder er? Und wo ist Castanac? Hat Madame Patan etwas gesagt, das uns weiterhilft?‹

Bomstaff lächelte breit und nickte.

›Ja, das hat sie, und es gibt eine gute und eine schlechte Neuigkeit. Die schlechte ist, dass er sich gerade sehr weit weg aufhält.‹

›In der Keksdose!‹, sagte der Papagei, und diesmal lachten sie alle, denn sie waren erleichtert, dass sie den Besuch bei Madame Patan hinter sich hatten und keiner von ihnen ernsthaft zu Schaden gekommen war. Henri lachte besonders glücklich, denn er war ganz begeistert von dem Papagei und von Hector. Bomstaff legte Goodwin die Hand auf die Schulter.

›Nun, mein alter Freund, auch wenn du noch einen sehr weiten Weg vor dir hast, so gibt es doch auch eine gute Nachricht. Castanac ist nämlich in Konstantinopel, und jetzt rate mal, welchen Hafen die Elinor sowieso als Nächstes anlaufen wollte.‹

›Hisst die Segel! Wir fahren nach Konstantinopel!‹, rief der Papagei, und diesmal hatte er Recht.

Wieder auf Fahrt

Noch am selben Abend verließ die Elinor mit einer milden Brise von achtern den Hafen von Marseille und setzte Kurs nach Südost, Richtung Nordafrika. Die Luft war angenehm warm, und in dem schläfrigen Wellengang, der sanft gegen den Steven des großen Schiffes schwappte, spiegelte sich die untergehende Sonne. Gleichmäßig glitt der Segler dahin, denn die Wellen hatten nicht die Kraft, ihn auf und ab schaukeln zu lassen. Später am Abend wurde es vollkommen windstill, und das Meer war so ruhig, dass sie meinten, über einen endlosen Spiegel dahinzusegeln. Es war, als habe jemand die Zeit angehalten und als würde der wunderbar milde Abend ewig andauern.

Hector hatte sich auf dem Deck ausgestreckt und es sich gemütlich gemacht – das eine Auge aber doch einen Spalt geöffnet. Und daneben lag, den Kopf auf die Seite des großen Bluthundes gelegt, Henri! Bomstaff hatte ihn gefragt, ob er mitkommen und ihnen helfen wolle, Castanac zu finden. Er hatte Henri für die Dauer der Reise die volle Seemannsheuer angeboten, ganz so wie einem Erwachsenen. Henri hatte über sein ganzes braunes Gesicht gestrahlt – obwohl das gar nicht so wichtig für ihn war, denn er hatte sich so gut mit Hector und dem Papagei Castanac angefreundet, dass er ohnehin eingeschlagen hätte. Jetzt lag er auf Deck und sah zu dem dunkelblauen Abendhimmel hinauf, an dem die Sonne die vorbeiziehenden Wolken rotgolden färbte. Er konnte Hectors regelmäßige Atemzüge spüren, und neben seinem Kopf spazierte der Papagei auf dem Bluthund hin und her, hin und her und schwatzte und schwatzte. Henri war sich sicher, dass er noch nie so glücklich gewesen war.

›Vier Schlangenhäute, zwei Muscheln, drei Angelhaken und ein Dutzend Spinnen – und schon hat man eine feine Suppe‹, verkündete der Papagei. ›Je mehr Spinnen, desto besser – ihre Beine knacken so schön!‹

›Das hört sich gut an!‹, sagte Henri grinsend und seufzte zufrieden, ohne den Blick von dem wundervollen Abendhimmel abzuwenden. Dann fuhr er mit leiser Stimme fort, denn jetzt sprach er mit sich selbst: ›Es ist schön, auf Fahrt zu sein und mit seinen Freunden neue Abenteuer zu erleben.‹

Ganz in der Nähe, hinter einem Mast, stand Bomstaff und machte sich mit dem Tauwerk an einem der Masten zu schaffen. Als er hörte, was Henri sagte, lächelte er zufrieden in seinen dichten Bart hinein. Es war schon ein paar Jahre her, dass Bomstaff Henri zum ersten Mal begegnet war. Damals war Henri auf den Schiffen im Hafen von Marseille herumgelaufen und hatte die Kapitäne gefragt, ob er etwas für sie erledigen könne.

›Bist du nicht etwas zu klein für die Arbeit eines Seemanns?‹, hatte Bomstaff damals den schmächtigen Jungen nach einem flüchtigen Blick abgefertigt.

›Doch‹, hatte Henri mit ernster Miene geantwortet, ›aber der Anschein kann oft täuschen! Ich bin in Wirklichkeit zu sehr viel mehr zu gebrauchen, als Sie meiner Größe wegen denken.‹

Damit hatte er Bomstaff zum Lachen gebracht, und weil er ein freundlicher Mann war, hatte er dem Jungen einige Münzen gegeben und ihm aufgetragen, ein paar Kleinigkeiten auf dem Markt zu besorgen. Tatsächlich hatte Bomstaff nicht erwartet, ihn jemals wiederzusehen, aber er sollte sich gründlich geirrt haben. Nach ein paar Stunden war Henri wieder da, mit allen Sachen, die Bomstaff bestellt hatte. Es war ihm sogar gelungen, sie billiger zu bekommen, als Bomstaff erwartet hatte. Henri rechnete ihm genau vor, was er ausgegeben hatte, und gab das restliche Geld zurück.

›Hmm‹, hatte der Seebär in seinen Bart gebrummt. ›In der Tat, mir scheint, du hast Recht. Du bist wirklich zu mehr zu gebrauchen, als man auf den ersten Blick meint! Du bist ein tüchtiger Junge und hast dir eine Belohnung verdient.‹

Seit diesem Tag tauchte Henri jedes Mal an Bord der Elinor auf, wenn sie in Marseille im Hafen lag. Im Laufe der Zeit erledigte er immer mehr Dinge für Bomstaff, und dem alten Seebären wurde allmählich klar, was für ein gescheiter und flinker Kerl Henri war, der viele Vorteile daraus zog, dass die meisten in ihm nur einen kleinen, schmächtigen Jungen sahen. Sollte er auf dem Markt etwas kaufen, stellte er sich erst eine Weile in die Nähe des Krämers, der die Ware anbot, die er besorgen sollte. So fand er heraus, wie und um wie viel die geschicktesten Kunden es schafften, den Preis herunterzuhandeln. Kein Erwachsener achtete auf einen Jungen, der scheinbar nur in der Nähe der Stände herumlungerte, um sich die Zeit zu vertreiben. Die Händler und Krämer auf dem Markt hatten nur Augen für andere Erwachsene, so war es fast überall, das hatte Henri sehr früh im Leben gelernt.

Nach und nach erledigte Henri immer größere und schwierigere Angelegenheiten, und Bomstaff wurde klar, dass er manche Dinge fertig brachte, die einem großen, bärtigen Seemann jede Menge Probleme bereitet hätten. Deswegen hatte Bomstaff auch darauf vertraut, dass Henri Castanacs Spur in Marseille finden würde. Und deswegen war er sich sicher, dass Henri ihnen in Konstantinopel eine ebenso große Hilfe sein konnte.

›Abenteuer! Du willst Abenteuer erleben, du undankbarer Nichtsnutz?‹, krächzte der Papagei und riss Bomstaff damit aus seinen Gedanken. ›Abenteuer können gefährlich sein, steck deine Nase lieber in die Bücher.‹

Er sprang aufs Deck und sah direkt in Hectors halb geöffnetes Auge.

›Buuh!‹, sagte der Papagei und erinnerte Henri und Bomstaff auf diese Weise daran, dass sie ja unterwegs waren, um hinter das Geheimnis um die Heckentrolle zu kommen – und dazu mussten sie erst einmal diesen unheimlichen Castanac ausfindig machen.

Aber, dachte sich Henri, es ist ja noch eine sehr, sehr lange Fahrt, bis es so weit ist – zum Glück!

Und dann schlief er ein, mitten auf dem Deck, noch immer den Kopf auf Hectors Flanke.

Es war tatsächlich eine lange Fahrt, aber wenn es einem gut geht, vergehen die Tage sehr schnell. Ein paar Abende später standen Henri, Goodwin und Bomstaff vorne am Steven des Schiffes und sahen am Horizont die Küste Nordafrikas auftauchen.

›Zuerst müssen wir nach Alexandria, in Ägypten‹, sagte Bomstaff. ›Anschließend segeln wir hinüber nach Griechenland, und dann kreuzen wir zwischen den Inseln bis nach Konstantinopel.‹

Alle drei sahen sie auf die nordafrikanische Küste, die sich langsam aus dem Meer zu erheben schien, je näher sie ihr kamen.

›Vor langer, langer Zeit‹, erzählte Bomstaff, ›stand ein gewaltiger Turm vor der Küste von Alexandria, und jeden Abend wurde ganz oben im Turm ein riesiges Feuer angezündet. Des Nachts schien das Feuer so hell, dass es hundert Meilen weit über das Mittelmeer leuchtete und die Seefahrer den Weg nach Ägypten finden konnten.

Erfahrene Seeleute segeln normalerweise nach den Sternen‹, fuhr er fort und legte eine Hand auf Henris Schulter, während er mit der anderen nach oben auf den klaren Sternenhimmel zeigte. ›Für einen tüchtigen Seemann hat jeder Stern und jedes Sternbild seine Bedeutung – Orion, Sirius, der Kleine Bär und der Große Bär und das Kreuz des Südens. Alle können uns sagen, wo wir uns gerade befinden, wenn wir sonst nichts als das dunkle Meer auf allen Seiten sehen.‹

›Was macht man denn, wenn überall Wolken sind und man die Sterne nicht sehen kann?‹, wollte Henri wissen.

Bomstaff lächelte. ›Dann muss man ausrechnen, wo man ungefähr ist. Das geht, wenn man überlegt, wann man die

Sterne zuletzt gesehen hat und wie schnell man in der Zwischenzeit gesegelt ist. Kann man die Sterne lange Zeit nicht sehen, bleibt einem nichts anderes übrig, als mit seinem Papagei zu sprechen. Dadurch wird man zwar in der Regel auch nicht schlauer, aber man vergisst dabei – wenigstens manchmal –, dass es kein sehr gutes Gefühl ist, nicht zu wissen, wo man sich gerade befindet. Man kann ja auch nie wissen … es könnte ja sein, dass der Papagei weiß, wo man ist.‹

›Weißt du, wo auf dem Mittelmeer wir jetzt sind?‹, fragte Henri den Papagei Castanac.

›Unter den Sternen, über dem Wasser, hinter dem Mond!‹, antwortete der Vogel feierlich, und alle lachten, während sich die Elinor langsam über das dunkle Meer der Küste Afrikas näherte.

Von Seeleuten und Papageien

Am nächsten Morgen, gerade als die Sonne aufging und sich ihre goldene Pracht in den Wellen des Mittelmeers spiegelte, segelte die Elinor entlang einer hohen Mole, auf der sicher einmal Alexandrias riesiger Leuchtturm gestanden hatte. In der Hafeneinfahrt wimmelte es nur so von Flussbooten aller Arten und seltsamster Formen. Sie beförderten alle möglichen Waren den größten Fluss Ägyptens, den mächtigen Nil hinauf und hinab. Die Nilboote bewegten sich mit einer gewissen Erhabenheit über das Wasser. Tatsächlich konnte man hier und da meinen, vor lauter Erhabenheit kämen sie gar nicht von der Stelle, so langsam bewegten sich einige von ihnen voran.

Es schien keine Ordnung oder Regeln zu geben, jeder fuhr kreuz und quer und in die Richtung, die ihm gerade beliebte, und so musste sich die Elinor mühsam ihren oftmals verschlungenen Weg durch das Gewirr der kleinen Boote bahnen, um in den Hafen hineinzugelangen. Ständig rief Bomstaff Goodwin, der am Ruder stand, und der Mannschaft Befehle zu, worauf sie die Taue anspannten oder lockerten, um die Segel jedes Mal in die rechte Position zu bringen, wenn sie die Richtung wechseln mussten. Es war nicht einfach, denn gleichzeitig mit Bomstaffs Befehlen gab auch der Papagei laut schreiend seine Anweisungen.

›Drei Grad Backbord!‹, schrie Bomstaff.

›Recht so, und danach hart Steuerbord!‹, mischte sich der Papagei ein.

Doch zum Glück ließ sich Goodwin durch das Geschrei des Vogels nicht durcheinander bringen. Hätte er getan, was Castanac ihm zugerufen hatte, wären sie direkt in drei der Nil-

boote hineingefahren, die in einem scheinbar unentwirrbaren Knäuel dicht neben der Elinor nach Steuerbord lagen.

›Großsegel setzen – und passt auf eure Köpfe auf, wenn der Baum schwingt!‹, rief Bomstaff weiter.

›Großsegel einholen, das Focksegel setzen!‹, rief der Papagei.

Bomstaffs Seeleute waren nicht gerade die allerklügsten, einer von ihnen hörte auch nicht gut, und so sorgten die Kommandos des Papageis hier und da für ein ziemliches Drunter und Drüber. Am schlimmsten ging es zu, als Kelvin den Baum nach Steuerbord schwenkte, während sein Bruder Melvin ihn nach Backbord gehen ließ. Gleichzeitig legte Goodwin die Elinor ganz nach Backbord in den Wind, und der Baum mitsamt dem Großsegel schwang auf der Steuerbordseite weit über die Reling hinaus und vom Schiff weg. Mit offenem Mund standen Kelvin und Melvin da und sahen zu, wie das Tau des Segels vollständig aus seinem Block lief.

›Was macht ihr denn, ihr Landratten?!‹, brüllte Bomstaff und kam von seinem Platz ganz vorne am Bug des Schiffes herbeigerannt. ›Ihr habt ja das ganze Tau für den Baum ablaufen lassen!‹

›Ich hatte Befehl, zu reffen‹, sagte Kelvin, auf dessen Seite das Tau aus dem Block gelaufen war.

›Aber wer um alles in der Welt hat dir *den* Befehl gegeben?‹, fragte Bomstaff. Ausnahmsweise schien er einmal gar nicht gut gelaunt zu sein.

›Ja, öhm, also … es war wohl der Papagei, er hat gerufen, ich soll einholen.‹

›DER PAPAGEI!‹, schrie Bomstaff. ›Du scheinst von mir als Kapitän nicht allzu viel zu halten, wenn du lieber unter dem Kommando eines Papageien segelst! Was meinst du, wann und wo dieser Einfaltspinsel von einem Papagei gelernt hat, ein Schiff durch eine Hafeneinfahrt zu manövrieren, wenn ich fragen darf?‹

›Na ja, er klang schon sehr überzeugend, fast wie ein richtiger Kapitän …‹, antwortete Kelvin dümmlich. Kopfschüttelnd stapfte Bomstaff über das Deck davon. Nach diesem kleinen Zwischenfall verlief die Einfahrt nach Alexandria einigermaßen glatt und streng nach den Anweisungen von Kapitän Bomstaff. Nachdem sie festgemacht hatten, folgten Goodwin, Henri und natürlich Hector mit dem Papagei auf seinem Rücken Bomstaff über die vielen Märkte der Stadt. Hier in Alexandria war es Bomstaff, der sich am besten auskannte und die kleine Gruppe führte, doch konnte auch er sich nur den Leuten gegenüber verständlich machen, die Englisch sprachen. Er kaufte Kräuter und verschiedene Pulver, die Goodwin und Henri nie zuvor gesehen und von denen sie nicht einmal etwas gehört hatten. Bomstaff erklärte ihnen, einige seien Gewürze, die jedem Gericht einen ganz eigenen Geschmack verleihen würden, andere wiederum seien Heilkräuter gegen Gicht und eine ganze Reihe anderer Krankheiten, mit denen sich die Leute in England herumplagten.

›Leider‹, sagte er, ›gibt es nichts gegen freche, geschwätzige Papageien.‹ Bomstaff lachte, und so kehrte seine gute Laune nach den unglücklichen Geschehnissen in der Hafeneinfahrt schließlich zurück.

Als sie Alexandria wieder verlassen hatte, lief die Elinor auf ihrer Fahrt nach Konstantinopel noch viele Häfen entlang der arabischen Küste und auf den griechischen Inseln an, in denen Bomstaff handelte und Waren kaufte und verkaufte. So vergingen mehr als drei Monate, und die Freunde bekamen so manch seltsamen Ort zu sehen, bevor sie eines Abends spät vor Konstantinopel den Anker warfen. Als am nächsten Morgen im Osten die Sonne aufging, zeichnete sich die märchenhafte Silhouette der goldenen Stadt vor dem rot gefärbten Himmel ab. Hohe, dünne Türme mit schlanken Spitzen und riesige Moscheen mit goldbedeckten Kuppeln ragten weit in den Himmel. Staunend standen Goodwin und Henri da und sahen auf das Tor zum Fernen Osten, wo sie den Zauberer Castanac suchen sollten. Jetzt war die Zeit gekommen, und bald musste sich zeigen, ob sie ihn finden konnten oder ob Goodwins lange Reise für die Einwohner von Compton Basset umsonst gewesen war.

Castanacs Hut

Als die Elinor sorgfältig vertäut an einem der Kais im Hafen von Konstantinopel lag, gingen die Freunde an Land. Der Papagei lief zu großer Form auf. Von seinem sicheren Standort auf Hectors Kopf überschüttete er alle, denen sie auf ihrem Weg begegneten, mit Unverschämtheiten. Zum Glück gab es niemanden, der verstand, was er sagte. Bomstaff kannte sich recht gut in Konstantinopel aus und führte die anderen den ersten Tag herum. Sie besuchten phantastische Moscheen und exotische Märkte, auf denen mit sonderbaren Früchten und eigenartigen Gewändern gehandelt wurde. Von dem Zauberer Castanac bekamen sie nichts zu sehen, aber sie suchten auch noch nicht richtig nach ihm.

Am Abend, als die Freunde auf die Elinor zurückgekehrt waren, kamen sie auf Deck zusammen, um zu beratschlagen.

›Ab morgen werden wir ernsthaft nach Castanac suchen‹, begann Bomstaff. ›Konstantinopel ist eine fremde und ganz sicher nicht ungefährliche Stadt, und es wird wohl am besten sein, wenn wir zusammenbleiben, auch wenn es dadurch sehr viel länger dauern kann, bis wir Castanacs Spur finden.‹

›Nein, Monsieur Bomstaff‹, sagte Henri. ›Wir haben bessere Chancen, Castanac aufzuspüren, wenn wir uns trennen. Ich komme in Konstantinopel schon zurecht, genauso wie in Marseille.‹

Goodwin und Bomstaff tauschten einen kurzen Blick aus. Der Gedanke, Henri allein und auf eigene Faust nach Castanac suchen zu lassen, gefiel ihnen überhaupt nicht. Henri erriet sofort, was in ihnen vorging, und so beeilte er sich weiterzusprechen, um sie zu überreden: ›Ich komme in der Stadt viel schneller vorwärts, wenn ich alleine bin. Außerdem gibt es vieles, was die Leute einem Jungen, aber bestimmt nicht einem Erwachsenen verraten!‹

›Tja, schon‹, meinte Bomstaff etwas beleidigt, wohl darüber, dass Henri ihn und Goodwin offenbar mehr als Belastung denn als Hilfe ansah. ›Vielleicht stimmt es, was du sagst, aber du bist nun einmal nicht besonders kräftig gebaut, und außerdem sprichst du die Sprache hier nicht – also, falls du mal in Schwierigkeiten kommen solltest, könnte es sehr nützlich sein, einen von uns sofort bei der Hand zu haben.‹

Henri dachte kurz nach, dann sagte er: ›Ja, bestimmt haben Sie Recht, Monsieur Bomstaff. Wenn ich darüber nachdenke, könnte es tatsächlich nützlich sein, einen von Ihnen dabei zu haben, wenn ich nach Castanac suche.‹

Sowohl Bomstaff als auch Goodwin richteten sich in dem Gefühl, vielleicht doch zu etwas nütze zu sein, auf, doch ihre Freude währte nur kurz. Denn Henri fuhr fort: ›Deshalb würde ich gerne Hector mitnehmen. Er ist schnell und stark, und er würde mir nicht hinderlich sein!‹

›Ja, ja, du kleiner Galgenstrick!‹, sagte Bomstaff und konnte ein Lächeln doch nicht unterdrücken.

›Also darf ich morgen mit Hector in die Stadt gehen, Monsieur Goodwin?‹, fragte Henri.

›Ja, darfst du‹, sagte Goodwin. ›Aber du musst mir versprechen, sofort zum Schiff zurückzukommen, wenn du herausgefunden hast, wo Castanac steckt. Du darfst nicht selbst mit ihm sprechen! Wir wissen nicht, wie gefährlich er ist.‹

Und so wurde beschlossen, dass sie in zwei Gruppen suchen würden, denn Goodwin und Bomstaff würden gemeinsam sehen, ob sie auch etwas herausbekommen könnten.

Am nächsten Morgen zog Henri mit Hector und dem Papagei los. Wenig später, nachdem Bomstaff seine Mannschaft angewiesen hatte, gut auf die Elinor Acht zu geben, machten er und Goodwin sich ebenfalls auf die Suche. Den ganzen Tag lang wanderten sie in Konstantinopel herum und fragten, so gut es eben ging, nach dem Zauberer Castanac. Aber das Glück schien ihnen diesmal nicht beizustehen. Sie fanden kaum jemanden, der Englisch oder Französisch sprach, und niemanden, der etwas über den fremden Zauberer wusste. Die meisten verließ augenblicklich die Fähigkeit, etwas anderes als Türkisch zu sprechen, sobald sie merkten, dass Goodwin und Bomstaff nicht gekommen waren, um zu handeln. Der Einzige, der auf ihre Fragen antwortete, war ein Mann in einem wunderlichen Umhang, der immer aufgeregter wurde, während er auf sie einredete, doch verstanden sie kein Wort von dem, was er sagte.

›Jetzt hätten wir den Papagei mal gut gebrauchen können, um auch einmal zu Wort zu kommen‹, brummte Bomstaff ärgerlich, als sie ein Stück von dem hitzigen Mann weggekommen waren.

›Diesmal hätte sogar der Papagei in Sachen Geschwätzigkeit noch etwas lernen können, glaube ich‹, entgegnete Goodwin. Insgeheim amüsierte er sich köstlich darüber, dass Bomstaff sich zwar oft über den Papagei ärgerte, aber trotzdem eine Schwäche für ihn hatte.

Als sie schon aufgegeben hatten und auf dem Weg zurück zum Schiff waren, schwenkte Bomstaff in eine schmale Gasse, um an einem Stand nach eingemachtem Obst und Gemüse und anderen Leckereien zu sehen. Bomstaff mochte solche Delikatessen sehr, und auch Plätzchen und anderes Gebäck hatten es ihm angetan. Er suchte zwei kleine Gläser und eine Dose mit knusprig aussehenden Keksen aus, für die sie nach einigem Hin und Her einen angemessenen Preis bezahlten.

›Zwar haben wir Castanac heute nicht gefunden, aber wenigstens kehren wir nicht mit leeren Händen zurück‹, sagte er, schon etwas besser gelaunt. Voller Vorfreude warf er einen Blick auf die Leckerbissen, bevor er sie in seinen Jackentaschen verstauen wollte.

›Ich wüsste zu gerne, ob Henri vielleicht mehr Glück gehabt hat als wir‹, sagte Goodwin. ›Er ist schon ein mutiger kleiner

Kerl, unser Henri. So mutig, dass er leicht in Schwierigkeiten kommen könnte!‹

›Tja, bei dem kleinen Tunichtgut weiß man nie‹, antwortete Bomstaff. ›Er ist ein blitzgescheiter Junge, aber noch nie zuvor aus Marseille herausgekommen. Also wird er es hier nicht so einfach haben. Deshalb werden wir den Zauberer wohl selber ausfindig machen müssen.‹

›Ja, wahrscheinlich‹, entgegnete Goodwin missmutig. Ihm kam Konstantinopel unendlich groß vor, und er begann daran zu zweifeln, dass sie Castanac jemals finden würden. In Marseille hatten sie ja bereits erfahren, dass der Zauberer nur äußerst selten einen Fuß vor die eigene Tür setzte, warum sollte ihn also hier jemand kennen?

›Kopf hoch, alter Freund‹, munterte Bomstaff ihn auf. ›Immer gerade dann, wenn man am allerwenigsten damit rechnet, taucht plötzlich ein Hoffnungsschimmer auf.‹

›Ja, hoffentlich hast du Recht‹, sagte Goodwin. ›Frag doch mal die kleine Frau, bei der du die Sachen gekauft hast, ob sie vielleicht einen Mann mit einem hohen, spitzen Hut gesehen hat. Dieser verrückte Papagei plappert doch dauernd von einer Keksdose. Vielleicht hat er das ja gelernt, als er bei Castanac war.‹

›Ha ha, das wär ja ein Ding!‹, rief Bomstaff aus. Er sah sich ein wenig an dem Stand um. Alle Waren, Kräuter, Gewürze, getrocknete Früchte und vieles mehr, standen in Messingschalen auf kleinen gewebten Teppichen. Vorsichtig zog er einen der Teppiche hervor, und die Frau, deren Gesicht fast vollständig hinter einem Tuch verborgen war, protestierte nicht. Dann rollte er ihn so zusammen, dass er an einem Ende spitz zulief, bog die Spitze um, setzte ihn sich auf den Kopf und sah die Frau fragend an. Goodwin lachte. Bomstaff ähnelte Castanac nicht im Mindesten, sah aber jedenfalls sehr komisch aus. Aber zu seiner und Bomstaffs Überraschung kam die kleine Frau hinter ihrem Stand hervor, packte ihn am Arm und zog ihn mit sich fort. Bomstaff war so verblüfft, dass er ganz vergaß, den zum Hut gewordenen Teppich vom Kopf zu nehmen. Am Ende der Gasse stellte sich die Frau auf die Zehenspitzen, sah in beide Richtungen und … zeigte über die Köpfe der Leute hinweg. Bomstaff schaute mit offenem Mund in die Richtung, in die sie wies.

›Goodwin! Goodwin! Der Hut! Da drüben! Dieser Castanac ist ein Stück weiter die Straße runter. Ganz bestimmt läuft sonst niemand mit so einem komischen Hut herum!‹

›Außer dir‹, sagte Goodwin und erkannte weit unten am anderen Ende der Straße einen merkwürdigen dunkelblauen Hut, der aus der Menge herausragte. Er war höher als alle anderen Hüte, und seine Spitze war umgebogen. Aber gerade als Bomstaff zum ersten Mal für einen kurzen Moment den mysteriösen Castanac erblickt hatte, bog der Hut mitsamt dem Zauberer darunter um eine Ecke und war verschwunden!

Castanacs Turm

Oooh nein, jetzt ist er weg! Das war doch Castanacs Hut, oder etwa nicht?‹, fragte Bomstaff aufgeregt. Er hatte Goodwin am Arm gepackt und schüttelte ihn heftig hin und her.

›Ich weiß nicht genau, ich konnte ihn nicht richtig sehen‹, sagte Goodwin. ›Wo ist er hin?‹

›Ich habe nur den Hut gesehen. Der ist da unten nach rechts abgebogen, und sein Besitzer dann ja wohl auch. Schnell, alle Segel gesetzt und hinterher!‹ Hastig gab Bomstaff der kleinen Frau den Teppich zurück. Verzweifelt suchte er nach Worten, die sie verstehen konnte, um ihr für ihre Hilfe zu danken. Aber es gelang ihm natürlich nicht, denn alles musste sehr schnell gehen. Also griff er in seine Tasche und wollte ihr ein paar Münzen geben, doch sie hielt abwehrend die Hände vor sich und schüttelte den Kopf. Sie zeigte die Straße hinunter und meinte damit wohl, dass sie sich lieber beeilen sollten, um den Hut nicht aus den Augen zu verlieren.

›Öh … merci … thank you … grazie!‹, sagte Bomstaff, und schon rannten sie die Straße hinunter. Es war nicht einfach, die Verfolgung des Hutes aufzunehmen, denn die Straße war voller Menschen, die sich dicht gedrängt zwischen den Häusern hierhin und dorthin schoben – und Bomstaff musste ja auch noch darauf achten, seine Einmachgläser und die Keksdose mit den schönen Leckereien nicht zu verlieren.

›So ungefähr muss sich ein Hering in der Tonne vorkommen‹, knurrte Bomstaff. Inzwischen hatte er es geschafft, seine Einkäufe in die Jackentaschen zu stopfen, sodass er nun ernsthaft auf Verfolgungsjagd gehen konnte.

›AUS DEM WEG, ihr guten Leute!‹, rief er mit seiner mächtigen Stimme und hob gleichzeitig die Arme in die Höhe, und zu Goodwins Überraschung – es konnten ja nicht viele sein, die den großen Seemann verstanden – traten die Menschen zur Seite, und sie kamen sehr viel schneller voran. Als sie um die Ecke bogen, konnten sie zunächst keinerlei Spur von Castanac finden, aber schnell hatte Goodwin den hohen Hut wieder entdeckt. Es war ohne Zweifel Castanac, der mit schnellen Schritten die Straße hinunterging.

›Halten wir etwas Abstand‹, sagte Goodwin. ›Solange wir nicht wissen, wo er wohnt, ist es am besten, er bemerkt uns nicht.‹

Bomstaff nickte, und so verfolgten sie den sonderbaren Mann, der sich Castanac nannte, durch die Straßen von Konstantinopel. Castanac blieb immer wieder an einem der zahllosen Stände stehen und verhandelte, kaufte etwas oder setzte seinen Weg schließlich fort, ohne handelseinig geworden zu sein. So dauerte es sehr lange, bis sie an seinem Ziel ankamen. Als die Dunkelheit schon hereinbrach, erreichten sie den Stadtrand, und Castanac bog auf einen schmalen Pfad ein, der steil einen Hügel hinaufführte. Hier gab es nur noch wenige Häuser, aus denen fast kein Licht hinaus auf den Pfad drang, doch stand der Mond hoch und tauchte alles in ein unheimliches bläuliches, aber klares Licht, sodass sie den schmalen Weg vor sich immer noch gut erkennen konnten. Weiter und weiter schlängelte sich der Pfad bergauf, sowohl Bomstaff als auch Goodwin gerieten ziemlich außer Atem. Die beiden wagten nicht, so dicht zu Castanac aufzuschließen, dass sie ihn hätten sehen können, denn dann hätte er sie sicher bemerkt. In der Stadt war alles voller Menschen gewesen und er hätte sie in dem Gewimmel kaum wahrgenommen, auch wenn er sie gesehen hätte, doch hier, weit außerhalb der Stadt, war das etwas ganz anderes. Hätte er sie hier draußen entdeckt, hätte er sofort erraten, dass sie ihn verfolgten, und ganz bestimmt wäre es ihm ein Leichtes gewesen zu verschwinden. Hatten sie erst einmal herausgefunden, wo er wohnte, konnten sie so oft wiederkommen, wie es nötig sein würde. Auf diese Weise konnten sie ihn vielleicht davon überzeugen, ihnen zu helfen, falls er ihrer nicht vorher überdrüssig wurde und sich ein neues Zuhause suchte – oder sie in Teekannen verwandelte, dachte Goodwin bei sich. Ebenso wie Bomstaff versuchte Goodwin, sich so lautlos wie nur möglich zu bewegen. Irgendwo vor ihnen schlug ein Hund an und bellte ein paar Mal mit tiefer, dunkler Stimme. Es hörte sich beinah wie ein Bluthund an, meinte Goodwin. Gerade jetzt vermisste er Hector, war aber dennoch froh, dass sein Freund bei Henri war.

Nur wenige Meter vor sich konnte Goodwin Castanacs Schritte hören, und er musste an die Nacht vor einigen Jahren denken, als er dem Zauberer Gramp's Hill hinauf nachgegangen war. Aber es kam ihm so vor, als sei all das, was damals in England geschehen war, hundert Jahre her, so viel hatte er seitdem erlebt. Alles erschien ihm irgendwie nicht ganz wirklich, die milde, türkische Abendluft, die exotischen Düfte, die von überall herkamen und sich mit dem intensiven Geruch von getrocknetem Zypressenholz vermischten, der gewundene Pfad, auf dem er in gespenstischem Mondlicht vorwärts huschte. Aus einem der kleinen Steinhäuser am Weg drangen leise Musik und wehmütiger Gesang in einer Sprache zu ihnen, die Goodwin nicht verstand. Doch passte deren Klang gut zu dem Ort, an dem sie sich befanden, und zu der Atmosphäre, die den Hügel umgab, wie er fand.

In diesem Moment kamen sie um eine scharfe Biegung und vor ihnen tat sich eine weite Lichtung auf. Mitten darauf stand ein uralter, runder Turm. Im fahlen Mondlicht warf er einen langen, bedrohlich wirkenden Schatten zu ihnen herüber. Drüben beim Turm konnten sie Castanacs Gestalt erahnen, die an einer Tür stand und sich mit einem Schlüssel zu schaffen machte. Dann hörten sie ein lautes Knarren und Castanac verschwand in der Dunkelheit im Inneren des Turms. Krachend fiel die schwere Tür hinter ihm ins Schloss.

›Ich glaube, wir haben Castanacs Behausung gefunden‹, sagte Bomstaff. ›Das hier ist genau der Ort, der zu so einem merkwürdigen Vogel wie ihm passt. Hätte ich gewusst, dass es diesen Turm hier gibt, wäre ich direkt hierher gegangen, hätte mich auf die Lauer gelegt und wäre ganz sicher gewesen, dass er irgendwann auftaucht.‹

›Tja, vielleicht schon‹, sagte Goodwin und konnte sich ein Lächeln nicht verkneifen. ›Bestimmt hast du Recht. Ich glaube auch, dass das hier sein Zuhause ist. Irgendetwas sagt mir, dass dieser Turm und Castanac sehr gut zusammenpassen.‹

›Die Frage ist nur: Was machen wir jetzt?‹, sagte Bomstaff. ›Einerseits müssten wir hier bleiben, falls vielleicht irgendetwas passiert, das uns weiterhelfen könnte, andererseits würde ich auch gerne zurück zur Elinor, um zu sehen, ob mit Henri alles in Ordnung ist. Diesmal waren wir es jedenfalls, die gefunden haben, wonach wir gesucht haben!‹ Bomstaff klang sehr zufrieden. ›Das wird ein Mordsspaß, Henri, dem kleinen Schelm, zu erzählen, dass wir ihm diesmal zuvorgekommen sind.‹

Im selben Moment hörten sie Flügel schlagen. Aus der Dunkelheit tauchte ein Vogel auf und landete auf Bomstaffs Schulter.

›Ahoi, Seemann, warum hast du im Dunkeln keine Lampe bei dir?‹, krächzte eine ihnen wohlbekannte Stimme.

›Castanac, du unglückseliges Federvieh! Bei allen gesalzenen Seeteufeln der sieben Meere, was machst du hier und wie kommst du hierher?‹ Bomstaff konnte seine Verblüffung nun wirklich nicht verbergen. Der Papagei hob ohne ein weiteres Wort wieder ab, flog ein kurzes Stück den Weg entlang und verschwand zwischen den Bäumen.

›Ihm nach!‹, stieß Bomstaff zerknirscht hervor, und sie bahnten sich einen Weg durch das Unterholz. Kurz darauf stießen sie auf einen versteckten Pfad, und bald waren sie um die Lichtung herum und auf der anderen Seite des Turmes. Dort, hinter einem dichten Busch, lag Henri, in eine Decke gewickelt, die Ellbogen auf Hectors Rücken gestützt, und spähte zum Turm hinüber. Als er sie kommen hörte, wandte er den Kopf und sah ihnen über die Schulter entgegen.

›Ah, da seid ihr ja‹, sagte er. ›Wir haben auf euch gewartet.‹

Bomstaff und Goodwin sahen sich erstaunt an.

›Wie lange bist du denn schon hier?‹, fragte Bomstaff.

›Seit dem Sankt-Nimmerleins-Tag‹, antwortete der Papagei mit ernster Stimme.

›Nein, nicht doch‹, sagte Henri. ›Wir sind kurz vor Mittag hierher gekommen.‹

›Ach was, und wie seid ihr hergekommen, wenn man fragen darf?‹, wollte Bomstaff aufgeregt wissen.

›Mit dem Paddelboot‹, erklärte der Papagei.

›Nein, wir sind den ganzen Weg gelaufen‹, entgegnete Henri etwas verwundert über Bomstaffs Frage.

›Ja, ja, ich meine, wie hast du Castanacs Haus gefunden – oder vielmehr seinen Turm?‹, fragte Bomstaff noch einmal.

›Suche und du wirst finden!‹, belehrte ihn der Papagei.

›Ach, das war nicht schwer‹, sagte Henri. ›Wir sind ein bisschen auf gut Glück herumgelaufen, und dann kamen wir auf einen Marktplatz …‹

›Einen Moment mal!‹, unterbrach Goodwin. ›Ich würde auch sehr gerne wissen, wie Henri Castanacs Turm gefunden hat, aber ich glaube, es wäre besser, wenn er es uns woanders erzählt. Wenn wir mit Castanac sprechen wollen, dann wäre es mir am liebsten, es könnte am helllichten Tag geschehen. Ich habe so lange nach ihm gesucht, aber trotzdem noch nicht darüber nachgedacht, was ich zu ihm sagen soll. Bleiben wir hier, kann es nicht lange dauern, bis er uns hört, und wer weiß, was er dann tut.‹

›Du hast Recht‹, sagte Bomstaff. ›Gehen wir zum Weg zurück. Wo ein Weg ist, ist auch ein Gasthaus. Dort können wir dann in Ruhe überlegen, was wir als Nächstes tun, und ganz nebenbei können wir auch noch etwas essen und finden vielleicht ein Bett für die Nacht.‹

Also gingen sie den Pfad zurück, den sie gekommen waren, und versuchten dabei, sich den Weg so genau wie möglich einzuprägen, damit sie Castanacs Turm am nächsten Tag wiederfinden konnten. Am Ende des Pfades fragten sie an einem kleinen Haus nach der nächsten Herberge, und dann dauerte es nicht mehr lange, bis sie in einen anderen Weg einbogen und müde, aber dennoch zufrieden mit dem Verlauf des Tages ein kleines, gemütliches Gasthaus erreichten. Hier wurden ihnen zwei Zimmer zugewiesen, und Bomstaff schickte einen Boten zur Elinor, um der Besatzung zu sagen, dass sie heute nicht mehr zum Schiff zurückkehren würden.

Der Schlüsseldieb

In dem Gasthaus wurde den drei Freunden ein herzhaftes Abendessen serviert. Goodwin und Henri hatten noch nie türkisch gegessen. Alle Speisen waren gut gewürzt und in Öl gebraten, und obwohl sie das nicht gewohnt waren, schmeckte es ihnen vortrefflich. Da machte es ihnen auch nichts aus, dass der Papagei sie davon zu überzeugen versuchte, das Ganze sei mit Spinnenbeinen und Angelhaken zubereitet. In einer Ecke der Gaststube saß ein Mann und spielte gefühlvoll auf einer Laute. Er sah alt und verhutzelt aus, aber seine Finger glitten so schnell über die Saiten, dass das Auge ihnen kaum folgen konnte, und er entlockte seinem einfachen Instrument wunderbare Töne.

›Ah‹, sagte Bomstaff zufrieden darüber, endlich etwas zu essen bekommen zu haben. ›Hier sitzen wir gut, und nach unserer langen Reise sieht es jetzt endlich so aus, als hätten wir diesen sagenumwobenen Castanac gefunden. Aber nachdem ich nun seinen Hut gesehen habe, frage ich mich schon, warum jemand mit so einem Kirchturm auf dem Kopf herumläuft. Na ja, wie dem auch sei ... jedenfalls haben wir bisher nie darüber gesprochen, was wir eigentlich tun wollen, wenn wir ihn tatsächlich aufgespürt haben. Und während wir darüber nachdenken, können wir uns ja anhören, wie Henri zu dem Turm gefunden und was er im Laufe des Tages erlebt hat.‹

›Also, wir sind erst einmal einfach in die Stadt gegangen, ohne ein bestimmtes Ziel oder einen Plan, und kamen auf einen Marktplatz, wo wir einigen Kindern begegnet sind. Offenbar waren ihnen Hector und Castanac – also der Papagei – aufgefallen. Besonders witzig fanden sie, dass der Papagei

sprechen konnte, obwohl sie ihn ja gar nicht verstanden. Zwar konnten wir nicht miteinander reden, aber ich habe einfach Castanac – also den Zauberer – mit seinem Hut in den Sand gemalt. So konnte ich ihnen klar machen, wen ich suchte. Einige der Jungen gaben mir mit Zeichen zu verstehen, dass ich dort warten solle, liefen weg und waren aber nach einer halben Stunde wieder da. Sie malten eine Karte in den Sand und zeigten mir darauf, wo Castanac wohnt.

Es war ziemlich weit, und ich glaube, die Kinder auf dem Marktplatz wussten gar nicht genau, wo Castanac wohnt, jedenfalls hatten sie keinen Turm in die Karte eingezeichnet. Ich hatte mir überlegt, noch einmal auf dieselbe Weise nach dem Weg zu fragen, wenn ich meinte, dass es ganz in der Nähe sein müsse, aber das war überhaupt nicht nötig. Denn als wir allmählich aus der Stadt herauskamen, geschah etwas Seltsames! Hector witterte plötzlich etwas in der Luft, hielt die Nase auf den Boden und zog mich an der Leine einfach hinter sich her den schmalen Pfad hinauf, über den ihr dann später auch gekommen seid. Er muss irgendetwas gerochen, irgendeinen Geruch wieder erkannt haben – kein Wunder, bei der großen Nase! Als wir die Lichtung mit dem Turm erreicht hatten, traute ich mich nicht, weiterzugehen, und anscheinend war die Spur, der Hector die ganze Zeit gefolgt war, hier zu Ende. Ich wollte natürlich wissen, ob Castanac tatsächlich in dem Turm wohnt, aber ich hatte ja versprochen, nicht anzuklopfen. Es war mir auch zu gefährlich, den Papagei in den Turm fliegen zu lassen, denn wenn er tatsächlich einmal dem Zauberer gehört hat, hätte der ihn bestimmt wieder erkannt.‹

›Und was hast du dann getan?‹, fragten Bomstaff und Goodwin wie aus einem Mund. Sie ahnten, dass Henri sich wohl kaum ins Gras gesetzt und den Rest des Tages Däumchen gedreht hatte.

›Öhm ... auf der anderen Seite des Turms steht ein alter, schiefer Baum. Seine Äste reichen bis zum Turm, und genau an der Stelle ist ein Balkon. Also, dachte ich mir, kann es ja

wohl nicht so schwer sein, raufzuklettern und einen Blick in den Turm zu werfen.‹

›Puuuh – zum Glück wusste ich nichts davon!‹, sagte Bomstaff. ›Du bist also raufgeklettert. Und ... hast du was gesehen?‹

›Ja, ich bin rauf- und in den Turm geklettert ...‹

Bomstaff und Goodwin warfen sich einen viel sagenden Blick zu.

›Hört einfach weiter zu, ja?‹, sagte Henri, als er sah, dass seine beiden Freunde ganz blass geworden waren.

›Natürlich bin ich erst hineingestiegen, als ich sicher war, dass Castanac nicht zu Hause ist. Und ... ja, ich habe eine ganze Menge seltsamer Dinge gesehen – er ist kein ganz gewöhnlicher Mann, euer Castanac!‹

Bomstaff und Goodwin vergaßen ihren Ärger über das, worauf sich Henri eingelassen hatte, beugten sich vor und lauschten gespannt.

›Als ich auf Höhe des Balkons angekommen war, sah ich, dass die Tür zum Glück offen stand. So konnte ich hinter den Blättern versteckt dasitzen und genau in den Turm schauen. Zuerst war niemand zu sehen und zu hören, aber dann, nach einer Weile, vernahm ich Schritte, so, als ginge jemand eine Treppe hinauf. Dann trat ein Mann in das Zimmer – als ich ihn sah, wusste ich sofort, dass das Castanac, der Zauberer, sein musste! Er hat eine große, scharf geschnittene Nase, seine Augen liegen tief in ihren Höhlen, und am Kinn trägt er einen kurzen, dichten Bart.‹

Henri sah Goodwin fragend an. Er wollte wissen, ob diese Beschreibung auf Castanac passte. Goodwin nickte.

›Übrigens ist er wohl Franzose, jedenfalls sprach er Französisch, sodass ich alles verstehen konnte, was er sagte. Ja, und dann ist da noch sein Hut. Sogar im Turm hatte er ihn auf dem Kopf. Es ist wirklich ein merkwürdiger Hut. Na ja … als er in das Zimmer kam, hörte ich, wie er nach jemandem rief, so, als wisse er nicht, wo sich der andere befand. Er ging in jede Ecke und schaute und suchte, während er immer weiter rief, zuerst freundlich und lockend: – Boffin! Boffin! Wo steckst du denn? Komm schon hervor, ich habe etwas Schönes für dich. Leckere Kekse. – Aber soweit ich sehen und hören konnte, geschah daraufhin nichts. Nachdem er eine Weile im Zimmer herumgesucht hatte, ohne jemanden zu finden und ohne, dass dieser Boffin aus seinem Versteck gekommen wäre, wurde er wütend und begann zu schimpfen und zu drohen: – Boffin, du Unglückseliger, wenn du nicht hervorkommst und mir den Schlüssel zurückgibst, verwandele ich dich in eine Seifenblase, die der leichteste Windstoß von hier bis nach Tasmanien wehen kann, wenn sie nicht vorher zerplatzt! – So ging es in einem fort, er lief herum und drohte Boffin, ihn in alles Mögliche zu verwandeln, aber es geschah immer noch nichts. Schließlich blieb es eine ganze Zeit lang still, und dann hörte ich ihn sagen: – Also gut, du sollst erst einmal deinen Willen haben. Ich gehe in die Stadt und kaufe etwas Schönes zu essen für uns, aber wenn ich zurückkomme, will ich den Schlüssel haben, sonst zaubere ich dir deine Füße an deiner Nase fest, so wahr ich Castanac heiße! – Jetzt wusste ich mit Sicherheit, dass ich richtig war, und wenn er erst einmal in die Stadt loszog, war dies die beste Gelegenheit, noch mehr herauszukriegen. Denn man braucht mindestens eine Stunde bis in die Stadt und noch eine für den Rückweg. Als er gegangen war, kletterte ich vom Baum herunter und sagte Hector, er solle vorne am Weg Wache halten und laut bellen, wenn Castanac zurückkäme.‹

Henri schlang die Arme um den Hals des großen Bluthunds.

›Er ist Gold wert, unser Hector! Er verstand sofort, was er zu tun hatte, und lief den Pfad entlang davon. Den Rest des Tages saß er am Ende des Wegs, der den Hügel hinaufführt, und hielt Wache. Und gerade als es dunkel wurde, kurz bevor ihr beide aufgetaucht seid, hörte ich ihn bellen. Ich beeilte mich, zur Balkontür zu kommen, hinauszuschlüpfen und vom Baum zu klettern. Und richtig, Castanac kam zurück!‹

Goodwin nickte. Er war stolz auf Hector, und ihm fiel ein, dass er einen Hund hatte bellen hören, als er und Bomstaff Castanac den Pfad hinauf zum Turm gefolgt waren. Er hatte sogar geglaubt, es müsse ein Bluthund sein, der da angeschlagen hatte. Aber er hätte niemals gedacht, dass es sein guter, alter Hector sein könnte, den er gehört hatte.

›Als ich sicher war, dass Hector an seinem Platz war, kletterte ich wieder in den Baum. Von einem der Äste sprang ich auf den Balkon. Castanac hatte die Balkontür zugeworfen, aber nicht abgeschlossen. Vorsichtig schob ich sie auf und schlich mich hinein. Zuerst blieb ich ganz still stehen und lauschte, denn ich wusste ja nicht, wer Boffin war und ob er sich noch im Turm befand. Aber es war nichts zu hören ... also, abgesehen von einem Blubbern, das von einigen komisch aussehenden Flaschen auf einem großen Tisch mitten im Zimmer kam. Einige davon waren durch Glasröhrchen miteinander verbunden, und die ganze Zeit gluckerte und zischte es in den Flaschen. Ich ging näher zu dem Tisch hin, um mir die Sache genauer anzusehen. Es sah schön und gleichzeitig unheimlich aus. An ein paar Flaschen habe ich gerochen, aber angefasst habe ich natürlich nichts!‹

›Es hätte ja auch das reine Teufelswerk sein können‹, sagte Bomstaff mürrisch und gleichzeitig nervös. ›Hast du gar nicht daran gedacht, mal ein bisschen davon zu probieren?‹

›Nein‹, antwortete Henri entschieden, ›es roch nicht besonders gut! Na ja, danach habe ich mich jedenfalls etwas genauer in dem Raum umgeschaut, und was ich zu sehen bekam, war noch viel merkwürdiger und interessanter.‹

›Jetzt hab ich aber genug!‹, polterte Bomstaff. ›Während wir dachten, wir hätten schon einiges geleistet, indem wir Castanac überhaupt gefunden haben, hast du deine Nase schon überall im Turm in alle möglichen wunderlichen Dinge gesteckt. Lass mal einen Moment den Anker fallen, ich muss erst noch etwas zu trinken haben. Bei dieser Geschichte bleibt mir glatt die Spucke weg.‹

Boffin!

Als Bomstaff und Goodwin noch etwas bekommen hatten, womit sie seine Geschichte herunterspülen konnten, erzählte Henri weiter: ›Mitten im Raum steht also dieser enorme Tisch mit all den seltsamen blubbernden Flüssigkeiten und Wässerchen. Auf einer Seite befindet sich eine Treppe, die nach unten führt, und auf der Seite gegenüber der Balkontür ist noch eine Treppe, über die man weiter nach oben kommt. Es ist unmöglich, sie beide gleichzeitig im Auge zu behalten, und deshalb muss es Boffin wohl gelungen sein, mich zu überraschen ...‹

Bomstaff schnaubte. ›Jetzt sag schon, ist dieser Boffin auf dich losgegangen – und wer oder was ist dieser Geselle überhaupt? Das hast du uns noch gar nicht erzählt.‹

›Nein, nein‹, sagte Henri. ›Boffin tut niemandem etwas, und er ist übrigens ein ... nein, das sollte ich euch erst erzählen, wenn ihr von dem Buch gehört habt.‹

›Dem Buch!‹, donnerte Bomstaff los. ›Willst du uns etwa weismachen, dass du über einen Baum und einen Balkon in das Haus eines gefährlichen Zauberers eingestiegen bist, und dann hast du dich seelenruhig hingesetzt und in einem Buch gelesen!? Ah ... ich weiß schon ... wahrscheinlich wurde dir das alles einfach zu langweilig, oder?‹

›Henri‹, wandte Goodwin ein, ›du musst uns versprechen, so etwas nicht noch einmal auf eigene Faust zu unternehmen.‹

›Ja, ja, ich verspreche es‹, sagte Henri unbekümmert. ›Ich hätte gerne in dem Buch gelesen, aber es war weggeschlossen. In der Mitte zwischen den beiden Treppen stand ein mächtiger Bücherschrank, die Türen mit Querstreben vergittert.

Darin lagen und standen viele alte, abgegriffene Bücher. Eines fiel mir sofort auf, ein riesengroßes, in dickes Leder gebunden und mit merkwürdigen goldenen Schriftzeichen versehen. Da der Schrank verschlossen war, schob ich meine Finger zwischen den Gitterstreben hindurch und versuchte, es herauszuziehen. Aber in diesem Augenblick geschah etwas Merkwürdiges.‹

›Und … was war das?‹, fragte Goodwin.

›Nun ja, es war, als würde ich in eine kleine, feine weiße Wolke eingehüllt, die sich gleich wieder verzog. Zuerst bemerkte ich es kaum, aber dann geschah es wieder. Ich sah auf und stellte fest, dass in kurzen Abständen eine kleine Wolke aus weißem Pulver oben vom Schrank wehte. Sehr sonderbar! Also beschloss ich, auf den Schrank zu klettern und nachzusehen, was es war und wo es herkam.‹

›Hättest du dich nicht an den Kronleuchter hängen und auf den Schrank schwingen können?‹, fragte Bomstaff resigniert.

›Nein‹, sagte Henri sehr ernst. ›Er hing zu weit weg, es war einfacher hinaufzuklettern. Aber gerade als ich hochsprang und versuchte, eine der Gitterstreben zu fassen zu kriegen, war es, als zöge etwas an meiner Hose. Im nächsten Moment war hinter mir ein fürchterliches Spektakel im Gange! Ich bin zu Tode erschrocken – aber es waren nur drei Blechkannen gewesen, die auf dem Tisch gestanden hatten und mit lautem Geschepper auf den Boden gefallen waren. Und warum? Jemand hatte mir eine Schnur an die Hose gebunden und durch die Henkel der Blechkannen gezogen! Und das, ohne dass ich das Geringste bemerkt hatte!‹

Goodwin nickte. Diese Art von Streichen kannte er nur zu gut.

›Während ich dastand und mich von dem Schrecken erholte, bekam ich plötzlich eine riesige Ladung des weißen Pulvers direkt auf den Kopf. Jetzt war ich mir sicher, dass derjenige, der hier seine Späßchen mit mir trieb, oben auf dem Schrank sitzen musste. Also riss ich die Schnur von meiner Hose, sprang hoch, zog mich an den Gitterstreben nach oben und sah über die Kante des Schranks. Und da ... direkt vor mir saß ein kleines, seltsames Kerlchen! Es hatte große, ovale Augen, eine riesige Nase und zwei mächtig lange Ohren mit dicken Haarbüscheln dran. Ich dachte gleich, dass es ein Heckentroll sein musste, denn Monsieur Goodwin hat ja von ihnen erzählt. Außerdem hätte ich wissen sollen, dass ich besser aufpassen musste, aber er lag nur da, den Kopf auf eine Hand gestützt, und lächelte mich freundlich an.

Goodwin und Henri nickten.

›Gut! Das wäre also abgemacht. Wenn es darum geht, an das Buch heranzukommen, dann haben wir drei Möglichkeiten: Wir können warten, bis Castanac Boffin dazu bringt, ihm den Schlüssel zu geben, und dann darauf hoffen, dass er den Schrank und die Balkontür offen lässt und zur Stadt geht. Darauf müssen wir möglicherweise sehr lange warten, wenn ihr mich fragt. Die zweite Möglichkeit ist, Boffin den Schlüssel abzujagen, wenn Castanac nicht zu Hause ist. Alles deutet darauf hin, dass wir dazu Kekse brauchen, denn inzwischen dürfte ja wohl klar sein, dass dieses kleine Ungeheuer sie sehr gerne mag. Zum Glück war der alte Bomstaff so vorausschauend, eine ganze Dose voll der schönsten und leckersten Kekse für diesen Klabautermann mitzubringen!‹

Und damit zog Bomstaff die Keksdose aus der Tasche, die er in Konstantinopel gekauft hatte.

›Monsieur Bomstaff!‹, rief Henri. ›Woher wussten Sie denn bloß, dass wir Kekse brauchen würden?‹

›Tjaa, der alte Bomstaff ist doch schlauer, als du denkst, mein Junge‹, antwortete der große Seemann und blinzelte Goodwin zu. ›Hier haben wir jedenfalls etwas, das dein kleiner Wirbelwind sicher sehr zu schätzen weiß – auch wenn es mir in der Seele wehtut, dass solche Leckerbissen im Magen eines Trolls enden sollen.‹

Bomstaff sah mit dem Ausdruck größten Bedauerns auf die Dose.

›Nun ja, aber es gibt da auch noch eine dritte Möglichkeit, nämlich dass wir erraten, wo Boffin den Schlüssel versteckt hat! Allerdings muss ich zugeben, dass ich keine Ahnung habe, wie uns das gelingen soll. Er ist bestimmt ein ausgefuchster Seeräuber, dieser Troll, der seine Schätze zu verstecken weiß. Wo zum Kuckuck kann er nur einen Schlüssel versteckt haben?‹

›In der Keksdose!‹, kam prompt die Antwort des Papageis.

Henri zuckte zusammen.

›Hör mal, du denkst doch nicht etwa …‹, begann Bomstaff. Henri nickte. Alle drei sahen sie sich mit großen Augen an, als ihnen klar wurde, dass der Papagei vielleicht Recht hatte.

Auf der Jagd nach der Keksdose

Bei allen Meerkatzen noch mal!‹, rief Bomstaff. ›Dieser verrückte Papagei könnte tatsächlich Recht haben. Er war ja eine ganze Weile bei Castanac. Vielleicht hat er im Laufe der Zeit beobachtet, dass Boffin seine Schätze normalerweise in der Keksdose versteckt. Wenn unsere kleine Strandkrabbe Kekse so sehr mag, könnte es doch durchaus sein, dass er auch andere Sachen, die er gerne hat, in der Keksdose aufbewahrt!‹

›Da sitzt auch ein blauer Elefant drin!‹, gab der Papagei bekannt, und es klang so, als sei er felsenfest von der Richtigkeit seiner Behauptung überzeugt.

Bomstaff sah ihn misstrauisch von der Seite an.

›Nun, das macht es wiederum sehr schwer zu glauben, dass der Schlüssel wirklich in der Keksdose ist‹, sagte er. ›Aber trotzdem ist es einen Versuch wert.‹

Die anderen nickten, es konnte ja sein …

Die nächsten drei Tage über saß Henri in dem knorrigen Baum bei Castanacs Turm und verfolgte, was hinter der Balkontür vor sich ging. Glücklicherweise machte Castanac die Tür jeden Morgen weit auf, sodass Henri direkt in das Zimmer dahinter sehen konnte.

Am ersten Tag hörte Henri, wie Castanac Boffin anzulocken versuchte, um an den Schlüssel zum großen Bücherschrank zu kommen, aber offenbar hatte er ebenso wenig Erfolg wie beim letzten Mal. Es war schon gegen Abend, als Boffin überhaupt einmal aus seinem Versteck auftauchte. Henri bekam ihn nur ganz kurz zu sehen, als seine großen Augen und seine dicke Nase an der Balkontür erschienen. Einen Moment lang sah

Boffin nach draußen, dann verschwand sein Kopf genauso plötzlich, wie er zum Vorschein gekommen war.

›Sehr schön, Boffin‹, hörte Henri Castanac sagen. ›Jetzt stelle ich dir eine Dose Kekse hierher, und du steckst den Schlüssel wieder in die Schranktür, ja?‹ Castanacs Stimme klang, als könne er sich nur schwer beherrschen.

Wenig später sah Henri, wie Boffin sich die Keksdose schnappte, doch offenbar hatte er keineswegs vor, den Schlüssel herauszugeben. Als Castanac am nächsten Morgen wieder ins Zimmer trat und sah, dass der Schlüssel noch immer nicht im Schloss der Schranktür steckte, donnerte seine Stimme durch den ganzen Turm: ›Boffin, du hinterhältiger Satan! Jetzt habe ich genug! Ich werde dich in einen Schornsteinbesen verwandeln, dann sind deine borstigen Haare endlich mal zu etwas nütze!‹

Aber Boffin war und blieb verschwunden, den ganzen Tag lang. Das einzige Anzeichen, dass er sich noch im Turm aufhielt, war, dass die Keksdose wieder auf den großen Tisch gestellt wurde, allerdings leer.

Castanac, du Tölpel, dachte Henri bei sich. Boffin ist bestimmt so sauer, weil die Kekse alle waren, bevor du neue gekauft hast. Ich hätte ihn sicher schon längst dazu gebracht, mir den Schlüssel zu geben.

Am dritten Tag befasste sich Castanac mit einigen merkwürdigen Dingen. Er mischte gelbe, rote und blaue Flüssigkeiten zusammen, und von dem Gebräu stieg beständig Qualm auf. Henri bekam beinahe schon Angst vom Zusehen, war aber gleichzeitig so fasziniert, dass er den Blick einfach nicht von den geheimnisvollen Experimenten abwenden konnte. Auch hörte er Castanac einige sonderbare, unverständliche Formeln murmeln. Es klang finster und unheimlich, und die Worte ließen es Henri nicht nur einmal kalt den Rücken herunterlaufen.

Dann endlich, am vierten Tag, geschah, worauf sie die ganze Zeit gewartet hatten. Henri war kaum auf seinem Beobachtungsposten im Baum angekommen, als er hörte, wie die

Eingangstür des Turmes geöffnet wurde. Henri saß still da und lauschte. Sein Herz schlug plötzlich so laut, dass er schon fürchtete, es könne das Geräusch der Tür übertönen, sodass er nicht hören könnte, wie sie wieder geschlossen wurde. Aber das Klirren der Schlüssel drang klar und deutlich bis zu ihm hinauf. Etwas später rief Bomstaff ihm gedämpft vom Fuß des Baumes zu: ›Castanac ist weg. Wir haben freie Bahn. Goodwin kommt zu dir hinauf.‹

Sie hatten beschlossen, dass Henri und Goodwin in Castanacs Turm nach dem Schlüssel suchen sollten, sobald sich die Gelegenheit dazu ergab. Bomstaff würde unten bleiben und Wache halten. Für Goodwin war es nicht einfach, auf den Baum zu klettern, und so dauerte es eine Weile, bis er keuchend neben Henri auf dem dicken Ast saß, der zu Castanacs Balkon führte. Zwar hatte es keiner von ihnen ausdrücklich erwähnt, aber sowohl Goodwin als auch Henri waren der Ansicht, dass der Ast Bomstaff wohl kaum getragen hätte, und so hatten sie ihn überredet, dass er und nicht Goodwin Wache halten sollte. Zum Glück verlief alles ohne Schwierigkeiten. Henri kroch zuerst vorwärts, Goodwin folgte und bemühte sich, seine Hände und Füße dahin zu setzen, wo auch Henri Halt gefunden hatte. Endlich sprangen sie auf den Balkon hinunter. Einen Augenblick lang blieben sie stehen, während Goodwin nach der Anstrengung schnaufend versuchte, wieder zu Atem zu kommen. Dann schoben sie vorsichtig die Tür zu Castanacs Laboratorium auf.

Abgesehen von dem Blubbern, das von den merkwürdigen Flüssigkeiten in den Flaschen auf dem großen Tisch kam, war kein Laut zu hören. Trotzdem schien es ihnen, als würden sie von irgendwoher beobachtet, als sei der Geist des Zauberers noch immer im Raum. Obwohl sie alleine waren, wagte Goodwin nur zu flüstern: ›Mal sehen, ob wir die Keksdose finden können. Stell sich das einer vor, dass ich den ganzen Weg von England bis nach Konstantinopel hinter mich gebracht habe, um nach einer Keksdose zu suchen!‹

›Ich gehe hiermit hinauf zu Boffin‹, sagte Henri und hielt die Keksdose hoch, die Bomstaff ihm gegeben hatte. Henri bedrückte die unheimliche Atmosphäre im Turm nicht so wie Goodwin. ›Ich will nicht, dass Boffin sich übers Ohr gehauen fühlt, wenn wir den Schlüssel finden.‹

Henri sprang die Treppe hinauf. Er vermutete, Boffin würde sich im Observatorium versteckt halten.

›Boffin, Boffin, ich bin's, Henri‹, rief er, aber nichts geschah.

›Schau mal, Boffin! Ich habe Kekse für dich mitgebracht.‹ Diesmal tauchte der Troll auf. Henri sah aus den Augenwinkeln etwas von der Decke hängend auf sich zu schwingen, und noch bevor er richtig begriff, was vor sich ging, hatte Boffin ihm die Keksdose aus der Hand geschnappt. Er konnte gerade noch sehen, dass der kleine Troll sich mit den Füßen an einem der Seile festhielt und mit dem Kopf nach unten hing, bevor er es losließ und mit einem Salto mortale beinahe lautlos hinter einem großen Möbelstück auf der anderen Seite des Raumes auf seinen Füßen landete.

›Na, dann bitte sehr!‹, sagte Henri leicht enttäuscht, doch hatte ihn Boffin auch sehr beeindruckt. Er wandte sich wieder zur Treppe.

›Ich gehe jetzt nach unten. Du kannst ja später mal runterkommen und dich für die Leckerbissen bedanken.‹

Ein leises, aber behagliches Schmatzen war vom anderen Ende des Speichers zu hören.

Unten im Laboratorium stand Goodwin und sah durch die Gitterstäbe auf das große Buch in dem Schrank. Vielleicht konnten sie in ihm etwas über die Geheimnisse um die Trolle erfahren.

›Lassen Sie uns zuerst unten in der Küche suchen‹, schlug Henri vor, als er die Treppe heruntergelaufen kam. ›Die Keksdose ist ganz bestimmt nicht hier oben.‹

Sie gingen die Treppe hinunter und in die große Küche. Es sah nicht so aus, als würde sie sehr oft benutzt. Kochen war wohl nicht die Beschäftigung, mit der Castanac den größten

Teil seiner Zeit zubrachte. Unzählige Krüge standen überall herum, die meisten waren leer und die wenigen anderen enthielten Grütze, Zucker, Mehl oder Gewürze. Am anderen Ende der Küche befand sich eine Tür, die wohl zur Vorratskammer führte, wie sie vermuteten. Auch hier suchten sie jeden Winkel ab, fanden aber keine Keksdose und keinen Schlüssel.

›Ich gehe noch mal nach oben und versuche Boffin zu überreden, uns zu zeigen, wo die Keksdose ist‹, sagte Henri.

›Ja, tu das, ich suche in der Zwischenzeit hier unten weiter.‹ Goodwin war sehr enttäuscht. So dicht an dem großen Buch über die Trolle und doch so weit davon entfernt, darin lesen zu können!

Im Laboratorium angekommen, sah sich Henri um. Konnte der Schlüssel vielleicht doch hier versteckt sein? Er ging zu dem großen Tisch mit Castanacs Flaschen und den rätselhaften Flüssigkeiten darin. Erst jetzt bemerkte er, dass unterhalb der Tischplatte zwei große Schubladen angebracht waren. Unwillkürlich zog er die eine auf, obwohl er nicht damit rechnete, den Schlüssel hier zu finden. Es lagen eine Menge merkwürdiger Papiere und Aufzeichnungen darin, sicher Notizen, die sich Castanac über seine magischen Formeln gemacht hatte. Sie waren sehr sorgfältig geschrieben und gezeichnet, und es waren seltsame Schriftzeichen dabei – viele davon sahen aus wie Fischgräten. Henri hatte noch nie zuvor etwas Ähnliches gesehen. Daneben befanden sich viele komische kleine Gegenstände in der Schublade, aus Gold und aus Silber, Perlen und Muscheln, Schalen, kleine Knochen, Kristalle und Steinchen, die schwach schimmerten, wenn man sie in die Hand nahm und hin und her bewegte. Ganz hinten lag eine kleine, rundliche Figur, aus feinstem blauem Chiffon genäht. Sie zog Henris Blick für einen Moment an, weil sie so gar nicht zu den übrigen Dingen in der Schublade passen wollte. Henri seufzte und schloss die Schublade wieder. Es war ja eigentlich nicht sehr wahrscheinlich gewesen, den Schlüssel in Castanacs Schublade zu finden, denn hätte er sich hier befunden, hätte Castanac es wohl gewusst. Henri ging die Treppe zum Observatorium hinauf, aber dann – mit einem Mal – blieb er stehen! Mit zwei, drei Sätzen war er wieder unten am Tisch im Laboratorium und riss die Schublade auf. Er nahm die kleine blaue Stofffigur heraus, hielt sie hoch und drehte sie.

›Der blaue Elefant!‹, sagte Henri. ›Das ist der blaue Elefant!‹

›Was sagst du, Henri?‹, rief Goodwin von unten. ›Alles in Ordnung?‹

Henri schoss die Treppe hinunter zu Goodwin und in die Küche hinein.

›Sehen Sie, Monsieur Goodwin! Der blaue Elefant!‹

Goodwin sah zuerst auf Henris strahlendes Gesicht, dann auf den Elefanten und wieder zurück zu Henri.

›Hör mal, Henri, du hast doch wohl nicht eine von Castanacs Mixturen da oben angerührt, oder?‹

›Nein, nein, Monsieur Goodwin. Mir geht es gut. Erinnern Sie sich nicht, was der Papagei gesagt hat? Der Schlüssel ist in der Keksdose. Da sitzt auch ein blauer Elefant drin!‹

Der blaue Elefant weist den Weg

Goodwin sah völlig verwirrt aus. Henri sagte noch einmal: ›Überlegen Sie doch mal, was der Papagei gesagt hat: Der Schlüssel ist in der Keksdose. Da sitzt auch ein blauer Elefant drin!‹

Aber Goodwin verstand immer noch nicht, warum Henri so aufgeregt war.

›Ja, schon, das ist ein blauer Elefant, aber ich kapiere nicht ... der saß doch gar nicht in der Keksdose, wie soll er uns dann weiterhelfen?‹

›Nun ja, falls es stimmt, dass Boffin alle möglichen Sachen in der Keksdose versteckt und der Papagei das beobachtet hat, dann bedeutet das doch, dass der Elefant hier zu Boffins Spielsachen gehört und dass er sie normalerweise in der Keksdose aufbewahrt. Ich habe ihn aber oben in Castanacs Tisch gefunden. Also: Vielleicht hat Castanac Boffin den Elefanten weggenommen, und jetzt hätte der ihn bestimmt gerne zurück. Wenn wir ihm den Elefanten geben, dann wird er ihn vielleicht wieder in der Keksdose verstecken!‹

›Ach sooo –?‹, sagte Goodwin.

›Sie gehen jetzt nach oben, Monsieur Goodwin. Dann rufen Sie Boffin und sagen, dass Sie den blauen Elefanten haben.‹

›Ja, gut, aber ich glaube nicht, dass Boffin schnurstracks angelaufen kommt und sich traut, mir den Elefanten abzunehmen, so scheu wie er ist‹, wandte Goodwin ein.

›Abwarten. Strecken Sie einfach die Hand mit dem Elefanten aus, dann wird er schon kommen und sich ihn holen‹, sagte Henri bestimmt. ›In der Zwischenzeit verstecke ich mich unten in der Küche und warte, bis Boffin kommt und den Elefanten in die Keksdose legt.‹

Henri sprang davon.

›Hm, der Junge ist ja wirklich ein pfiffiges Kerlchen‹, brummte Goodwin vor sich hin, ›aber ob das klappt?‹ Trotzdem ging er nach oben und rief nach Boffin, während er den Elefanten in der ausgestreckten Hand hielt. Kurz darauf hörte Henri: ›He! Du Frechdachs! Jetzt hast du ihn mir doch tatsächlich weggeschnappt!‹ Aber Goodwin klang kein bisschen, als wäre er böse oder wütend, denn so hatte Henri es ja geplant.

Unten in der Küche war Henri auf einen der Schränke geklettert, sodass er den gesamten Raum und den größten Teil der Vorratskammer überblicken konnte. Er hatte schon so oft mit anderen Kindern Verstecken gespielt, und daher wusste er, dass die besten Verstecke meistens ziemlich weit oben waren. Fast keiner dachte daran, nach oben zu schauen, und deshalb musste man noch nicht mal sonderlich gut versteckt sein, wenn man sich irgendwo ganz weit oben verkroch. Lange saß er auf dem Schrank und wartete darauf, dass Boffin mit dem blauen Elefanten auftauchen würde. Als schon über eine halbe Stunde vergangen war, hörte er ein Geräusch. Er spähte zur Treppe hinüber, und da kam Boffin das Geländer heruntergerutscht.

Kurz bevor er das Ende des Geländers erreichte, sprang der Troll ab und landete weich und geschmeidig auf seinen beiden großen Füßen. Er hatte den blauen Elefanten in der Hand! Mit drei großen Sprüngen war er in der Küche und vor einem der Schränke. Ganz leise öffnete er die Tür und streckte seine langen Arme so weit in den Schrank, wie er konnte. Dann kamen sie wieder heraus und brachten eine Dose zum Vorschein. Vorsichtig hob Boffin den Deckel, steckte den Elefanten hinein und verschloss die Dose sorgfältig wieder. Ohne auch nur den geringsten Laut zu verursachen, stellte er die Dose an ihren Platz zurück, und mit drei mächtigen Sätzen war er wieder aus der Küche und verschwand. Jetzt wusste Henri, wo die Keksdose war!

Henri blieb noch ein Weilchen oben auf dem Schrank sitzen, bis er sicher sein konnte, dass Boffin weg war und ihn nicht bemerken würde. Dann kletterte er herunter und ging hinüber zu der Schranktür, die Boffin geöffnet hatte. Er streckte seine Arme hinein und tastete sich vor, bekam aber die Keksdose nicht zu fassen. Also kletterte er ganz in den Schrank hinein. Jetzt konnte er sehen, warum die Dose so schwer zu finden war. Zwischen dem Schrank und dem Herd, der daneben stand, war eine hohle Trennwand angebracht, aus der ein Brett herausgenommen worden war. Dahinter hatte Boffin sie versteckt. Vorsichtig öffnete Henri den Deckel und schob seine Hand in die Dose. Zuerst fühlte er den Elefanten, dann bekam er etwas anderes zu fassen. Er tastete vorsichtig weiter. Plötzlich spürte er, wie etwas Trockenes, Raues seinen Arm hinaufkroch!

›Aaaah!‹ Blitzschnell zog Henri seine Hand zurück. Auf seinem Arm saß eine riesige Spinne mit langen, pelzigen Beinen. Sie starrte ihn mit ihren großen Knopfaugen an.

›Mach, dass du wegkommst!‹, sagte Henri und schüttelte seinen Arm so heftig, dass sie auf den Boden fiel. ›Igitt, was für ein Monster – bist du vielleicht mit Langebein verwandt?‹

Er nahm die Keksdose und stieg aus dem Schrank. Im Licht der Küche schaute er hinein, griff vorsichtig mit der Hand nach dem Elefanten, und da – ganz unten am Boden – lag ein großer, glänzender Schlüssel.

›Monsieur Goodwin! Monsieur Goodwin!‹, rief er und sprang so schnell er konnte die Treppe hinauf. ›Ich hab den Schlüssel gefunden!‹

Vorsichtig hob Goodwin das riesige, alte Buch aus dem Schrank und legte es auf Castanacs Arbeitstisch. Dann schlug er es auf. Henri streckte den Kopf unter Goodwins Arm hindurch, um besser sehen zu können.

›Das ist ja französisch‹, sagte Goodwin. ›Ähm, die Schrift ist ein bisschen klein und verschnörkelt. Ohne eine Lupe kann ich sie nicht lesen. Du musst mir vorlesen, was da steht.‹

Henri nickte und las die erste Seite. Dann übersetzte er für Goodwin ins Englische:

Mystik und Magie
Arsène Sastrafins Aufzeichnungen
Band VII
– Die Trolle des blauen Lichts –

Henri blätterte weiter zur nächsten Seite:

Am Anfang der Zeit, als die Welt noch jung und unfertig war, erfüllten wundersame Kräfte und Erscheinungen die ganze Erde. Manch sonderbare Geschöpfe wanderten umher, und viele mystische Wesen weilten hier. Doch als die Natur mehr und mehr Gestalt annahm und der Mensch sich unerbittlich ausbreitete, zogen sich diese Kräfte zurück und verbargen sich – unter den knorrigen Wurzeln der Bäume in den dunklen Wäldern, in den unendlichen Höhlen der Berge und in den Tiefen der nachtkalten Seen. Manch uralte Kräfte und Geschöpfe verschwanden vom Angesicht der Erde und wurden zu Mythen in den Überlieferungen der Menschen. Aber die meisten dieser Wesen gibt es noch immer, in unserer Welt, auch wenn wir sie nicht sehen können. Sie lauern in ihren Verstecken und warten – warten auf den Tag, an dem sie stark genug sein werden, hervorzukommen und die Macht wiederzugewinnen.

Unzählige Generationen hindurch war das Schicksal meiner Vorfahren von Ereignissen und Begebenheiten geleitet, die wir selbst nicht bestimmen konnten. Meine Ahnen lebten im Schatten enger Bande zu anderen Welten, und es war ihre schwere Pflicht, ihren Mitmenschen beizustehen im Kampf gegen die Kräfte der Dunkelheit. Aber kein Mensch bezwingt ungestraft die Geister der dunklen Welt, und so manches Mal haben meine Vorfahren diese Berufung teuer bezahlen müssen.

Meinen Nachkommen möchte ich dieses mit auf den Weg geben: Niemand kann sich dem Ruf entziehen, und deshalb muss mein Geschlecht von Generation zu Generation den Spuren unserer Vorfahren folgen, ungeachtet, ob es eines Tages zu seinem Untergang führen wird, so der Herr es will.

Viele der ältesten Geschöpfe der Welt und die magischen Kräfte, die in der Dunkelheit herrschen, die kein Auge zu durchdringen vermag, sind eine Gefahr für des Menschen Seele. Nur das Wissen, die Wahrheit und der von keinerlei Eitelkeit getrübte Verstand können die Kräfte der Dunkelheit bezwingen. Darum habe ich im Licht meines Verstandes, solange seine Flamme noch weiß und klar erstrahlt, alles aufgezeichnet, was meine Vorfahren zusammengetragen haben. Gebraucht dieses Wissen mit Umsicht und Weitblick im

Dienste des Guten, denn seid dessen stets eingedenk – Wissen ist Macht!

Arsène Auguste Lionel Sastrafin
Marseille, im Jahre des Herrn 1742

›Na, schönen Dank!‹, sagte Goodwin. ›Da sind wir ja mitten in der Welt der Mystik und Magie gelandet! Dieser Sastrafin hatte es sich anscheinend zur Lebensaufgabe gemacht, mystische Phänomene zu studieren. Komm, lesen wir weiter, was da über die Trolle steht.‹

Henri schlug vorsichtig die nächste Seite auf, wo ganz oben in großen, kunstvollen Buchstaben geschrieben stand:

– Die Trolle des blauen Lichts –

Die Trolle des blauen Lichts

Auf der langen Reise zusammen mit Goodwin und Bomstaff hatte Henri so manches Abenteuer erlebt und Dinge gesehen, von denen er nicht einmal im Traum angenommen hätte, dass es sie wirklich geben könnte. Trotzdem war er jetzt vor lauter Anspannung ganz blass geworden. Er blätterte um auf die nächste Seite und übersetzte für Goodwin:

Während all meiner Reisen in Länder überall auf der Welt stieß ich so manches Mal auf Mythen und Überlieferungen, die allesamt ihren Ursprung in der Gegend um einen einsamen, düsteren Berg hatten, einen Berg in der Mitte des Landes, das man Deutschland nennt. Im Spätsommer 1728, nach einem längeren Aufenthalt in Wien, ergab sich die Gelegenheit für mich, nach Norden zu gehen und jenen finsteren, sagenumwobenen Landstrich aufzusuchen, in dem der Berg liegen sollte. Hier nun habe ich aufgeschrieben, welch seltsame Geschöpfe mir dort begegneten, und alles, was ich über ihre Lebensweise zusammentragen konnte.

Der Blocksberg liegt in einer öden, windumtosten Heide, wo fast keine Menschen leben und wohin es Reisende nur selten verschlägt. Die Postkutschen jagen über die Heide hinweg und die Kutscher lassen die Peitsche knallen und treiben ihre Tiere aufs Äußerste an, um den unheimlichen Ort so schnell wie möglich hinter sich zu lassen, noch bevor die Dunkelheit hereinbricht. In Deutschland und den Ländern noch weiter im Norden glauben viele, dass alle Hexen einmal auf dem Blocksberg gehaust haben und ihre Geister noch heute immer wieder dorthin zurückkehren und umherspu-

ken, bis sie sich der Seele eines unglückseligen Menschen bemächtigt haben.

Viele Wochen wanderte ich in der Heide umher und klopfte an die Türen der Häuser im einzigen Dorf, das am Rande der Heide liegt. Die Leute, denen ich begegnete, wollten nicht mehr mit mir sprechen und schickten mich fort, sobald ich den Blocksberg auch nur erwähnte. Der scharfe Wind, der beinahe ständig über die Heide fegt, hat die Menschen verbittert und gebeugt, und aus den Augenwinkeln beobachten sie stets die Gegend um sich herum, als sei es ihre Gewohnheit, immer im Auge zu behalten, was hinter ihrem Rücken vorgeht.

Eines Tages, es war schon nach der Mittagszeit, war ich sehr weit draußen auf der Heide und studierte die Pflanzen, die sich dort zum Schutz vor dem Wind flach an den Boden drücken und nur wenig zum Leben brauchen. Ich war so in meine Aufgabe vertieft, dass ich einen Schrecken bekam, als ich auf meine Taschenuhr sah und feststellen musste, dass bereits viele Stunden verstrichen waren. Augenblicklich wurde mir klar, dass ich mich zu weit auf die Heide hinausgewagt hatte und es bereits zu spät war, um das Dorf noch zu erreichen, ehe die Nacht alles in Dunkelheit tauchen würde. Selbst wenn ich so schnell ging, wie ich nur konnte, würde ich doch mindestens zwei Stunden brauchen. Auch war ich nicht si-

cher, ob ich gleich die richtige Richtung finden würde, und so entschloss ich mich, für diese Nacht einen Unterschlupf auf der Heide zu suchen. Ich sah mich um, aber so weit das Auge reichte, war nichts zu sehen, das mir für meine Zwecke hätte dienlich sein können. Ich war weit gewandert, ohne mich erinnern zu können, an einem Schuppen oder gar einem Haus vorbeigekommen zu sein. Also beschloss ich ohne langes Zögern, so schnell ich konnte in derselben Richtung weiterzugehen, in der Hoffnung, irgendwo einen Platz zu finden, an dem ich die Nacht im Schutz vor den Elementen zubringen konnte. Es war Oktober, und als das Licht zu schwinden begann, frischte der Wind noch einmal auf, noch kälter, als er schon am Tage geweht hatte. Unablässig pfiff er über die Ebene, sodass von den niedrigen, trockenen Pflanzen ein eigentümliches Zischen zu hören war. Bald kam mir der Gedanke, dass es womöglich dieses unheimliche Pfeifen des Windes und die sonderbaren Geräusche der Pflanzen waren, die den Leuten Angst einjagten und sie in ihren Häusern hielten, wenn es dunkel wurde. Aber kaum hatte sich die Dämmerung über die Gegend gesenkt, als noch andere, noch seltsamere Geräusche zu mir drangen, über deren Ursprung ich mir nun Gedanken machen konnte. Jetzt schritt ich noch weiter aus und hielt meinen Blick fest auf den Boden vor mir gerichtet, um in dem unwegsamen Gelände nicht ins Stolpern zu geraten. So hastete ich über die Heide, und während die Dämmerung weiter zunahm, hörte ich bald links, bald rechts von mir den tiefen Klagelaut einer Eule.

Zuerst schenkte ich dem nicht sehr viel Aufmerksamkeit, ich hatte ja genug damit zu tun, mich in der Dunkelheit zu orientieren und auf den Beinen zu halten, aber mit einem Mal drängte sich mir die Erkenntnis auf, dass es im Umkreis von einigen Meilen keinen einzigen Baum auf dieser Heide gab. Von diesem Gedanken alarmiert, hielt ich an. Keine Eulenart, die ich bislang studiert oder über die ich in gelehrten Werken über die hiesige Fauna gelesen hatte, ließ sich an einem Ort nieder, an dem es keinerlei Bäume gab. Davon ausgehend zog ich den Schluss, dass das unheimliche, tiefe Heulen von einer Eule kommen musste, die mir nicht bekannt war, oder aber von anderen Geschöpfen, über die ich ebenso wenig wusste. Ganz still stand ich da, neugierig darauf, ob ich wohl einen Blick auf eines dieser Wesen erhaschen könnte, die diese sonderbaren heulenden Laute zustande brachten. Während ich lauschte, schien es mir, als wären die Laute nun öfter und öfter zu hören, und ich war mir sicher, dass es recht viele Wesen sein mussten, die sie hervorbrachten, denn die Geräusche drangen nun von allen Seiten an meine Ohren. Einige kamen von ganz nahe, andere von weiter weg.

Dann wurde mir klar, dass die Laute aus Bodennähe und nicht oben aus der Luft kamen, wie ich zunächst angenommen hatte. Hieraus schloss ich, dass es sich bei den Kreaturen, die sie ausstießen, wohl kaum um Vögel handelte. Aber ich konnte noch immer kein Tier erkennen, obwohl es sich einige Male so anhörte, als wäre das eine oder andere dieser Wesen nur wenige Schritte entfernt.

Nicht lange, und ich hörte noch ein anderes Heulen, und das kannte ich nur allzu gut. Ungeachtet, wie viele Male ein Mensch es bereits vernommen hat, wird es ihm stets tiefe Furcht einflößen, die ihm so kalt wie pures Eis den Rücken herunterläuft, denn das gierige Heulen des Wolfes dringt tief in die Seele des Menschen und beißt sich dort fest. Aus den Erfahrungen früherer Reisen wusste ich, dass der verloren ist, der sich vom Heulen des Wolfes und seiner eigenen Angst lähmen lässt. Gleichzeitig gab es keinen Zweifel, dass ich hier draußen auf der offenen Heide, ohne Schutz und ohne Feuer, um wilde Tiere abzuhalten, eine leichte Beute für das Wolfsrudel war. Es gab deshalb nur eines, was ich tun konnte, und das war, noch schneller zu laufen. Jetzt galt es nicht nur, Schutz vor dem eisigen Wind und der Nacht zu finden. Jetzt ging es um Leben und Tod! Würde ich kein Haus oder wenigstens einen Verschlag finden, wo ich vor den Wölfen in Sicherheit war, wäre es um mich geschehen. Ich rannte über die Heide und achtete nicht länger darauf, wo ich hintrat.

Doch dann geschah es, dass sich einige unglaubliche, ja unfassliche Begebenheiten zutrugen, und ich will sie ganz genau beschreiben, auf dass sie den Menschen nach mir zum Wissen und Nutzen im Kampf gegen die Kreaturen der dunklen Welt gereichen mögen.

Vorausschicken möchte ich, dass ich damals ein junger, kräftiger Mann war, voller Vertrauen, meine Beine könnten mich in raschem Lauf viele Meilen weit über die Heide tragen. Zu meiner Verwunderung merkte ich jedoch schon bald, dass meine Schritte schwerer und meine Sprünge kürzer wurden. Es war, als wöge mein Körper sehr viel mehr als gewöhnlich. Dies ist ein natürliches Phänomen, sobald der Mensch ermüdet, doch in dieser Nacht schien es mir, als nehme meine körperliche Schwere ganz unverhältnismäßige Ausmaße an. Ich musste anhalten, denn es kam mir vor, als sei mein Umhang aus Blei gemacht, und ich meinte, ihn nicht länger tragen zu können.

Erst als ich keuchend stehen geblieben war, wurde mir klar, dass Schwarze Magie am Werke sein musste, denn kaum hatte ich angehalten, fühlte sich mein Umhang wieder leicht wie eine Feder an, gerade so, wie er es sonst immer zu tun pflegte. Doch war das noch nicht einmal das Wunderlichste, was geschah. Plötzlich traf mich etwas Kaltes im Nacken, und es zeigte sich, dass es kleine, getrocknete Beeren waren, Blaubeeren zumeist, die im Sommer überall auf der Heide wachsen. Kurz darauf fühlte ich, wie etwas meinen Rücken hinunterkroch! Schnell griff ich mit der Hand nach hinten und bekam eine Eidechse zu fassen. Sie konnte natürlich mein Bein hochgekrochen sein, obschon es verwunderlich war, wie sie das gemacht haben sollte, während ich über die Heide lief. Noch im selben Moment bemerkte ich eine Spinne auf meinem Kopf, und in einer der Taschen meines Umhangs bewegte sich etwas, das leise piepste. Als ich die Hand hineinschob, kam eine Maus zum Vorschein! Es gab keinen Zweifel mehr, dass sonderbare Kräfte ihr Spiel mit mir trieben! Auch wurde mir bewusst, dass die merkwürdigen Laute, von denen ich zuerst gemeint hatte, sie rührten von Eulen her, näher gekommen waren. Ein leises Heulen war jetzt rundum zu hören, und die Laute kamen näher und näher, als würde sich ein Kreis um mich schließen.

Auch das Heulen der Wölfe schien lauter zu werden, wenn es auch noch sehr viel weiter entfernt war. Obschon die Situation immer gefährlicher wurde, wollte ich nun doch wissen, was für Wesen mich eingekreist hatten. Daher nahm ich eine kleine Lampe aus meiner Feldtasche, die ich auf meinen Reisen und Wanderungen stets bei mir trage. Als Nächstes legte ich meinen Umhang ab, schlug ihn um die Lampe und zündete diese darunter mit einem Streichholz an. So war das Licht vor dem Wind geschützt, der noch immer heftig blies, und die Wesen um mich herum konnten so zunächst nicht sehen, was ich tat. Als die Lampe brannte, zog ich mit einem Mal den Umhang herunter, sprang auf und hielt die Lampe ausgestreckt vor mich. Viele werden nicht glauben, was ich zu sehen bekam! Auch ich traute meinen Augen kaum, aber spätere Beobachtungen, die ebenfalls in diesem Buch niedergeschrieben sind, bekräftigten doch, dass ich keiner Sinnestäuschung erlegen war.

Um mich herum saßen Geschöpfe in einem Kreis und sahen mich erwartungsvoll an, die man wohl als Trolle bezeichnen muss, glaubt man der Beschreibung des Körperbaus dieser Wesen, wie sie immer wieder in Sagen und Mythen zu finden ist. Sie sind wohl halb so groß wie ein erwachsener Mann, mit kolossalen, ovalen Augen, einer großen, runden Nase und langen Händen und Füßen, bedeckt von einer lederartigen Haut. Ihre Finger sind lang und schlank, die Zehen dagegen kräftig und grob. Sie haben einen Schwanz, wohl zweimal so lang wie ihre Körpergröße und am Ende mit einem runden Büschel borstiger Haare ausgestattet. Einen Augenblick betrachteten wir einander, der Kreis aus Trollen und ich. In diesem kurzen Moment sah ich Geschöpfen in die Augen, über die die Menschen unzählige Fabeln gedichtet haben, von denen die meisten aber glauben, dass sie gar nicht existieren. Und ich sah in Augen, die einfach unvergleichlich sind. Die Augen der Trolle sind gänzlich unergründlich, und mein Blick schien in ihre klare, blaue Tiefe eintauchen zu wollen. Ich fühlte ein Verlangen, diese sagenumwobenen Wesen zu verstehen, denn in ihren Blicken war etwas Wachsames und zugleich Wehmütiges, das mich glauben machte, man könne ihr Vertrauen gewinnen.

Der Kampf auf der Heide am Blocksberg im Jahr 1728

Goodwin richtete sich auf und sah Henri an.

›Es gibt wohl keinen Zweifel, dass die Heckentrolle Nachkommen der Trolle sind, über die Sastrafin hier schreibt‹, sagte er. ›Offenbar haben sie sich schon immer einen Spaß daraus gemacht, den Leuten irgendwelches Getier unterzuschieben und sie zu erschrecken. Aber das alles wissen wir ja schon. Ich hoffe, es steht auch etwas in diesem Buch, das uns zu Hause in Compton Basset helfen kann.‹

›Bestimmt‹, meinte Henri. ›Aber ich wüsste schon gerne, wie es Monsieur Sastrafin dort auf der Heide noch weiter ergangen ist, von Trollen und Wölfen umringt.‹

›Komm, lies weiter‹, forderte Goodwin ihn auf und blätterte noch eine Seite in dem riesengroßen Buch um. Henri fuhr fort:

An einem finsteren, stürmischen Abend auf der Heide am Blocksberg in Deutschland, am zwölften Oktober im Jahre des Herrn 1728, sah ich im schwachen Schein meiner Lampe zum ersten Mal in meinem Leben Trolle. Doch erlaubten es mir diese wunderlichen Wesen nur einen kurzen Augenblick, sie zu betrachten. Ohne den geringsten Laut verschwanden sie alle genauso plötzlich wie das Licht einer Kerze, die ausgeblasen wird. Verblüfft sah ich mich um und sprang vor zu der Stelle, wo die Trolle gerade noch gesessen hatten, aber sie waren wie vom Erdboden verschluckt. Tatsächlich hatte ich keine Angst vor ihnen, denn sie schienen mir keine bedrohlichen Wesen zu sein. Allerdings wusste ich nicht das Geringste über ihre Macht und die Absichten, die sie vielleicht verfolg-

ten, und ganz offensichtlich waren sie sehr viele und ich völlig allein.

All die Sagen und Mythen über die Trolle, die ich studiert hatte, wirbelten durch meine Gedanken, aber in diesem Moment hoben die Wölfe erneut zu heulen an, dieses Mal sehr viel näher als zuvor. Ich wünschte beinahe, ich hätte die Trolle nicht mit dem Licht meiner Lampe verjagt. In dem kurzen Augenblick, als ich ihnen in die Augen sehen konnte, meinte ich zu spüren, dass die Trolle den Menschen womöglich näher stehen, als ihr Ruf in den Erzählungen über sie es uns glauben macht. Alleine auf einer öden Heide in dunkler Nacht und gehetzt von einem Rudel wilder Wölfe wird dem Menschen jedoch jedes Geschöpf, dem er in die Augen sehen kann, als ein Gefährte erscheinen.

Ich drehte den Docht meiner Lampe weiter hoch, teils, um die Wölfe fern zu halten, teils, um besser sehen zu können, von wo sie sich näherten. Ein Wolfsrudel streift oftmals eine ganze Weile um seine Beute herum, bevor es zum Angriff übergeht. Und ich wusste auch, dass es unmöglich ist vorherzusagen, aus welcher Richtung die erste Attacke kommt. Sie wird immer vom Leitwolf angeführt, und mir war bewusst, dass dies ein entscheidender Augenblick werden würde. Konnte ich den ersten Vorstoß des Leitwolfs abwehren, würde ich mich als gefährliche Beute erweisen, und der Rest des Rudels würde Respekt bekommen und vielleicht zögern, mich anzugreifen.

Es gab keinen Grund, die Flucht noch länger fortzusetzen. Es war jetzt bereits unmöglich, den Wölfen zu entkommen, und ich würde nur eine allzu leichte Beute sein, wenn ich stolperte und zu Boden stürzte. Stattdessen ging ich langsam weiter und drehte mich dabei um mich selbst, um meine Lampe mit der kleinen Flamme nach allen Richtungen zu zeigen. Schon beim ersten Mal, als ich mich im Kreis drehte, sah ich ganz deutlich den Widerschein von den Augen der Wölfe. Ich war überrascht, wie nahe mir das Rudel bereits gekommen war. Die Wölfe, mit denen ich es früher in anderen Ländern zu tun bekommen hatte, hätten ihre Beute viel länger aus der Entfernung beobachtet, bevor sie sie eingekreist hätten.

Nun wusste ich, dass die Zeit gekommen war, mich auf den Angriff vorzubereiten. Zuerst zog ich mein Messer aus der Feldtasche, dann begann ich mich in einem anderen Rhythmus zu bewegen. Ich wechselte plötzlich die Richtung oder machte einen Satz mal nach der einen, mal zur anderen Seite hin. Auf diese Weise zeigte ich den Wölfen, dass ich keineswegs beabsichtigte zu fliehen und dass ich mich meinerseits nicht fürchtete, sie anzugreifen. Dieses unberechenbare Verhalten, so hatte ich gelernt, würde sie zu mehr Zurückhaltung veranlassen, sodass ich Zeit gewann und – noch wichtiger – es ihnen erschwerte, mich im Rudel anzufallen. Nur wenn sie einzeln angriffen, hatte ich eine Chance, mich mit meinen einzigen Waffen, meiner Lampe und meinem Messer, zu verteidigen.

Der Angriff kam noch schneller, als ich gedacht hatte. Doch was dann geschah, war so unerwartet, dass ich mich beinahe selbst in den Arm kneifen und vergewissern musste, dass das, was ich sah, kein Traum war. Ich hörte ein hohles Knurren hinter mir, das sich rasch näherte, und wusste sofort, dass der Moment gekommen war. Das war der Leitwolf, das war sein Angriff.

Ich fuhr herum, hielt die Lampe mit der Linken ausgestreckt vor mich und hob das Messer in der Rechten zum Stoß. Mit gesenktem Kopf stürmte der Leitwolf aus dem Nichts der Dunkelheit auf mich zu, pfeilschnell, so unwirklich wie ein Schatten. Der Wind blies in sein kräftiges graues Fell, und seine gelben Augen starrten mir glühend entgegen. In dieser Sekunde wusste ich, dass ich keine Chance hatte, dass ich verloren war, denn es war der größte Wolf, den ich jemals gesehen hatte. Er war ein prächtiges Tier. Seine Bewegungen waren fließend und geschmeidig, und seine grausamen Augen hielten mich fest wie in einem Bannstrahl, während er sich die

Stelle aussuchte, an der er zubeißen würde. So sah ich ihn auf mich zukommen – es war, als sei die Zeit stehen geblieben, als er aus der Finsternis auftauchte. In vollem Lauf senkten seine kräftigen Muskeln den Körper weiter und weiter hinunter und bereiteten so seinen Sprung vor.

Doch genau in diesem Moment, als der Leitwolf zum Sprung ansetzte und ich schon glaubte, mein Leben müsse in der nächsten Sekunde vorüber sein, kam seitlich aus der Schwärze der Nacht etwas geflogen, ein Tier, wie es mir schien, und prallte mit einem dumpfen Laut in die Flanke des Wolfes. Es traf ihn mit solcher Wucht, dass sein Sprung mich verfehlte und er mitsamt dem anderen Tier einige Meter hinter mir zu Boden fiel, sich überschlug und im Heidekraut wälzte, im Bemühen, so schnell wie möglich wieder auf die Beine zu kommen. Ich traute meinen eigenen Augen nicht, doch es bestand kein Zweifel! Es war einer der Trolle gewesen, der mit einem gewaltigen Sprung den Leitwolf zu Fall gebracht hatte. Troll und Wolf rollten einen Augenblick lang in einem scheinbar unentwirrbaren Knäuel über die Erde. Der Wolf knurrte fürchterlich, und ich war sicher, dass dies das Ende des Trolls sein würde. Aber da hatte ich mich geirrt. Der Troll war noch schneller auf den Beinen als der Wolf, mit einer Gewandtheit, wie ich sie nie zuvor und auch später nie wieder bei irgendeinem Geschöpf beobachtet habe. Mit Bewegungen so schnell, dass ihnen das Auge kaum zu folgen vermochte, brach er mit der einen Hand einen Ast von einem Busch und griff mit der anderen in den Heidesand, noch bevor der Wolf auf die Füße gekommen war und auf den Troll hätte losgehen können. Jetzt duckte sich der Wolf wieder zum Sprung, die Zähne gefletscht und mit wildem Ausdruck in den Augen, ein tiefes Knurren drang aus seiner Kehle, und Schaum stand ihm am Maul. Aber blitzschnell schleuderte ihm der Troll den Sand in die Augen, sodass er einen Moment lang nicht sehen konnte. Mit einem Satz war der Troll bei dem Wolf und schlug ihm mit dem Ast über Nase und Maul. Geschickt wich er immer wieder zurück, um den gebleckten Zähnen des Wolfs zu entgehen, und sprang dann vor, um ihm weitere Hiebe zu versetzen. Ein paar Mal gelang es dem Troll sogar, den Wolf an den Ohren zu packen, was dessen blinde Wut noch weiter steigerte. Aber aller Schlauheit und Gewandtheit des Trolls zum Trotz sah ich doch, wie sich der Wolf wieder zu orientieren begann und seinen nächsten Sprung vorbereitete. Doch im selben Moment kam noch ein Troll durch die Luft geflogen, traf den Wolf in die Seite und stieß ihn mit seinen starken Füßen zu Boden. Das Resultat war das gleiche wie vorher. Wieder wälzte sich der Wolf wie in Rage am Boden, während der Troll ihn beinahe als eine Art Sprungbrett benutzte, sich von ihm abstieß und schnell wie eine Windhexe, die auf ihrem Besen vom Sturm durch die Nacht getragen wird, zusammenrollte und mit einigen Purzelbäumen in der Dunkelheit verschwand.

Ich stand da wie gelähmt von dem, was sich vor meinen Augen abspielte. Die Trolle hatten mich vor dem Angriff des Leitwolfs gerettet, doch der Kampf war noch nicht vorüber. Jetzt brach ein Inferno um mich herum los. Von allen Seiten stürzten Wölfe auf mich zu, doch aus welcher Richtung sie auch kommen mochten, wurden sie von einem oder mehreren Trollen überrascht. Es war ein fürchterlicher Kampf, doch gewannen die Trolle die Oberhand, denn sie halfen sich gegenseitig, während die Wölfe immer nur für sich kämpften. Beinahe wage ich zu behaupten, dass die Trolle durchaus organisiert vorgingen, wie nach einem zuvor erdachten Plan, denn es schien, als sprängen sie nach einem bestimmten Prinzip, das die Wölfe vollkommen verwirrte. Jedes Mal gelang es einem der Trolle, einen Wolf in die Seite zu treffen, während ein anderer von vorne die Aufmerksamkeit des Raubtieres auf sich zog. Es boten sich mir sogar einige kurze Szenen dar, die wohl Ursprung der schlimmsten Schreckensgeschichten sind, die Menschen über Trolle erzählen: Etlichen Trollen gelang es, einzelnen der vollkommen verstörten Wölfe auf den Rücken

zu springen, ihre kräftigen Beine um deren Bauch zu schlagen und mit festem Griff die Ohren der grimmigen Raubtiere zu packen. Das brachte die meisten der Wölfe dazu, mit wildem und unheimlichem Heulen die Flucht zu ergreifen, einen Troll als Reiter auf dem Rücken. Vielleicht ist es dieser Anblick, der zu den schrecklichen Mythen über die Trolle geführt hat, in denen sie auf dem Rücken eines laut heulenden Wolfs durch den Wald jagen. In diesen Sagen sind die Trolle die Verbündeten der Wölfe und an furchtbaren Untaten beteiligt. Aber all das sind reine Vermutungen. Meine Erlebnisse auf der Heide an diesem Abend deuten vielmehr darauf hin, dass Wölfe und Trolle erbitterte Feinde sind und sich auf Leben und Tod bekämpfen und dass Wölfe mit Trollen auf ihrem Rücken nach einem solchen Kampf auf der Flucht sind.

Hätten die Trolle an jenem Abend nicht eingegriffen, wäre es um mich geschehen gewesen und ich hätte diesen Bericht niemals schreiben können. Doch war die Gefahr für mich noch nicht vorüber, denn als die Wölfe zurückwichen, verschwanden auch die Trolle so plötzlich wie von Zauberhand. Wieder waren sie wie vom Erdboden verschluckt, und ich blieb am Ort des Kampfes zurück, mit einem Rudel Wölfe in der Nähe, das zwar geschwächt, aber wohl rasender als je zuvor und noch immer im Stande war, seine ganze Aufmerksamkeit einem einsamen Wanderer zu widmen!

Ein Schuss in der Nacht

Henri hielt inne und sah von den Aufzeichnungen Arsène Sastrafins auf.

›Sehen Sie, Monsieur Goodwin? Die Trolle haben Monsieur Sastrafin im Kampf gegen die Wölfe geholfen. Ich bin sicher, dass sie gar nicht so schlimm sind – ich kann es in Boffins Augen sehen!‹

›Vielleicht hast du Recht, Henri. Trotzdem gibt es in Compton Basset eine ganze Reihe Leute, die sich von den wehmütigen Augen der Trolle hinters Licht haben führen lassen – und sie haben es bitter bereut! Wer weiß, womöglich haben sie gar nicht mit den Wölfen gekämpft, um Monsieur Sastrafin zu helfen. Sie haben ihn dann ja auch ganz plötzlich im Stich gelassen – ich wüsste zu gerne, warum sie so schnell verschwunden sind.‹

Henri wandte sich wieder dem großen Buch zu:

Schnell hatten sich die Wölfe wieder gesammelt und bereiteten einen neuen Angriff vor. Sie waren so in Rage, dass jede Furcht von ihnen gewichen war. Auch warteten sie nicht mehr auf den ersten Vorstoß ihres Leitwolfs, sondern machten im Rudel Front gegen mich. Knurrend, geduckt, die Zähne gefletscht, sodass sie im Schein meiner Lampe weiß aufblitzten, kamen sie von allen Seiten auf mich zu. Zwar drehte ich mich ständig um mich selbst, den Arm mit der Lampe ausgestreckt, um sie mir vom Leibe zu halten, doch nicht lange, und einer von ihnen nutzte die Gelegenheit und fiel mich von der Seite an. Ich spürte einen heißen Schmerz in meinem linken Arm, als der Wolf durch meine Kleider hindurch zupackte, und als

ich mich umwandte, sah ich direkt in seine glühenden Augen hinunter. Ein grässliches Knurren drang aus seiner Kehle, und eine Sekunde lang blieb mir vor Schmerz das Herz stehen, als sich seine Zähne tiefer und tiefer in meinen Arm bohrten.

Dann hob ich das Messer und schlug mit aller Kraft zu. Das Tier stöhnte auf, ließ los und taumelte davon. Mein linker Arm wog schwer wie Blei, und ich fühlte warmes Blut an ihm herunterlaufen, als ich mit großer Kraftanstrengung die Lampe wieder aufhob. Ich hatte den ersten Angriff abgewehrt, doch der Wolf hatte mich verletzt, und in der Wildnis ist ein verwundetes Tier eine leichte Beute. Ich sah die anderen Wölfe ihre Nasen in die Luft heben und Witterung aufnehmen, sie konnten mein Blut riechen. Ihr Knurren brach mit einem Mal ab, und in der plötzlichen Stille war das Rauschen des Windes das einzige Geräusch, das zu hören war. Ich sah in ihren Augen, dass sie wussten, sie konnten mich leicht überwinden und töten. Auf allen Seiten umstellt, richtete ich mich auf einen letzten Kampf ein.

Doch genau in diesem Moment zerriss ein gewaltiger Knall die Stille, und der scharfe Geruch von Pulverdampf zog an meinem Gesicht vorbei. Die Augen der Wölfe flackerten auf. Zweifel und Furcht kehrten in ihre Blicke zurück. Dann prasselte ein Regen glühender Holzscheite zwischen ihnen nieder, einige wurden von Funken getroffen, die ihnen das Fell versengten. Jetzt wurde ihre Furcht zu Entsetzen, und mit lautem Heulen sprengte das Rudel wie Staub im Wind davon und war verschwunden! Ich blieb allein in der Dunkelheit zurück. Dann vernahm ich eine kraftvolle, ruhige Stimme: ›Sind Sie verletzt?‹

Ein großer, kräftig gebauter Mann in einem Jagdanzug trat in den Lichtkegel meiner Lampe. In der einen Hand hielt er ein Vorderladergewehr, aus dem langen Lauf stieg noch eine Rauchfahne auf. In der anderen Hand trug er einen Eimer aus Metall mit glühenden Holzscheiten darin. Er hatte einen breiten, grob gearbeiteten Ledergürtel umgelegt, und ein weiterer hing ihm von der Schulter quer über die Brust. Drei mächtige Dolche steckten unter den Gürteln, einer hatte eine große, flache, ein anderer eine gezackte Schneide, und der dritte war rund und spitz, beinah wie eine Nadel. Das Gesicht des Mannes war wie aus Granit gehauen und von einem dichten, schwarzen Bart und einem ebensolchen Haarschopf umrahmt. Im schwachen Licht meiner Lampe stellte er eine gewaltige, etwas unheimliche Erscheinung dar, doch wenn ich jemals erleichtert darüber gewesen sein sollte, einen anderen Menschen zu sehen, dann war es in dieser Nacht auf der Heide am Blocksberg.

›Es ist nichts Ernstes‹, antwortete ich. ›Das war im allerletzten Augenblick, ich glaube nicht, dass ich die Wölfe noch länger hätte fern halten können. Ich schulde Ihnen Dank, mein Herr, Sie haben mir das Leben gerettet.‹

›Sie brauchen mir nicht zu danken‹, gab der Mann knapp zurück. ›Und Sie schulden mir nichts. Ich machte mich auf, als ich das Heulen der Wölfe hörte. Hier auf der Heide heulen

sie auf eine ganz eigenartige Weise, wenn sie einen Menschen jagen, der sich in der Dunkelheit verirrt hat. Aber ich fürchtete schon, ich würde zu spät kommen. Sie kennen die Gegend nicht sehr gut, scheint mir, sonst hätten Sie sicher zugesehen, rechtzeitig zurück ins Dorf zu kommen, bevor die Nacht hereinbricht. Die Heide ist gefährlich, und kein Mensch treibt sich nach Einbruch der Dunkelheit noch hier draußen herum.‹

›Und doch haben Sie sich aufgemacht, mir zu helfen!‹, sagte ich.

›Ich lebe auf der Heide. Ich kenne die Geschöpfe, die hier hausen. Und sie kennen mich!‹

Die Stimme des Mannes klang barsch, aber nicht abweisend. Der Jäger war ein Mann, den man sich besser nicht zum Feind machte. Die Wölfe fürchtete er augenscheinlich nicht, doch kannte er auch die Trolle?

›Es ist schon sehr spät‹, sagte er nüchtern. ›Und Ihr Arm ist verletzt. Wir dürfen auf keinen Fall länger hier bleiben. Die Wölfe werden bald wiederkommen, und außerdem gehen auf dieser Heide noch andere Wesen um. Wir müssen sofort weg von hier!‹

Ich hörte der Stimme des Jägers an, dass er meinte, was er sagte, und so marschierten wir schleunigst los. Der Jäger kannte das Gelände und ging mit langen, sicheren Schritten über das unebene Terrain. Ich musste mich aufs Äußerste anstrengen, um mit ihm Schritt zu halten. Wir sprachen kein Wort, während wir gingen, denn wir hatten genug damit zu tun darauf zu achten, wo wir hintraten. Trotzdem fühlte ich mich in der Gesellschaft des Jägers erheblich sicherer. Es war, als ob die unheimlichen Geschehnisse, die ich eben erst erlebt hatte, mit jedem weiteren Schritt von mir abglitten und ins Unwirkliche entschwanden. Aber als wir etwa eine halbe Stunde lang gewandert waren, geschah wieder etwas sehr Seltsames. Ich ging direkt hinter dem Jäger und versuchte so gut ich es vermochte meinen Fuß dahin zu setzen, wohin auch er getreten war, als ich plötzlich merkte, wie mich jemand in den Rücken zwickte. ›Was ...!?‹, rief ich erschrocken und fuhr vor Verblüffung herum, aber es war niemand zu sehen.

›Was ist los?‹, fragte der Jäger.

›Ich weiß ja, es klingt unglaublich‹, begann ich. ›Aber es kam mir so vor, als habe mich gerade jemand in den Rücken gezwickt.‹

›Kümmern Sie sich nicht darum‹, entgegnete der Jäger. ›Das wird noch öfter passieren, aber es hat nichts zu bedeuten.‹

Es geschahen noch mehr sonderbare Dinge, während wir den Rest unseres Weges zurücklegten, doch tat ich jedes Mal, als sei nichts gewesen. Einmal meinte ich ganz bestimmt zu spüren, wie mir jemand ins Ohr blies, aber als ich mit der Hand hingriff, um zu fühlen, ob dort etwas war, kam es mir so vor, als flüstere mir jemand lachend etwas ins andere Ohr. Ein anderes Mal, als ich eine Hand in die Tasche meines Umhangs schob, merkte ich, dass sich dort schon eine Hand befand, aber bevor ich reagieren konnte, war sie auch schon verschwunden – und mit ihr meine Streichhölzer!

Endlich, nach einer guten Stunde Wanderung, entdeckte ich ein schwaches Licht ein Stück weit vor uns, und kurz darauf kamen wir zu einer aus starken Balken gebauten Hütte. Der Jäger öffnete die Tür und bat mich mit einer Handbewegung einzutreten. In dem großen Kamin am anderen Ende des Zimmers brannte ein Feuer und verbreitete eine behagliche Wärme. Ich war erschöpft und mir schwindelte, und so ließ ich mich in einen Sessel mit einem prächtigen Überzug aus Hirschleder fallen. Doch bemerkte ich, dass der Jäger die massive Tür sorgfältig verschloss und einen dicken Balken in die Halterungen links und rechts legte, bevor auch er sich setzte.

›Lassen Sie mich mal Ihre Wunde sehen‹, sagte er. ›Wir müssen sie behandeln, sonst wird sie sich entzünden, fürchte ich.‹

Der Jäger kochte nun einige Kräuter in einem Topf, den er über das Kaminfeuer hing. Aus den Kräutern und einem sau-

beren Stück Stoff fertigte er einen Verband und legte ihn um die Wunde. Der Verband war warm und roch stark, doch in den nächsten Tagen heilte die Wunde sehr schnell, des Jägers Behandlung für meinen Arm muss also sehr gut gewesen sein. Das Rezept habe ich in meinem Buch über Heil- und Zauberkräuter aufgeschrieben.

Nachdem er mir den Verband angelegt hatte, bereitete der Jäger eine einfache, aber gute Mahlzeit zu, und während wir aßen, bekam ich endlich Gelegenheit, ihn nach den Dingen zu fragen, die mir auf den Nägeln brannten.

›Mir sind heute Abend auf der Heide nicht nur Wölfe begegnet‹, sagte ich und sah ihn dabei direkt an. Ich bemerkte sofort, dass dies seine Aufmerksamkeit erregte.

›Es streifen viele Tiere in der Heide herum‹, gab er ausweichend zurück. ›Besonders nach Einbruch der Dunkelheit.‹

›Die Tiere, denen ich begegnet bin, kämpften mit den Wölfen. Tatsächlich glaube ich, dass ich ohne sie den ersten Angriff des Leitwolfs nicht überlebt hätte! Aber obwohl ich sie deutlich gesehen habe, kann ich nicht sagen, was für Tiere es waren, denn solche Geschöpfe habe ich nie zuvor gesehen. Und ich habe schon viele wunderliche Wesen kennen gelernt, von denen die meisten Menschen glauben, sie existierten nicht.‹

Jetzt sah mir der Jäger direkt in die Augen.

›Sie haben Trolle gesehen‹, sagte er. Es war mehr eine Feststellung als eine Frage.

›Ja‹, erwiderte ich. Eine Weile saßen wir schweigend da. Ich merkte, dass der Jäger mehr über die Trolle wusste, und brannte darauf, zu erfahren, was es mit diesen merkwürdigen Geschöpfen auf sich hatte, doch fasste ich mich in Geduld und bezähmte meine Neugierde bis zum nächsten Tag, denn er war an diesem Abend offensichtlich nicht in der Stimmung, mehr zu erzählen.

›Es ist spät‹, sagte der Jäger schließlich und wies mir eine kleine Gästekammer zu. Wie alles in seiner Hütte war sie

einfach, aber sauber und zweckmäßig. Bevor er mir eine gute und ruhige Nacht wünschte, sagte der Jäger noch: ›Sie werden heute Nacht einige ungewöhnliche Laute zu hören bekommen, besonders von der Tür her, aber kümmern Sie sich nicht darum. Nichts und niemand kommt in meine Hütte herein, es sei denn, ich lade sie ein!‹

Danach gingen wir gleich zu Bett. Nicht lange, und ich hörte draußen auf der Heide wieder ein seltsames Heulen. Wenig später kratzte etwas an der Tür, als versuche es hereinzukommen. Auch an meinem Fenster vernahm ich ein kratzendes Geräusch, und einmal, als ich aufgestanden war und das Gesicht an die Scheibe drückte, um besser sehen zu können, meinte ich einen Moment lang in ein Paar Augen zu blicken, die zu mir hereinsahen. Aber die Nacht war rabenschwarz, und vielleicht hatte ich es mir auch nur eingebildet. Schließlich fiel ich in einen unruhigen Schlaf, ich war vollkommen erschöpft.

Als ich am nächsten Morgen aufwachte, fühlte ich mich dennoch frisch und ausgeruht. Man schläft wohl doch sehr gut unter einem Hirschfell in einer kleinen Hütte. Der Jäger war bereits aufgestanden und hatte ein Feuer angezündet, das fröhlich im Kamin knisterte.

›Guten Morgen‹, sagte er. ›Ich kann Ihnen leider heute Morgen nicht viel anbieten, nur etwas selbst gebackenes Brot und getrocknetes Fleisch.‹

›Guten Morgen‹, sagte auch ich. ›Nachdem ich vergangene Nacht Ihre Gastfreundschaft genießen durfte, kann ich nur sagen: Sollte das, was Sie anbieten können, genauso gut sein wie Ihr Gästebett, muss es eine fürstliche Mahlzeit sein. Dennoch – es gibt etwas, das mir sehr viel wichtiger ist als etwas zu essen. Ich werde nie vergessen, was ich gestern auf der Heide erlebt habe, und wenn mir jemand etwas darüber sagen kann, sodass alles einen Sinn ergibt, würde ich mit sehr viel gesünderem Appetit essen können!‹

›Das versteht sich‹, sagte der Jäger daraufhin. ›Ich werde Ihnen erzählen, was ich über die Heide und die Trolle weiß. Sie müssen selbst entscheiden, ob es eine Erklärung für das ist, was gestern auf der Heide geschah.‹

Dann begann der Jäger zu erzählen, und ich habe seinen Bericht genau so wiedergegeben, wie er mir in Erinnerung geblieben ist.

Der Jäger der Heide

Der Name des Jägers war Walter Schmidt, und er war Lehnsjäger im Dienste des sächsischen Herzogs. Nur der Fürst hatte das Recht zur Jagd auf der Heide, doch übte er es nur höchst selten selbst aus. Dennoch waren Hase und ganz besonders Fasan von der Heide am Blocksberg als das feinste Fleisch bekannt, das in Deutschland zu finden war, und er genoss es, von Zeit zu Zeit vom fürstlichen Koch zartes Wild zubereitet zu bekommen. Deshalb hatte er mitten in der Heide ein kleines Holzhaus bauen lassen und einen Lehnsjäger eingestellt. Im Laufe der Jahre hatten jedoch viele Jäger, die das Lehen erworben hatten, es nach ganz kurzer Zeit wieder zurückgegeben. Einige der Lehnsjäger waren sogar einfach abgereist, ohne ein einziges Wort der Erklärung.

Walter Schmidt war dagegen sehr zufrieden mit dem Leben auf der Heide. Später verriet er mir einmal, dass er als noch sehr junger Mann mit seinem Vater nach Osten gegangen war. Dieser hatte dort in den russischen Wäldern eine Stellung angenommen und seinem Sohn alles beigebracht, was ein Jäger wissen und können muss. In den endlosen Wäldern Russlands gab es Bären, und in den langen, unbarmherzigen Wintern hatte Walter gelernt, wie man in einer so unwirtlichen Gegend, vollkommen abgeschnitten von der Zivilisation, überlebt. Oft war er im tiefen Schnee auf die Jagd gegangen, manchmal tagelang, wenn er einem verletzten Tier folgte, und hatte in der beißenden Kälte im Freien übernachtet. Nicht selten war es vorgekommen, dass er alleine und nur auf sich gestellt dem gefährlichen russischen Braunbären gegenübergestanden hatte, der auf seinem Territorium Menschen keinesfalls duldet. Ich glaube, Walters Erlebnisse in Russland härteten ihn bereits in jungen Jahren so sehr ab, dass ihn das Leben und die sonderbaren Begebenheiten auf der Heide am Blocksberg – wenn sie auch ganz anderer Natur waren – nicht sehr erschütterten.

Nach zehn Jahren in den Wäldern Russlands sehnte er sich nach einer offenen Landschaft, und so ging er zurück nach Deutschland. Des Herzogs Lehen war frei, und Walter hatte ohne zu zögern seine Dienste angeboten. Er mochte es nicht, viele Menschen um sich zu haben, und ein Leben in der Stadt kam für ihn ganz und gar nicht in Frage. Die Weiten der Heide hatten ihm vom ersten Moment an gefallen. Beinahe acht Jahre lebte er nun schon allein in dem kleinen Holzhaus auf der Heide.

Es war am 31. Oktober im Jahre des Herrn 1720 gewesen, als Walter Schmidt an der kleinen Hütte angekommen war. Der vorherige Jäger, von dem er das Lehen übernehmen sollte, hatte bereits alle seine Sachen zusammengepackt und konnte gar nicht schnell genug zur Tür hinauskommen. Zu Walters Verwunderung murmelte der Mann etwas davon, dass ›nichts ihn dazu bringen konnte, hier auch nur eine Nacht länger zu bleiben, und besonders nicht diese Nacht!‹ Schon draußen vor der Hütte, hatte er sich doch noch einmal umgedreht und den Rat gegeben, die Tür sorgfältig zu verschließen und den Querbalken vorzulegen, bevor die Nacht hereinbreche. Dann hatte sich der alte Jäger davongemacht, als sei ihm der Teufel auf den Fersen.

Walter hatte geglaubt, das einsame Leben auf der Heide habe den alten Jäger etwas wunderlich werden lassen, und kümmerte sich nicht weiter um das, was dieser gesagt hatte. Es war der erste Tag in seinem neuen Zuhause, und so hatte Walter mehr als genug damit zu tun, sich einzurichten. Nicht, dass er sehr viele Habseligkeiten besessen hätte, die ihren Platz haben sollten. Tatsächlich hatte er seine ganze Habe in einem Reisesack mit zur Hütte gebracht. Außer den

Kleidern, die er trug, besaß Walter noch einen Jagdanzug, aus Hirschleder gemacht, zwei langläufige Gewehre, sechs große, russische Jagddolche (von denen ich drei bereits zu Gesicht bekommen hatte), eine Feldlaterne, eine Bibel, ein einfaches Kochgeschirr, ein paar Werkzeuge und eine Sammlung schön geformter Figuren und anderer Gegenstände, die er selbst im Laufe der Zeit geschnitzt hatte, aus Tierknochen, Zähnen und Geweihen.

Für diese Dinge war ja schnell ein passender Platz gefunden, doch hatte er zunächst sehr lange gebraucht, um die Hütte gründlich auszufegen und aufzuräumen. Sie war fürchterlich dreckig und unordentlich. Töpfe und Pfannen waren nicht abgewaschen, und es sah so aus, als sei die Asche schon seit Monaten nicht mehr aus dem Kamin entfernt worden. Draußen lag das Brennholz kreuz und quer neben der Hütte, und das Dach des Holzschuppens war undicht, sodass das Kaminholz darin nicht richtig trocken war. Den ganzen Nachmittag und den frühen Abend hatte er damit verbracht, die Hütte in einen vernünftigen Zustand zu bringen, und bald hatte er den Ratschlag des alten Jägers völlig vergessen.

Es sollte sich jedoch zeigen, dass das ein schlimmes Versäumnis war. Den Tag über hatte Walter immer wieder durch die kleinen Fenster nach draußen geschaut und es genossen, dass er meilenweit über die offene Landschaft sehen konnte. Aber kaum war es so dunkel geworden, dass er die Konturen des Geländes nicht mehr erkennen konnte, trugen sich sonderbare Dinge zu. Der Wind hatte aufgefrischt, wie er es so oft tut, wenn der Abend auf der Heide anbricht. Doch nach den vielen Jahren in der Stille der Wälder genoss Walter das Heulen des Windes, und ein paar Mal war er zur Tür gegangen, um ihn auf dem Gesicht zu spüren. Deshalb hatte er den Querbalken nicht in die Halterungen gelegt, und als plötzlich ein besonders kräftiger Windstoß die kleine Hütte traf, flog die Tür auf. Walter hatte nicht weiter darauf geachtet, sondern sie einfach wieder zugemacht und Acht gegeben, dass sie auch richtig ins Schloss gefallen war. Aber kaum hatte er sich umgewandt, als noch eine starke Bö kam und die Tür schon wieder aufflog! Diesmal drückte Walter die Tür sehr sorgfältig wieder ins Schloss und dachte schon daran, es am nächsten Tag auszuwechseln, obwohl er nicht feststellen konnte, dass es in irgendeiner Weise beschädigt wäre. Er rüttelte ein paar Mal kräftig an der Tür, um sicher zu sein, dass der Wind sie nicht noch einmal würde öffnen können. Dennoch vergingen wieder nur wenige Minuten, bis sich die Geschichte wiederholte. Inzwischen war Walter es leid geworden, ständig die Tür schließen zu müssen, und so schob er zusätzlich noch einen Riegel vor. Kurz darauf konnte er hören, wie der Wind erneut gegen die Tür drückte, und es schien, als wäre sie einer immer stärkeren Kraft ausgesetzt, obwohl der

Windstoß bereits abgeflaut war. Einen Augenblick später vernahm er einen gewaltigen Lärm drüben beim Holzschuppen. Schnell lief er hinüber. All das Brennholz, das er am Nachmittag so ordentlich aufgestapelt hatte, war umgeworfen worden. Jetzt wurde er misstrauisch, denn bislang hatte er noch keinen Sturm erlebt, der einen Holzstoß hätte umwerfen können, den er aufgeschichtet hatte! Doch gab es nichts, was er in der Dunkelheit hätte tun können, und so ließ er das Brennholz Brennholz sein und ging wieder in die Hütte zurück.

Einen Moment später sprang die Tür erneut auf, doch Walter stand direkt dahinter, und durch den Spalt sah er ein paar schlanke, braune Finger, die sich durch die schmale Ritze zwischen Tür und Wand geschoben und an dem Riegel zu schaffen gemacht hatten. Jetzt wusste er, dass jemand Unfug mit ihm trieb!

Diesmal schob er einen Stuhl so gegen die Tür, dass er zwischen dem Fußboden und dem Türgriff festsaß. Nun würde es nicht mehr so einfach sein, die Tür aufzubekommen. Danach nahm er eines seiner Gewehre, steckte sich ein paar Messer in den Gürtel und ging in die Vorratskammer ganz hinten in der Hütte. Dort ist ein kleines Fenster, und das nahm er nun ganz aus dem Rahmen heraus. Dann kletterte er durch die Öffnung und stand schließlich auf der Rückseite der Hütte.

Schnell lief er in einem großen Bogen um die Hütte herum, sodass er sich der Vorderseite im Schutz der Dunkelheit nähern konnte. Er legte sich auf den Boden und kroch langsam vorwärts, so wie er es in den russischen Wäldern oft getan hatte, wenn er ein Tier überraschen wollte, das besonders scheu und aufmerksam war. Als er nun den Kopf hob und in Richtung Hütte spähte, sah er einige Tiere, die er zuvor noch in keinem Wald gesehen hatte.

Ein paar Schritte entfernt machte sich eine ganze Schar kleiner Wesen an der Tür zu seiner Hütte zu schaffen. Sie hatten einen rundlichen Körper, große Köpfe, Hände und Füße und lange Schwänze mit einem Büschel am Ende. Wild gesti-

kulierend drückten sie gegen die Tür, um sie aufzustoßen. Allmählich gab sie ein kleines Stück nach, doch es war deutlich zu sehen, dass die seltsamen Geschöpfe nicht verstehen konnten, warum es diesmal so schwer war, sie zu öffnen. Walter überlegte nicht lange, sprang auf und rannte schnell auf sie zu. Er kam ganz nah an die Trolle heran, doch dann bemerkten sie ihn. Die meisten heulten erschreckt auf und machten sich davon, doch Walter war schnell genug gewesen, die Tür aufzustoßen und gleichzeitig einem der Trolle einen Tritt zu versetzen, sodass dieser in die Hütte purzelte. Mit der freien Hand packte er noch einen Troll und warf ihn ebenfalls in die Hütte. Dann sprang er selbst hinein und warf die Tür hinter sich ins Schloss. Diesmal beeilte er sich, den Querbalken in die Halterungen zu legen.

Die beiden Trolle saßen mitten im Zimmer auf dem Boden und blickten ziemlich betreten drein, während die anderen von draußen gegen die Tür schlugen, dass es krachte. Sie waren zurückgekommen und wollten ihren Freunden helfen! Doch Walter Schmidt ist keiner, der sich so leicht ins Bockshorn jagen lässt – das kann jeder bestätigen, der ihm einmal begegnet ist.

Was dann genau geschah, kann ich aufgrund der kurzen Schilderung der Ereignisse, die Walter mir gab, nur vermuten. Er packte die beiden Trolle, jeden mit einer Hand, schüttelte sie ordentlich durch und machte ihnen in unmissverständlichen Worten deutlich, dass sie sich vorsehen sollten, ihren Schabernack mit ihm zu treiben. Die Trolle sahen völlig hilflos und traurig aus und ließen die Ohren hängen. Walter setzte sie auf den Boden, wo sie ganz still hocken blieben, während er sie belehrte, dass sie sich ordentlich zu benehmen hatten, wenn sie zu seinem Haus kamen. Dann riss er die Tür auf und platzierte sie mit eisernem Griff mitten unter ihre Kameraden. Schließlich brüllte er mit seiner Donnerstimme, dass sie alle zu verschwinden hätten, augenblicklich, denn er wolle nun seine Ruhe haben! Ob die Trolle verstanden, was

Walter sagte, oder nicht, weiß ich leider nicht. Ob Trolle die Sprache der Menschen verstehen oder lernen können, ist eine Frage, die mich noch heute sehr beschäftigt. Da Walter aber gleichzeitig von seiner Hütte weg zeigte, gab es keinen Zweifel daran, dass sie wussten, was er meinte. Jedenfalls berichtete Walter Schmidt, dass die Trolle davonschlichen, ohne weiteren Ärger zu machen.

›Puh! Was für ein Jäger … die armen Trolle‹, unterbrach Goodwin Henri. ›Es hört sich fast so an, als könnte Walter Schmidt ein Vorfahre von Mrs Hawkes daheim in Compton Basset sein! Sie geht so ähnlich mit den Trollen um.‹

Henri grinste.

›Ja, aber das zeigt, dass man sie unter Kontrolle bekommen kann. Ich glaube, man kann ganz bestimmt auch Freundschaft mit ihnen schließen.‹

›Ja, Henri, das sagst du. Wir werden sehen. Lass uns jetzt lieber weiterlesen. Es ist schon einige Stunden her, dass Castanac weggegangen ist, und er wird sicher bald zurückkommen.‹

Gefangen im Turm!

Und Henri las weiter:

Nach der langen Reise und den Scherereien mit den Trollen war Walter Schmidt müde, und so legte er sich an seinem ersten Abend im neuen Zuhause früh ins Bett. Doch zuvor hängte er noch eine seiner beiden Flinten an einen Haken neben der Tür und die andere neben die Tür zu seiner Schlafkammer. Die Messer steckten in seinem Gürtel, den er über einen Stuhl beim Bett hing. Das Leben in den russischen Wäldern hatte es ihn gelehrt, sich so einzurichten, denn wenn man von wilden Tieren umgeben war, wusste man nie, wann man seine Waffen brauchen würde. Was Walter nicht wissen konnte, war, dass der 31. Oktober in der Gegend, in der er jetzt lebte, ein sehr außergewöhnlicher Tag oder besser eine sehr außergewöhnliche Nacht ist.

Walter war schon beinahe eingeschlafen, als er ein Klopfen an der Tür vernahm. Zuerst glaubte er, es müsse einmal mehr der Wind sein, der irgendetwas gegen die Tür geweht hatte. Doch kurz darauf war das Klopfen erneut zu hören, und dieses Mal klang es schon etwas nachdrücklicher, als ob der, der klopfte, langsam ungeduldig wurde. Walter stand auf und stopfte Pulver und eine Kugel in den Lauf seines Gewehrs. Dann ging er zur Tür. Noch einmal klopfte es, wiederum etwas stärker als zuvor. Walter nahm den Querbalken aus seiner Verankerung, schob den Riegel zurück, öffnete die Tür nur einen Spalt breit und schob sein Gewehr hindurch. Über den Lauf hinweg spähte er ins Dunkel der Nacht und erblickte eine zerlumpte, kleine Frau mit einem hässlichen, runzeligen Gesicht und einem beinahe zahnlosen, eingefallenen Mund. Sie sah aus, als sei sie ein paar hundert Jahre alt.

›Guter Jäger‹, sagte sie mit krächzender Stimme. ›Weit bin ich heute schon gereist und habe mich zuletzt in der Heide verirrt. Würdet ihr einer alten Frau Obdach für die Nacht gewähren? Hier draußen ist es furchtbar kalt, und der Wind pfeift mir durch die Knochen.‹

Walter Schmidt kam es seltsam vor, dass eine alte Frau zu dieser Zeit alleine in der Heide umherirrte. Noch dazu sah sie sehr sonderbar aus. Ihre Kleider waren so zerlumpt und verschlissen, dass sie jeden Moment zu Staub hätten zerfallen können. Und grau waren sie, grau wie ein altes Spinnennetz. Tatsächlich hatten sie eigentlich gar keine Farbe mehr. Die Frau selbst war dünn und knochig, und es schien einem Wunder gleichzukommen, dass sie überhaupt noch in einem Stück zusammenhing. Obwohl ihm das alles sehr merkwürdig vorkam, dachte Walter doch, dass er einer alten Frau ein Dach über dem Kopf für die Nacht nicht verweigern dürfe. Bevor er sie hereinließ, fragte er aber noch, woher sie komme.

›Ich komme von Osten‹, antwortete sie nur, und Walter wunderte sich, denn in dieser Richtung gab es kein Dorf und keine Siedlung, die man innerhalb eines Tages zu Fuß hätte erreichen können. Dann fragte er noch, wohin sie unterwegs sei und wie es sich zugetragen habe, dass sie sich hier auf der Heide verirrt hatte.

›Ich suche nach einer neuen Zuflucht‹, gab sie zur Antwort und ergriff dabei den Zipfel seines Hemds mit ihrer knochigen, grauen Hand. Sie versuchte, seinen Blick mit ihren Augen festzuhalten, und flüsterte: ›Meine Suche treibt mich seit vielen Jahren hier in der Heide um, ohne dass ich Ruhe hätte finden können. Lass mich nun herein, guter Jäger, mir scheint, der Wind schneidet mir durch Mark und Bein und könnte mich jeden Augenblick forttragen.‹

Das kam Walter noch wunderlicher vor, und er begann zu glauben, die alte Frau müsse verrückt sein. Trotzdem meinte er noch immer, dass er ihr den Schutz seiner Hütte für die Nacht nicht verweigern dürfe. Er bat sie herein, doch gerade als sie eintreten wollte, geschah etwas Seltsames! Aus der Dunkelheit tauchte ein Troll nach dem anderen auf, und jeder hatte einen starken Ast von einem Holunderbusch in der Hand. Trotz der Jahreszeit trugen die Äste noch Blätter. Die Trolle sprangen um die Frau herum und wedelten ihr mit den Ästen um den Kopf und vor dem Gesicht herum. Da verzerrte sich ihr Gesicht zu einer fürchterlichen Fratze, und mit ihren krummen Händen schlug sie nach ihnen, während sie ihnen mit grässlicher Stimme Verwünschungen entgegenschleuderte.

›Lasst mich zufrieden, ihr bösartigen Biester! Nehmt diese abscheulichen Äste weg – ich kann sie nicht ertragen. Wartet nur, wenn ich euch zu fassen kriege, dann wird es euch schlecht ergehen. Meine Nägel sollt ihr zu spüren bekommen, vergiften werde ich euch, dass ihr vertrocknet und zu Aas verfault und euch die Würmer holen!‹ Mit ihren Furcht erregenden, langen Fingernägeln griff sie bald nach dem einen, bald nach dem anderen, doch es half nichts. Die Trolle waren zu schnell und zu geschickt und hielten genug Abstand, dass es ihnen jedes Mal gelang, sich hinter ihren Ästen in Sicherheit zu bringen, wenn es darauf ankam. Walter Schmidt sprang vor, um der Frau zu helfen, aber im selben Augenblick war es, als löse sie sich vor seinen Augen auf und schwebe davon. Immer weiter schlugen die Trolle auf sie ein, und schneller und schneller entschwand sie über die Heide, wie eine Nebelschwade, die vom Wind fortgeweht wird. Die Trolle jagten ihr nach, bis auch sie von der Dunkelheit verschluckt wurden. Walter war sich nun bewusst, dass die alte Frau kein Mensch gewesen war, und wie er die Sache auch drehte und wendete, so kam er doch zu dem Schluss, dass die Trolle ihn davor bewahrt hatten, ihr Eintritt in seine Hütte zu gewähren.

›Da sehen Sie es, Monsieur Goodwin!‹, rief Henri aufgeregt. ›Ich bin sicher, dass die Trolle eigentlich freundliche Wesen sind. Sie haben den Jäger vor der Hexe und Monsieur Sastrafin vor den Wölfen gerettet. Sicher machen sie allerhand Unsinn, aber wenn es darauf ankommt, sind sie die Freunde der Menschen.‹

›Allerhand Unsinn – ja, das kann man wohl sagen!‹, erwiderte Goodwin. ›Ich glaube, du machst die Trolle besser, als sie in Wirklichkeit sind, Henri, aber vielleicht hast du in gewisser Weise auch Recht. Tatsächlich haben sie in Compton Basset nie ernsthaft Schaden angerichtet, aber gütiger Himmel, was haben sie schon alles angestellt, und manchmal ist es wirklich ganz unmöglich, sie zu …‹

Goodwin brach ab, denn Henri saß plötzlich regungslos da.

›Was ist denn?‹, fragte Goodwin.

›Ich dachte, da hätte Hector gebellt‹, sagte Henri. Sie schwiegen, und dann hörten sie es. Hectors tiefe Stimme drang nur schwach durch die dicken Mauern des Turms, aber es gab keinen Zweifel. Er warnte sie. Castanac war auf dem Weg hierher!

Blitzschnell schlug Goodwin das Buch zu und stellte es zurück in den Schrank. Dann schloss er die Gittertür und … stellte fest, dass der Schlüssel verschwunden war.

›Boffin!‹, sagte er nur. ›Er hat den Schlüssel genommen, ohne dass wir es gemerkt haben. Was tun wir jetzt?‹

›Das macht nichts, Monsieur Goodwin‹, entgegnete Henri. ›Castanac wird glauben, es sei Boffin gewesen, der den Schrank aufgeschlossen und dann den Schlüssel wieder mitgenommen hat.‹

›Ja, natürlich. Machen wir, dass wir wegkommen, Henri!‹ Schnell liefen sie zu der Tür, die hinaus auf den Balkon führte.

›Letztes Mal habe ich hier solange gewartet, bis ich hörte, dass Castanac unten gerade die Tür aufschloss‹, flüsterte Henri. Vorsichtig spähte er durch die Balkontür nach draußen. ›Vom Weg aus kann man den Balkon sehen, und Castanac könnte uns bemerken, wenn wir jetzt hinausgehen und auf den Baum klettern.‹

... auf den Baum klettern ..., dachte Goodwin und blickte hinauf zu dem großen Ast, von dem sie auf den Balkon gesprungen waren. Von hier unten aus betrachtet war der Ast ziemlich hoch.

›Hör mal, Henri‹, flüsterte Goodwin. ›Wie bist du wieder auf den Baum gekommen?‹

›Hm‹, machte Henri leise und wies auf den Balkon hinaus. ›Ich habe mich einfach auf das Geländer gestellt und das Ende des dünnen Astes dort gepackt, damit ich die Balance halten konnte. Dann habe ich mit beiden Händen nach dem dicken Ast gegriffen, bin abgesprungen und habe die Beine um den Ast geschlungen.‹

Er drehte sich um und sah Goodwin an.

›Der Rest war ganz einfach. Ich bin ...‹

Henri hielt inne und riss die Augen auf.

›Monsieur Goodwin ... ich bin nicht sicher, ob Sie ...!?‹

›Nein, Henri. Das geht nicht, das schaffe ich nicht. Ich komme niemals auf diesen Ast hinauf.‹

›Ja, aber Monsieur Goodwin! Castanac ist jeden Moment da. Wie sollen wir sonst hier rauskommen?‹ Henris Stimme klang auf einmal sehr ängstlich.

›Du kletterst auf den Baum, so wie du es letztes Mal auch gemacht hast‹, entgegnete Goodwin. ›Ich bleibe hier und sehe, ob es nicht eine andere Möglichkeit gibt, nach draußen zu gelangen.‹

›Nein, Monsieur Goodwin! Wenn Sie hier bleiben, bleibe ich auch.‹

›Du bist nicht nur ein mutiger kleiner Kerl, sondern auch ein treuer Freund‹, antwortete Goodwin mit warmer Stimme. ›Aber jetzt hör mal, Henri! Ich komme schon zurecht. Ich habe bereits so einiges erlebt, und mit Castanac werde ich schon irgendwie fertig werden. Außerdem: Wenn du nicht nach unten kletterst, weiß Bomstaff nicht, wie es hier drin steht. Sag ihm, wenn ich bis morgen früh nicht aus dem Turm gekommen bin, soll er anklopfen. Und sag ihm, er soll Hector mitnehmen. Ich werde mich irgendwo verstecken, vielleicht oben im Observatorium, bis Castanac wieder weg ist. Vielleicht kann ich dann unten zur Tür hinaus, die ist für Leute von meinem Umfang jedenfalls besser geeignet!‹

›Ja, aber Monsieur Goodwin ... ich glaube, für Leute Ihres Umfangs gibt es im ganzen Turm kein Versteck. Für Boffin war es ganz leicht, sich da oben zu verkriechen, er ist einfach von einem Versteck ins nächste gesprungen. Es müsste schon mit Zauberei zugehen, wenn sich da oben jemand verstecken will, der so ... groß ist wie Sie!‹

Bei dieser Bemerkung über seine Größe konnte sich Goodwin trotz allem ein Lächeln nicht verkneifen, aber dann kam ihm eine Idee.

›Zauberei, sagst du! Henri, ich glaube, ich habe sogar etwas Zauberei bei mir, in meiner Tasche.‹

In diesem Moment hörten sie, wie Castanac unten die Tür aufschloss.

›Jetzt aber ab mit dir, Henri! Und sag Bomstaff, er soll bis morgen früh warten, bevor er etwas unternimmt. Schnell! Rauf mit dir auf den Baum!‹ Goodwin hielt Henri fest, als dieser auf dem Geländer stand. Gekonnt warf Henri die Beine in die Luft und schlug sie um den großen Ast. An Armen und Beinen von dem Ast herunterhängend, kletterte er schnell in den Baum hinein bis fast zu seinem Stamm und von dort nach unten.

Goodwin ging wieder hinein ins Laboratorium. Er bereitete sich darauf vor, dem Zauberer Castanac gegenüberzutreten.

Castanac kommt

Schnell lief Goodwin die Treppe zum Observatorium hinauf. Sollte er sich verstecken oder lieber versuchen, seine Idee in die Tat umzusetzen? Im Observatorium angekommen, sah er sich um und bemerkte flüchtig eine Bewegung, einen Schatten, der auf der anderen Seite des Raumes hinter einem Schrank hervorhuschte, nur um wieder hinter einem Teleskop zu verschwinden. Boffin!

Die Chance, sich hier zu verstecken, bis Castanac den Turm wieder verlassen würde, war ganz sicher nicht sehr groß, und erst recht nicht, wenn sich auch Boffin hier herumtrieb und Unsinn machte. Noch einmal dachte Goodwin kurz darüber nach, welche Möglichkeiten ihm nun blieben, und traf seine Entscheidung. Er war um die halbe Welt gereist – jedenfalls kam es ihm so vor –, um den Zauberer Castanac zu finden, und jetzt war der Zeitpunkt gekommen. Ob das Zusammentreffen gut oder schlecht ausgehen würde, wusste er nicht, doch musste er das Risiko eingehen, und zwar jetzt! Ruhig ging er hinunter ins Laboratorium und setzte sich auf einen Stuhl in der Ecke neben der Treppe hinunter zur Küche.

Er musste nicht lange warten. Nachdem Castanac ein wenig in der Küche herumhantiert hatte, hörte Goodwin ihn die Treppe heraufkommen. Der Zauberer murmelte etwas vor sich hin, und es klang, als sei er nicht gerade bester Laune. Als er den Raum betrat, ging er gleich zu dem Tisch, der in der Mitte stand. Er hatte Goodwin, der mucksmäuschenstill in seiner Ecke saß, den Rücken zugewandt. Castanac nahm nacheinander einige der Flaschen mit den merkwürdigen Flüssigkeiten darin, drehte sie im Licht, das durch die Balkontür hereindrang, und betrachtete sie sehr genau. Dann ging er zu dem großen Schrank und wollte die Tür öffnen, ließ aber die Arme sinken und seufzte. Anscheinend hatte er ganz vergessen, dass der Schrank verschlossen war und Boffin den Schlüssel versteckt hatte.

›Boffin, du von Motten zerfressener Staubwedel! Wo steckst du?‹ Castanacs Stimme donnerte durch den ganzen Turm. ›Castanac ist sehr wütend. Komm und bring den Schlüssel hierher, jetzt sofort!‹

›Der Schrank ist offen‹, hörte Castanac eine ruhige, hilfsbereite Stimme hinter sich sagen. Erschrocken fuhr der Zauberer herum und sah Goodwin an.

›Wer sind Sie?‹, fragte er. Goodwin bemerkte ein leichtes Zittern in der Stimme des Zauberers. ›Wie sind Sie hier hereingekommen? Sie haben großes Glück, dass Sie gerade sitzen, denn sonst ...‹

›Sonst würde ich in tausend Stücke zerbrechen, wenn Sie mich in eine Teekanne verwandeln? Ist es das, was Sie sagen wollten?‹, fragte Goodwin unschuldig.

Castanac sah aus, als sei ihm gerade der Himmel auf den Kopf gefallen.

›Was geht hier vor?‹, rief er. Der Zauberer versuchte, seiner Stimme wieder den Klang eines Donnergrollens zu geben, wie Goodwin es eben noch gehört hatte, doch war ihm seine Erschütterung deutlich anzumerken.

›Wie sind Sie hier hereingekommen?‹, fragte er noch einmal.

›Und wie haben Sie es geschafft, den Schrank aufzuschließen?‹

›Ich habe einfach ein wenig Magie angewendet‹, sagte Goodwin leichthin. ›Davon verstehen Sie doch auch etwas, nicht wahr?‹

Goodwin dachte, es sei eine gute Idee zu behaupten, er sei mit Hilfe von Magie in den Turm gelangt. Auf diese Weise, so meinte er, konnte er bluffen und Castanac vielleicht glauben machen, er habe jemanden vor sich, der es in Sachen Zauberei durchaus mit ihm aufnehmen könnte. Doch seine Worte hatten eine ganz unerwartete Wirkung. Der Bart des Zauberers begann zu zittern, und in seinen Augen sah Goodwin Wut aufflackern. Castanac richtete sich auf und hob langsam seine langen, dünnen Hände. Sein weiter Umhang breitete sich aus, und er ähnelte mehr und mehr einem riesigen Vogel, der zu wachsen und zu wachsen und zu wachsen schien! Sein hoher, blauer Hut ragte vor Goodwin auf, und der Zauberer sprach mit einer Stimme, als sei der Tag des Jüngsten Gerichts angebrochen: ›Falls du einer der Schwarzen Magier bist und kommst, um mein Wissen zu stehlen und es im Dienste finsterer Mächte zu gebrauchen, so sieh dich vor! Castanacs Zorn kann fürchterlich sein! Wisse, dass ich all meine Macht gegen dich anwenden werde, um die großen Bücher zu beschützen. So wahr mein Name Castanac Bernard Lionel Sastrafin lautet, sage ich dir, dass ich das Erbe meiner Vorfahren und ihre Berufung bis zum Letzten verteidigen werde!‹

Der Schatten des Zauberers schien alles Licht im Zimmer zu verschlingen. Goodwin fühlte sich wie eine Maus, winzig und eingeklemmt in seiner Ecke. Doch in diesem Moment tauchte ein kleines, flinkes Wesen auf, das oben auf dem Schrank angeschossen kam und dem Zauberer mit einem geschickten Griff den Hut vom Kopf schnappte. Dann sprang das kleine Wesen mit einem Satz zur Treppe und rutschte das Geländer hinunter.

›Boffin!‹ Castanac kniff die Augen zu kleinen Schlitzen zusammen, die vor Wut nur so sprühten. ›Boffin, das war zu viel! Ich verwandle dich in einen Teewärmer. Du weißt doch sehr gut, dass ich mit meinem Hut auch meiner Zauberkräfte beraubt bin!‹

Castanac schien plötzlich wieder zu schrumpfen. Der Furcht erregende Zauberer war entwaffnet oder besser enthutet worden, von einem kleinen Heckentroll, genau im richtigen Augenblick! Aber das, was Castanac eben gesagt hatte, klang Goodwin noch in den Ohren.

›Was sagten Sie, wie lautet Ihr Name?‹, stammelte er.

›Castanac Bernard Lionel Sastrafin‹, antwortete der Zauberer feierlich. Er war bemüht, seine Würde zu bewahren, auch wenn er ohne seinen Hut reichlich durcheinander dreinblickte und ein wenig zerzaust wirkte.

›Gütiger Himmel!‹, sagte Goodwin. ›Wenn es so ist, dann schulde ich Ihnen wohl eine Erklärung, aber ich glaube, Sie schulden mir ebenfalls eine.‹

›Was soll das bedeuten?‹, fragte Castanac.

›Ich werde Ihnen alles erklären‹, erwiderte Goodwin. ›Lassen Sie mich aber zunächst klarstellen, dass ich keine Schwarze Magie anwende und nicht gekommen bin, um Ihr Wissen zu stehlen. Sie können ganz ruhig sein, was das angeht. Sie müssen ein Nachkomme von Arsène Sastrafin sein, und hätte ich das gewusst, hätte ich an Ihre Tür geklopft, anstatt auf den Baum und über den Balkon zu klettern. Entschuldigen Sie bitte, Monsieur Sastrafin!‹

›Hmmmff!!‹, grunzte Castanac. ›Schon gut. Ja, Arsène Sastrafin war mein Urgroßvater, doch jetzt würde ich es sehr zu schätzen wissen, wenn Sie so freundlich wären, mir zu verraten, warum Sie sich hier in meinem Laboratorium befinden und woher Sie meinen Urgroßvater kennen.‹

›Nichts lieber als das‹, sagte Goodwin. ›Aber vorher müssen Sie mich einen Augenblick entschuldigen, denn draußen warten zwei Freunde auf mich, und ich glaube, sie machen sich große Sorgen. Außerdem wollen die beiden sicher auch furchtbar gerne hören, worüber wir sprechen, und abgesehen davon können sie einiges zu der Geschichte beitragen.‹

›Ich verstehe immer weniger von dem, was Sie sagen‹, meinte Castanac ungeduldig. ›Und ich fürchte, bevor Sie mir nicht erklärt haben, warum und wie es zugegangen ist, dass Sie hier sind, werde ich auch kein Wort von alldem verstehen.‹

›Nein, aber ich verspreche Ihnen, dass sich alles aufklären wird, wenn meine beiden Freunde und ich Ihnen die ganze Geschichte erzählt haben. Hören Sie, mir kommt da gerade ein Gedanke – können wir Sie vielleicht heute Abend zum Essen einladen, in das kleine Gasthaus drüben am Weg? Wir wohnen dort, und das Essen ist gut. Dann können wir Ihnen in Ruhe erklären, wie alles zusammenhängt.‹

Castanac dachte kurz darüber nach, dann antwortete er: ›Zwar kann ich mir nicht vorstellen, aus welchem Grund diese Geschichte für mich und meine Arbeit von Bedeutung sein sollte, und ich habe wirklich anderes mit meiner Zeit anzufangen. Doch ich muss zugeben, dass meine Neugier geweckt ist. Allerdings gehe ich fast nie aus, und ich mag es nicht, mich in einem Gasthaus zu unterhalten, wo man von allen belauscht werden kann. Ich muss sehr vorsichtig sein! Bringen Sie also Ihre Freunde lieber mit hierher, heute Abend, zwei Stunden nach Einbruch der Dunkelheit. Dann können wir ungestört über alles reden.‹

Goodwin nickte und verabschiedete sich von Castanac.

Als er den Turm verlassen hatte, ging er fröhlich pfeifend den Pfad entlang, bis Bomstaff und Henri hinter einem Gebüsch hervorkamen. Sie trauten ihren eigenen Augen kaum, als sie Goodwin sahen, wie er unbekümmert, die Hände in den Taschen, auf sie zuschlenderte.

›Wie bist du entkommen? Er hat dich doch nicht etwa verzaubert? Ist alles in Ordnung? Erkennst du uns?‹, fragten Bomstaff und Henri durcheinander. Hector sprang an Goodwin hoch und wollte ihm das Gesicht ablecken.

›Entkommen?‹, sagte Goodwin gelassen. ›Nun, das war kein

Problem. Ich habe ein wenig mit Castanac darüber geplaudert, wie die Dinge stehen. Ach … übrigens hat er uns allesamt für heute Abend auf eine Tasse Tee eingeladen.‹

Bomstaff und Henri hatten sich schon überlegt, wie sie am besten in den Turm einbrechen konnten, um Goodwin zu retten. Jetzt sahen sie sich erstaunt an.

›Zum Tee in den Turm! Da werdet ihr alle in Teekannen verwandelt!‹, sagte Castanac. Der Papagei, wohlgemerkt!

Ein Abend im Turm

Genau zwei Stunden nach Einbruch der Dunkelheit klopfte es an die Tür zu Castanacs Turm. Von draußen war kein Licht im Turm zu sehen, denn Castanac hatte nur die Öllampen im Laboratorium angezündet. Mit einer Kerze in der Hand begab er sich die Treppe hinunter und schwang die schwere Tür auf. Er erwartete drei Gäste, Goodwin und seine zwei Freunde, von denen er annahm, sie seien ebenfalls erwachsene Männer. Er war daher überrascht, als er zunächst einen schwarzhaarigen Jungen mit einem außergewöhnlich lebhaften Gesichtsausdruck vor sich sah. Doch sollte das nicht die letzte Überraschung sein, die heute Abend auf Castanac wartete.

›Bonsoir, Monsieur Castanac!‹, sagte Henri und gab dem Zauberer die Hand, so, wie es sich gehörte. ›Danke, dass ich noch einmal herkommen darf.‹

›Noch einmal?‹ Castanac konnte sich nicht erinnern, den Jungen schon mal gesehen zu haben, und das hatte er ja auch nicht. Doch er erwartete auch keineswegs, eine Antwort darauf zu bekommen, was ›noch einmal‹ in diesem Zusammenhang zu bedeuten hatte. Die Begegnung mit Goodwin hatte seinen gewohnten Tagesablauf ziemlich auf den Kopf gestellt, und er war immer noch ein wenig durcheinander und hoffte, dass ihm irgendjemand irgendwann im Laufe des Abends das Ganze erklären würde.

Als Nächstes erschien Goodwin in der Tür.

›Guten Abend, Herr Castanac. Es ist doch sehr viel angenehmer, zur Eingangstür hereinzukommen!‹

Castanac seufzte nur. Dann trat ein großer, breiter Mann mit lockigen Haaren und Bart ein.

›Guten Abend‹, sagte er vergnügt. ›Tja, ich bin wohl der Einzige, der zum ersten Mal hier ist, und ich freue mich darauf, Ihren Turm auch einmal von innen zu sehen!‹

›So, Sie sind also noch nicht in meinem Turm gewesen?!‹, gab Castanac sarkastisch zurück. ›Ich hatte schon geglaubt, dass halb Konstantinopel hier ein und aus geht, ohne dass ich es bemerkt hätte. Schön zu hören, dass es noch jemanden gibt, den ich selbst ein wenig herumführen kann!‹

Er streckte den Kopf zur Tür hinaus, um zu sehen, ob möglicherweise noch mehr Leute dastanden. Aber zur Überraschung des Zauberers kam ein mächtiger Bluthund zur Tür hereinspaziert, als sei es das Selbstverständlichste auf der Welt, und auf seinem Kopf saß ein ausnehmend schöner Papagei, dessen Federkleid in den phantastischsten Farben leuchtete. Castanac starrte den Papagei an – er hatte eine beunruhigende Ähnlichkeit mit dem ausgesucht frechen Vogel, den er einmal besessen, dann aber verkauft hatte, weil ihn dessen vorwitzige Kommentare zunehmend auf die Palme gebracht hatten. Als nun der Papagei auf dem Kopf des Bluthundes zur Tür hereinkam, wandte er Castanac den Schnabel zu und schwatzte los: ›Tach, Alterchen – schön, wieder zu Hause zu sein!‹

Beinahe hätte Castanac vergessen, den Mund wieder zuzuklappen! Es bestand kein Zweifel – es war derselbe neunmalkluge Papagei, der ihm gehört hatte. Aber wie hatte das vorlaute Federvieh zurück zu seinem Turm in Konstantinopel finden können? Er hatte den Papagei ja in Marseille verkauft, tausend Meilen weit weg von hier, und er hätte niemals gedacht, dass er ihn je wiedersehen würde. Castanac seufzte noch einmal, diesmal sehr tief, und schloss die Tür. Eigentlich war er es sonst immer gewesen, der über eine bestimmte Sache oder Situation mehr wusste als andere Menschen, aber im Moment verstand er gar nichts. Es gab so viele Fragen, auf die er gerne eine Antwort haben wollte, dass er sie kaum alle behalten konnte.

›Kommt mit nach oben‹, sagte er zu seinen Gästen. ›Ich glaube, wir unterhalten uns am besten im Laboratorium.‹

Nur drei Öllampen beleuchteten das große Laboratorium, und in ihrem flackernden Lichtschein warfen alle Möbel und Gegenstände lange, unruhige Schatten. Die sonderbaren Flüssigkeiten in den großen und kleinen Flaschen auf dem Tisch schienen ein wenig zu glühen, und manchmal blubberten sie für ein paar Augenblicke stärker, sodass der fahle Schimmer, der von ihnen ausging, an den Wänden tanzte und sich dann in den tiefen, schwarzen Schatten verlor.

Bomstaff schauderte. Goodwin und Henri hatten ihm von Arsène Sastrafins großem Buch berichtet, und Goodwin hatte hinzugefügt, dass Castanac ein Nachkomme Sastrafins war und daher kein böser Zauberer oder Schwarzer Magier sein konnte. Castanac hatte ja vielmehr gesagt, dass er alles tun würde, um die dunklen Mächte daran zu hindern, sich sein Wissen zunutze zu machen, so, wie es sein Urgroßvater in dem Buch geschrieben hatte.

Doch trotz alledem war Bomstaff die Situation nicht ganz geheuer. Als Goodwin ihm von seiner Begegnung mit Castanac erzählte, hatte Bomstaff eingewandt, die angeblich edlen Absichten des Zauberers seien ja wohl kaum damit in Einklang zu bringen, dass er die Heckentrolle in Compton Basset ausgesetzt hatte. Soweit sie wussten, hatte Castanac das getan, um sich an dem Gutsherrn dafür zu rächen, dass dieser ihm die Samen der seltsamen Weidenbäume einfach abgeknöpft hatte. Goodwin räumte ein, dass es so sein könne, aber oftmals hingen die Dinge eben doch anders zusammen, als es auf den ersten Blick den Anschein habe. Henri meinte, Castanac habe die Trolle vielleicht nur dort ausgesetzt, weil ihm der Ort als Zuhause für sie sehr gut geeignet vorgekommen sei. Dessen war sich Goodwin nun nicht so sicher, aber schließlich einigten sie sich darauf, dass es wohl das Beste sei, nicht länger Vermutungen über all das anzustellen, wenn sie mit etwas Glück noch heute Abend in Castanacs Turm Antworten auf all ihre Fragen bekommen würden.

Jetzt saßen sie in Castanacs Turm. Der hagere Zauberer versank beinahe in seinem riesigen Stuhl, und vor der hohen Rückenlehne und mit dem lose fallenden langen, dunkelblauen Umhang sah er aus wie ein Gespenst. Er saß vollkommen bewegungslos da, und nur sein spitzes Gesicht und seine langen, knochigen Hände, die aus dem Umhang hervorstachen, verrieten, dass sich tatsächlich jemand auf dem Stuhl befand. Das schwache Licht im Laboratorium betonte noch seine Hakennase und seine buschigen Augenbrauen. Der Zauberer sah alt und müde aus, doch seinen glühenden Augen und seinem scharfen Blick entging nichts.

Goodwin räusperte sich und begann: ›Mein lieber Herr Castanac, es ist sehr freundlich von Ihnen, uns heute Abend hier zu empfangen. Ich schulde Ihnen eine Erklärung dafür, dass ich früher am heutigen Tag durch die Balkontür in Ihren Turm eingestiegen bin, aber ich bin sicher, dass Sie es verstehen werden, wenn Sie erst den Grund dafür gehört haben.‹

Mit einem kaum merklichen Nicken forderte Castanac Goodwin auf fortzufahren.

›Ich und mein Hund Hector sind zu Ihnen gekommen, um Sie um Ihren Rat und Ihre Hilfe zu bitten. Wir sind sehr, sehr weit gereist, um Sie zu finden, und auf dem Weg hierher sind wir unseren beiden guten Freunden, Henri und Bomstaff, begegnet. Ohne ihre Hilfe säße ich jetzt nicht hier. Leider hatten wir Grund anzunehmen, dass Sie uns vielleicht nicht helfen würden, und so versuchten wir zunächst selbst zu finden, wonach wir suchen. Dennoch kann ich reinen Gewissens beschwören, dass es niemals unsere Absicht war, Ihr Wissen über Mystik und Magie zu stehlen.‹

›Das hört sich alles sehr merkwürdig an‹, antwortete Castanac, ›und noch habe ich für vieles keine Erklärung bekommen – doch ich glaube euch. Ich sehe euch an, dass ihr ehrbare Leute seid. Erzählt mir jetzt, worum es bei alldem geht, warum ihr glaubtet, ich würde euch nicht helfen, und wie ihr mich gefunden habt.‹

Goodwin erklärte: ›Die Einwohner meines Heimatdorfes haben mich losgeschickt, Sie zu suchen und um Rat und Hilfe zu bitten. Ich komme aus England, aus einem kleinen Ort mit dem Namen Compton Basset.‹

Castanac war sichtlich überrascht.

›Ah so‹, sagte er. ›Jetzt verstehe ich, worum es geht und warum Sie sagten, dass auch ich Ihnen eine Erklärung schulde, und damit haben Sie wohl Recht. Da Sie hierher gekommen sind, um mich zu finden, gehe ich davon aus, dass die Einwohner Ihres Dorfes Bekanntschaft mit den Trollen gemacht haben. Das war unvermeidlich. Ich werde Ihnen erzählen, was ich über die Trolle weiß und wie und warum sie nach Compton Basset gekommen sind. Aber zuallererst werde ich uns Tee kochen, denn ich glaube, wir haben einen langen Abend vor uns!‹

Castanac ging hinunter in die Küche und ließ die drei Freunde allein in dem großen Laboratorium zurück.

›Vielleicht hast du doch Recht‹, sagte Bomstaff nachdenklich zu Goodwin. ›Er ist wahrscheinlich gar kein übler Kerl, dein Castanac. Jedenfalls hat er noch nichts davon gesagt, uns in Teekannen zu verwandeln!‹

›Obwohl es hier eine ganze Menge davon gibt‹, sagte Henri. Seine aufmerksamen Augen hatten sich noch einmal alles genau angesehen, und jetzt zeigte er auf die vielen Regale und Schränke. Castanac hatte eine ganze Sammlung Teekannen in allen möglichen Farben und Größen.

›O je‹, sagte Bomstaff und stand auf. ›Ich hoffe doch, die waren nicht alle zu Besuch hier.‹ Er versuchte, unbekümmert und fröhlich zu klingen, doch so ganz wollte es ihm nicht gelingen.

›Setz dich hin‹, sagte der Papagei. ›Sonst zerbrichst du in tausend Stücke, wenn Castanac zurückkommt und dich in eine Teekanne verwandelt!‹

Mit einem Mal wünschte sich Bomstaff, sie hätten den Papagei an diesem Abend nicht mitgenommen.

Schwere Zeiten für Zauberer

Castanacs Tee verbreitete einen milden Duft, der die drei Freunde an ferne, schöne Länder erinnerte, und hatte ein Aroma, das sie mit der Wärme und Behaglichkeit eines warmen Sommerabends erfüllte. Bomstaff sah Castanac verstohlen an, als dieser damit die Treppe heraufkam. Er war sehr neugierig darauf, wie wohl die Teekanne aussah, aber Castanac hatte den Tee in einen Samowar umgefüllt, sodass er den ganzen Abend warm blieb, während sie miteinander sprachen.

Zunächst erzählte Goodwin, was geschehen und warum er losgezogen war, um Castanac zu suchen. Er berichtete, wie die Einwohner von Compton Basset die Samen der Weidenbäume ausgesät hatten, die der Gutsherr Castanac abgenommen hatte, und wie sie so rasend schnell gewachsen waren. Der Zauberer schüttelte den Kopf, als die Erinnerung an den Gutsherrn in ihm geweckt wurde.

›Euer Gutsherr ist ein sehr unverständiger Mensch. Er hätte nichts an sich nehmen sollen, was ihm nicht zusteht. Wegen dieser seiner Torheit hätte alles noch viel schlimmer kommen können.‹ Goodwin sah, dass Castanacs Wut wieder aufzuflammen drohte, und so beeilte er sich, in seiner Erzählung fortzufahren. Er schilderte, wie er selbst und zwei andere Einwohner aus dem Dorf einige Jahre später Castanac beobachtet hatten, wie er die kleinen Trolle am Gramp's Hill freiließ.

›Hmmmmm‹, brummte Castanac nur und zog die Augenbrauen zusammen.

Dann sprach Goodwin von all den kleinen und größeren Katastrophen, die die Heckentrolle im Haus des Gutsherrn angerichtet hatten, und davon, dass Mrs Hawkes die Einzige war, die mit ihnen fertig geworden war. Er beschrieb den vergeblichen Versuch der Dorfbewohner, die Weidenbäume zu fällen, und Castanac lächelte, als er all das hörte, sah aber gleichzeitig auch besorgt aus.

›Die Trolle können einem tatsächlich sehr zur Last fallen‹, sagte er. ›Und sie wissen ganz genau, wie man jemandem einen Streich spielt, aber was euren Gutsherrn angeht, hält sich mein Mitgefühl doch sehr in Grenzen, denn was geschehen ist, war allein seine Schuld.‹

Nun erzählte Goodwin, wie Doktor Pillbury vorgeschlagen hatte, sie sollten Castanac zu finden versuchen, und wie man ihn, Goodwin, dazu ausgewählt hatte. Er berichtete von dem kleinen Mann, dem er auf dem Markt in Glastonbury begegnet war, verschwieg jedoch, was dieser über Castanac gesagt hatte. Aber der Zauberer erriet es wohl selbst, denn er sagte: ›Das war Spirrus, den Sie in Glastonbury getroffen haben. Spirrus würde von seiner eigenen Mutter Geld dafür verlangen, wenn sie seine Hilfe bräuchte. Ganz gewiss hat er nichts allzu Freundliches über mich verlauten lassen. Spirrus sagt nie etwas Freundliches über irgendeinen Menschen, es sei denn, derjenige steht vor ihm und soll ihm Geld bezahlen.‹

Goodwin schilderte weiter, wie er Bomstaff in Poole kennen gelernt hatte, und erzählte von dem unglaublichen Zufall mit dem Papagei, von dem sie schließlich angenommen hatten, dass er einmal Castanac gehört haben musste, bevor Bomstaff ihn gekauft hatte. Goodwin erwähnte nicht, dass der Papagei Castanac genannt wurde.

Der Zauberer sagte: ›Das stimmt, dieser Papagei hat mir einmal gehört. Es gibt sicher eine ganze Reihe Papageien, die ihm ähnlich sehen, aber seine vorlauten Bemerkungen lassen keinen Irrtum zu!‹

Castanac sah den Papagei streng an. Unruhig darüber, dass sich plötzlich alle Aufmerksamkeit auf ihn richtete, ordnete der Vogel sein Gefieder, die Sprache hatte es ihm aber trotzdem nicht verschlagen. ›Steck deine Nase in deine eigenen Angelegenheiten!‹, krächzte er. ›Wenn du sie zu weit vorstreckst, kann es sein, dass sie dir abgebissen wird!‹

›Hmmmm!‹, brummte Castanac missmutig. ›Er hat sich nicht zum Besseren verändert, seit ich ihn in Marseille an einen völlig betrunkenen Seemann verkauft habe.‹

Henri und Bomstaff sahen sich an. Jetzt wussten sie, woher eine der Lieblingsphrasen des Papageis stammte!

Castanac fuhr fort: ›Dieser Papagei war schon immer ein ganz unerträglicher Schlauberger, das Schlimmste war jedoch, dass er sich alles aneignete, was man laut sagte und was er zu hören bekam. Ich muss sehr, sehr vorsichtig sein, denn die Dinge, mit denen ich mich beschäftige, können gefährlich sein. Zuletzt konnte ich nicht einmal mehr den Papagei bei mir behalten. Er schwatzte über alles Mögliche zu den unpassendsten Zeitpunkten und Gelegenheiten.‹

Die drei Freunde konnten nur zustimmend nicken.

›Rede nicht über Dinge, auf die du dich nicht verstehst!‹, hielt der Papagei dagegen und wandte Castanac den Rücken zu, als dieser ihn streng ansah.

Als Nächstes beschrieb Goodwin, wie Henri Madame Patan ausfindig gemacht hatte und wie es bei ihrem Besuch bei der Alten zugegangen war.

›Madame Patan kann einem sehr unheimlich vorkommen‹, sagte Castanac – eine maßlose Untertreibung nach Meinung der drei Freunde –, ›aber sie ist längst nicht so schlimm, wie sie sich gibt. Sie verfügt nur über sehr wenig Hexenkraft und ist weitgehend harmlos. In den vielen, vielen Jahren, die sie alleine gelebt hat, ist sie etwas wunderlich geworden, und ihre Spinnen sind heute fast das Einzige, woran sie Interesse hat. Mit ein wenig, nun ja, halbschwarzer Magie gelingt es ihr, sie unnatürlich groß werden zu lassen. Vor den größten von ihnen muss man sich ein wenig in Acht nehmen, aber sie hat solche Angst, ihren Spinnen könnte etwas zustoßen, dass diese doch nie dazu kommen, jemandem ernstlichen Schaden zuzufügen. Tatsächlich habe ich, wie ihr ganz richtig erraten habt, etwa ein halbes Jahr bei Madame Patan gewohnt. Es war nicht gerade der angenehmste Ort, wie ihr euch vorstellen könnt, aber er bot zu dieser Zeit auch viele Vorteile für mich. Ich war gezwungen, in Marseille zu bleiben und die Ankunft einer bestimmten Person abzuwarten, und niemand sollte wissen, dass ich mich dort aufhielt. Alle in der Nachbarschaft fürchteten Madame Patan, sodass tatsächlich niemals jemand auch nur an ihre Tür klopfte, geschweige denn hereinkam. Ein Problem war nur, dass der Papagei keinerlei Angst vor den Spinnen hatte und ständig unverschämte Bemerkungen über sie machte. Schließlich musste ich ihn verkaufen, sonst hätte Madame Patan mich wohl vor die Tür gesetzt!‹

Nun erzählte Goodwin kurz von ihrer Weiterfahrt nach Konstantinopel und wie sie Castanacs Turm gefunden hatten.

›Es war sicher nicht sehr höflich von uns, über den Balkon zu klettern, ohne hereingebeten worden zu sein, aber wir waren nicht sicher, ob Sie uns helfen würden. Außerdem dachten wir, wir könnten die Antworten, nach denen wir suchen, vielleicht in dem großen Buch über die Trolle finden. Henri ist viel gewitzter als ich, und er hatte eine Idee, wie wir dahinter kommen könnten, wo Boffin den Schlüssel zum Schrank versteckt hatte.‹

Castanac hob fragend die Augenbrauen. Er verstand sich nicht besonders auf Kinder und konnte sich kaum vorstellen, dass Henri herausgefunden hatte, wie man mit Boffin umgehen musste, wenn das bisher nicht einmal ihm selbst gelungen war. Goodwin sagte: ›Erzähl doch einfach selbst, wie du den Schlüssel gefunden hast, Henri.‹

Das ließ sich Henri nicht zweimal sagen. Hastig erzählte er, was der Papagei gesagt hatte, wie er den blauen Elefanten benutzt hatte, um Boffin dazu zu bringen, ihn zum Versteck des Schlüssels zu führen, zu der Keksdose. Castanac nickte anerkennend und sagte: ›Du hast wache Augen und einen scharfen und schnellen Verstand, mein Junge.‹

Bomstaff strahlte vor Stolz über sein ganzes, breites Gesicht.

Castanac fuhr fort: ›Ich bin ein Tölpel gewesen! Auch ich habe den Papagei all diese Dinge sagen hören, damals, als er noch bei mir war, doch habe ich nie darauf geachtet, was er sagte! Ich hatte nur Augen für meine Bücher und nicht dafür, was um mich herum vorging. Ich bin nie darauf gekommen, dass Boffin den Schlüssel in der Keksdose versteckt haben könnte oder dass dieser kleine Chiffon-Elefant eines seiner Spielzeuge sein könnte. Ich habe ihn eines Tages oben im Observatorium gefunden, und ohne darüber nachzudenken, habe ich ihn in meine Schublade gelegt und völlig vergessen. Ich verstand überhaupt nicht, warum Boffin auf einmal noch mehr Schabernack mit mir trieb als gewöhnlich. Er vermisste wohl sein Spielzeug und glaubte, ich hätte es ihm weggenommen, um ihn zu bestrafen. Geistesabwesend wie ich war und in meine Arbeiten versunken, habe ich ihn wie ein Kind behandelt und nicht wie einen Troll, der er ist. Obwohl der Papagei die ganze Zeit von dem Schlüssel, dem Elefanten und der Keksdose schwatzte, habe ich doch zwei und zwei nicht zusammengezählt.‹

Castanac sah plötzlich sehr müde aus.

›Ich bin wohl dabei, ein alter Mann zu werden, und allzu viele Dinge plagen mich in meinen Gedanken. Die Welt verändert sich immer mehr, und in den letzten Jahren haben mich mehr Botschaften erreicht als je zuvor. So viele Menschen brauchen meine Hilfe, und überall dringt die Menschheit da ein, wo bislang nur die Geschöpfe und Geister der Vergangenheit, der alten Welt, umgegangen sind. All das kann zu verhängnisvollen Geschehnissen führen, und viele nützliche Dinge und Wissen von ungeheurem Wert können auf ewig verloren gehen. Es ist noch ein sehr, sehr weiter Weg, bis meine Lebensaufgabe erfüllt ist, und ich bin der letzte Sastrafin – der Letzte meines Geschlechts, der zu vollenden hat, was uns vom Schicksal auferlegt wurde.‹

›Patiencen legen!‹, warf der Papagei feierlich ein. Castanac lächelte nur müde.

›Ja, oftmals scheint es mir, es hätte genauso viel Nutzen, wenn ich Patiencen legen würde. Es gibt viel zu viele Dinge auf dieser Welt, als dass ein alter Mann wie ich sich darum kümmern könnte.

Aber genug davon. Ihr seid gekommen, weil ihr etwas über die Trolle erfahren wollt und Rat und Hilfe benötigt. Mit Wissen kann ich euch dienen, ob ich euch aber auch Rat und Hilfe geben kann, ist eine andere Sache. Doch oft erweist sich Wissen als die größte Hilfe, die man bekommen kann, vorausgesetzt, man versteht es zu gebrauchen. Lasst mich also erzählen, wie es dazu kam, dass die Trolle nun am Gramp's Hill bei Compton Basset leben, denn es ist nicht ganz so zugegangen, wie ihr vielleicht glaubt!‹

Hilferuf von der Heide am Blocksberg

Arsène Sastrafin war mein Urgroßvater. Wie ihr in den ersten Kapiteln des siebten Bandes seines großen Buchs über Mystik und Magie ja schon gelesen habt, kam er 1728 zum ersten Mal zum Blocksberg. Eines Abends verirrte er sich draußen in der Heide, und dabei begegnete er auch zum ersten Mal den Trollen.

Obwohl es ein unheimliches Erlebnis ist, von Trollen überrascht zu werden, war es für ihn ein großes Glück, denn es rettete ihm das Leben. In dieser Nacht hatten also die Blocksberg-Wölfe seine Spur aufgenommen. Und das sind keine gewöhnlichen Wölfe, wie man sie anderswo findet! Mein Urgroßvater wusste sehr genau, wie man sich verhält, wenn man Wölfen begegnet, aber das hätte ihm in dieser Nacht kaum etwas genutzt. Hätten die Trolle ihm nicht geholfen und die Wölfe verjagt, wäre er wohl nicht lebend davongekommen!‹

›Aber‹, wandte Goodwin ein, ›den Aufzeichnungen Ihres Urgroßvaters zufolge hatten die Trolle ihm ja alle möglichen Streiche gespielt. Tatsächlich haben sie es ihm sogar schwerer gemacht, vor den Wölfen zu fliehen, als es sowieso schon war. Und in derselben Nacht sind sie dann noch mal zurückgekommen und haben wieder allen möglichen Unsinn mit ihm getrieben.‹

›Ja‹, sagte Castanac. ›Das ist das Merkwürdige an den Trollen. Sie spielen den Menschen allerlei Streiche und ihre Späße richten oft ziemlichen Schaden an. Trotzdem bin ich aufgrund meiner Studien überzeugt davon, dass sie die Menschen gegen wirklich böse Kreaturen immer verteidigen werden. Aber die Trolle denken nur ans Jetzt. Obwohl mein Urgroßvater in dieser Nacht in der Heide von den Wölfen gejagt wurde und obwohl die Situation sowohl für ihn als sicher auch für die Trolle gefährlich war, konnten sie ihren Unfug trotzdem nicht lassen. Ich glaube, mein Urgroßvater hätte sogar leicht in ein Handgemenge mit ihnen geraten können, denn eine kleine Rauferei kommt ihnen meist sehr gelegen. Sie können die Menschen einfach nicht in Ruhe lassen. Aber wenn wir den Kräften der Dunkelheit gegenüberstehen, dann werden die Trolle immer auf unserer Seite sein, glaube ich.‹

Henri nickte, Castanac wurde ihm immer sympathischer.

Dann sagte der Zauberer: ›Wie auch immer, die Trolle als Nachbarn zu haben kann eine schwere Plage sein. Im Buch meines Urgroßvaters findet sich so manch seltsamer Bericht über die Trolle. Ich bin es den Bewohnern von Compton Basset wohl schuldig, euch das ganze Buch lesen zu lassen, aber das kann warten. Hört euch erst einmal den Rest der Geschichte an, wie die Trolle nach Compton Basset kamen.

Mein Urgroßvater und der Jäger, der auf der Heide lebte, Walter Schmidt, wurden gute Freunde. Über zwei Monate wohnte er bei Walter Schmidt, während er all die mystischen Wesen studierte, die sich um den Blocksberg herum aufhalten. Wie ihr in seinen Büchern lesen werdet, waren es oft gefährliche Studien, die er dort draußen betrieb. Mein Urgroßvater studierte auch die Trolle, und zusammen mit Walter Schmidt drang er sehr weit in die Höhlen und Gänge unter dem Blocksberg vor, wo die Trolle herkamen. Tief unten im Berg fanden sie eine Tropfsteinhöhle mit großen kostbaren Gesteinen, die aus der Zeit vom Beginn der Welt stammen mussten. Ganz oben in einer der Tropfsteinsäulen saß ein großer, schwarzer Kristall, beinahe so, als habe ein Goldschmied einen Edelstein in einen Ring eingesetzt. Direkt darüber, in der Decke der Höhle, ist eine Spalte, die sich durch den kompletten Felsen bis hin zur Flanke des Berges zieht. Wenn der Mond auf seiner Bahn so steht, dass sein Lichtschein durch die Spalte auf den schwarzen Kristall fällt, geschieht etwas Wundersa-

mes. Der Kristall beginnt zu glühen, und kurz danach strahlt er ein blaues Licht aus, so klar und wunderschön, dass man seinen Blick nicht davon lösen kann, bevor es langsam wieder erlischt. In diesen Nächten versammeln sich alle Trolle dort unten in der großen Höhle. Wenn der Kristall anfängt zu glühen, sitzen sie ganz still da und schauen in das wunderbare blaue Licht, das von ihm ausgeht. Mein Urgroßvater hat es nur einmal gesehen, und in seinem Buch könnt ihr lesen, wie viele Gefahren damit verbunden waren, dass er dieses wundervolle Schauspiel miterleben durfte – aber das ist eine Geschichte für sich, und es würde zu lange dauern, sie zu erzählen.

Mein Urgroßvater fand nie heraus, woher die Trolle kamen oder ob sie schon immer in der Gegend um den Blocksberg gelebt hatten. Sein Leben lang blieben ihm die Trolle ein Rätsel. Vielleicht hat er ihnen nie genug Zeit gewidmet, um ihrer Vorgeschichte und ihrem Verhalten auf den Grund zu gehen. Die Trolle sind auf ihre Art charmante und gleichzeitig nicht ganz ungefährliche Spaßvögel, aber sie erschienen ihm wohl nicht so wichtig wie viele der anderen Wesen, die wirklich aus dem Dunkel der Welt stammen und daher eine viel größere Gefahr für die Menschen darstellen. Auch ich habe die Trolle nie als besonders wichtig für diese Welt angesehen, aber die Begebenheiten der letzten Jahre haben gezeigt, dass dies ein furchtbarer Irrtum war!

Vor ungefähr zehn Jahren erreichte mich ein Brief aus der Heide am Blocksberg. Walter Schmidts Urenkel wohnt immer noch in der Heide, und der Brief kam von ihm. Seit der Zeit unserer Urgroßväter hatten deren Nachkommen den Kontakt zueinander aufrechterhalten, und so wusste Albert Schmidt, wo er mich erreichen konnte. Vor vielen Jahren besuchte ich Albert in der Heide. Und obwohl wir uns schon eine lange Zeit nicht mehr gesehen hatten, als ich den Brief bekam, hatte ich doch immer daran geglaubt, dass die Gelegenheit kommen würde, meinen guten Freund wiederzusehen. Aber die Jahre vergingen, und es gab mehr und mehr Dinge, um die ich mich kümmern musste.

Zuerst war ich sehr froh, als ich wieder einen Brief von ihm erhielt. Aber als ich ihn öffnete und las, was da stand, beunruhigte mich das mehr als alles andere, was in der Welt vorging und worüber andere Freunde mir geschrieben hatten. Es ist wohl das Beste, wenn ich euch den Brief vorlese. Es wird euch helfen, das zu verstehen, was seitdem passiert ist.‹

Castanac wandte sich an Henri.

›Du bist ein gescheiter Junge, mein Freund. Drüben in dem großen Schrank steht eine Mappe aus Leder, in der meine Briefe sind. Würdest du sie mir holen?‹

Henri nahm vorsichtig die fein gearbeitete Mappe und brachte sie Castanac. Der Zauberer sah Henri direkt in die Augen, als er die Mappe entgegennahm.

›Danke!‹, sagte er, und für einen kurzen Moment war ein warmer Schimmer in seinen Augen zu sehen. Dann öffnete er die Mappe und las ihnen Albert Schmidts Brief vor:

Heide am Blocksberg, den 20. September 1852

Mein lieber Freund Castanac.

Es ist leider schon viel zu lange her, dass ich geschrieben habe. Viele Dinge haben meine Gedanken und meine Zeit in Anspruch genommen, und erst jetzt sehe ich ein, dass ich gerade deswegen schon früher hätte schreiben sollen. Nun hoffe ich nur, dass es nicht zu spät sein wird.
In den letzten Jahren hat sich das Leben auf der Heide sehr verändert. Fast alle anderen Menschen sind fortgezogen, und selbst ich werde immer öfter von den Wölfen angegriffen.
Mein lieber Freund, ich habe wohl zu lange in der Vergangenheit gelebt. Erst gestern wurde mir klar, was hier vorgeht. Zum ersten Mal seit vielen Jahren bin ich wieder zur Nordseite des Blocksbergs hinaufgegangen.
Die Ewigen Weiden sterben.

Albert

Über Stock und Stein

Castanac faltete Albert Schmidts Brief wieder zusammen. Seine Augen funkelten vor Zorn bei dem Gedanken an die Ereignisse auf der Heide am Blocksberg, obwohl seitdem zehn Jahre vergangen waren.

›Wie gesagt beunruhigte mich Alberts Brief zutiefst. Er ist ein rechter Nachkomme seines Urgroßvaters, ein großer, kräftiger Mann, der weder Tod noch Teufel und kein Wesen auf dieser Erde fürchtet. Wie sein Urgroßvater hatte auch Albert seine jungen Jahre als Jäger in den kalten Wäldern Russlands zugebracht, wo der gefährliche Braunbär herrscht. Aber auch ihm setzte die endlose Mauer aus dicht an dicht stehenden Bäumen zu, und deshalb kehrte er eines Tages zurück auf die Heide am Blocksberg, wo kein Wald den Blick verstellt und man sehen kann, so weit das Auge reicht. Heute wohnt er genau da, wo einmal Walter Schmidts Jägerhütte stand, und ich glaube, Alberts Hütte sieht nicht sehr viel anders aus als die seines Urgroßvaters.

Alle Geschöpfe in der Heide respektieren und fürchten Albert. Sogar die Wölfe achten darauf, ihm nicht zu nahe zu kommen, denn sie wissen, dass die Begegnung mit ihm für sie tödlich enden kann. Auch die Trolle respektieren ihn. Man könnte meinen, sie hätten eine Art stille Übereinkunft mit ihm getroffen, doch können sie es selbst bei ihm nicht lassen, ihren Unfug zu treiben, wenn sich mal eine günstige Gelegenheit dazu ergibt. Aber das Erstaunlichste ist doch, dass nicht einmal die Hexen Albert einschüchtern können. Zumeist tut er so, als seien sie gar nicht da, und weil sie ihm keine Angst einzujagen vermögen, können sie ihm auch keinen Schaden zufügen.

Daher war ich sehr besorgt, als ich erfuhr, dass die Wölfe Albert immer häufiger angriffen. Das konnte nur eines bedeuten: Die finsteren Kreaturen der Heide fühlten, dass ihre Macht wuchs. Und als ich las, dass die Weidenbäume starben, wurde mir klar, meine Vorväter und ich waren blind gewesen in unserem Bemühen, all die mystischen Dinge zu erforschen, die sich auf der Heide zutrugen!‹

Castanac stand auf und ging im Zimmer auf und ab, während er weitersprach. Sein Bart und seine struppigen Augenbrauen zitterten vor Wut und Aufregung.

›In all den Jahren hatten wir die Wölfe und Hexen studiert, denn wir dachten, wenn wir mehr über sie wüssten, wären wir besser im Stande, sie zu bekämpfen. Aber mit einem Mal begriff ich, dass die Hexen uns alle, sowohl mich als auch Arsène Sastrafin und alle meine anderen Vorfahren, mit ihrer Schwarzen Kunst in eine Falle gelockt hatten.

Die Weidenbäume, die Ewigen Weiden auf der Nordseite des Blocksbergs starben! Wir vergeudeten unsere Zeit mit Wölfen und Hexen, mit all dem Bösen, das in der Heide sein Unwesen treibt, und übersahen dabei völlig die guten Kräfte, die ebenfalls dort lebten. Und diese Kräfte waren sehr viel wichtiger, als wir glaubten, denn sie hielten die dunklen Mächte in Schach. Jetzt verstand ich, dass die Ewigen Weiden Schutz und Zuflucht für die Trolle waren. Wo die Weidenbäume stehen, kann nichts, das wirklich böse ist, eindringen. Und die Trolle ... sie sind die einzigen Wesen, die die Hexen nicht in Angst versetzen und deshalb auch nicht verzaubern können, denn die Trolle denken nur an das, was im selben Moment geschieht, nicht an die Zukunft. Und deshalb haben sie auch keinen Respekt und keine Angst vor irgendeinem Geschöpf auf dieser Erde.

Die Hexen hatten unsere Aufmerksamkeit absichtlich auf sich gelenkt und uns zum Narren gehalten. Unser Interesse und unsere Studien stellten für sie keinerlei Gefahr dar, das erleichterte es ihnen sogar, uns hinters Licht zu führen. Und unterdessen sorgten sie irgendwie dafür, dass die Ewigen Weiden verendeten, denn waren erst die Tage der Weidenbäume gezählt, hatte auch den Trollen die letzte Stunde geschlagen.

Nachdem ich Alberts Brief gelesen hatte, kreisten meine Gedanken nur noch darum, wie die Hexen uns hereingelegt hatten, und plötzlich fühlte ich mich sehr alt und sehr müde. Die Hexen hatten erreicht, was sie wollten. Doch mir war klar, dass ich einen letzten Versuch unternehmen musste, um zu retten, was zu retten war. Sonst würde all meine jahrelange Arbeit – und die meiner Vorväter – vergebens gewesen sein. Und mir war klar, dass jede Stunde kostbar war!

Also nahm ich meine große Tasche und stopfte einfach alles hinein, wovon ich meinte, dass es mir nützlich sein könnte. Ich schrieb auch keine Antwort an Albert, denn ich würde schneller sein und früher am Blocksberg eintreffen als der Brief.

So zog ich los, und diesen Tag werde ich niemals vergessen. Nicht einmal eine Stunde war vergangen, seit Alberts Brief angekommen war, als ich den Schlüssel in der Tür zu meinem Turm herumdrehte. Tagsüber reiste ich ununterbrochen, und wenn es sich machen ließ, auch die Nacht hindurch. Viele Nächte verbrachte ich in Postkutschen, die über unebene Wege rumpelten, alleine mit meinen Befürchtungen, ich würde zu spät kommen. Eines Nachts, als wir gerade das unwegsamste Stück Ungarns durchquerten, wurde die Postkutsche in einem der großen Wälder von einer Räuberbande zum Anhalten gezwungen. Meine Wut war grenzenlos, und ich verabreichte den Schurken eine Kostprobe der Kräfte Castanacs!

Schließlich, nach der längsten und schwersten Reise meines Lebens, kam ich endlich nach Sachsen in Deutschland. Doch es war nicht leicht, in der Stadt einen Kutscher zu finden, der bereit war, mich zur Heide am Blocksberg zu bringen. Mit Hilfe einer erklecklichen Extrabezahlung glückte es mir zuletzt doch, einen von ihnen dazu zu bewegen. Es war schon spät am Tag, und ich wusste, dass jeder Kutscher, Extrabezahlung hin oder her, rechtzeitig umkehren würde, um vor Ein-

bruch der Dunkelheit zurück in der Stadt zu sein. Also fuhren wir drauflos, was das Zeug hielt, hinaus auf die Heide. Ich saß da und sah durch das Fenster auf die Landschaft, die ich so gut kannte und deren grässliche Bewohner meine Vorfahren so lange und mit so viel Mühe und Entbehrungen studiert hatten. Stets blies hier ein heftiger Wind, ja beinahe ein Sturm, wenn die Sonne untergegangen war, und die Heide war karg und abweisend. Und trotzdem konnte ich sehen, dass sich vieles verändert hatte. Die wenigen Häuser, an denen wir vorbeikamen, waren verlassen und verfallen, und nirgendwo war die Spur eines Menschen zu entdecken. In der Ferne erhob sich der Blocksberg, und mir kam es vor, als seien seine Hänge schwärzer als je zuvor.

Mit meinen eigenen Augen konnte ich mich davon überzeugen, dass Albert nicht übertrieben hatte, als er schrieb, dass sich das Leben auf der Heide verändert habe. An vielen Stellen war die Heide versandet, und die wenigen Pflanzen, die überhaupt noch übrig geblieben waren, sahen vertrocknet und verbrannt aus. In früheren Jahren waren hunderte von Hasen im Heidekraut herumgesprungen, doch jetzt sah ich nur hier und da einen, der schnell von einem Loch zum nächsten huschte. Nach meiner langen Reise kam ich schweren Gemüts an Albert Schmidts Hütte an.

Es war nur noch gut eine Stunde bis Sonnenuntergang, und der Kutscher wollte nicht einmal solange warten, bis ich zur Hütte gegangen war und angeklopft hatte.

Wenn ich Sie wäre, sagte er, dann würde ich auf der Stelle kehrtmachen und mit zurückfahren! Die Hütte sieht verlassen aus, und in einer Stunde geht die Sonne unter. Aber Sie müssen sich entscheiden, und zwar jetzt sofort, denn ich fahre zurück, was die Pferde laufen können!

Ich lächelte nur über den Vorschlag, dass ich, Castanac Bernard Lionel Sastrafin, tausendfünfhundert Meilen gefahren sein und zwei Wochen lang Tag und Nacht in schwankenden Postkutschen verbracht haben sollte, um nun wieder mit zurück zur Stadt zu kommen. Ich bezahlte den Kutscher und wünschte ihm eine gute Heimfahrt.

Dann ging ich zu Albert Schmidts Hütte, und ich musste zugeben, dass der Kutscher Recht gehabt hatte. Sie sah leer und unbewohnt aus. Ich klopfte an die Tür, doch meine angsterfüllten Ahnungen wurden bestätigt. Niemand öffnete, und als ich um die Hütte herumging und durch die kleinen Fenster hineinsah, konnte ich keine Spur von Albert entdecken. Auch deutete nichts darauf hin, dass er vor kurzem noch hier gewesen wäre. Kein Feuer im Kamin, nicht einmal Glut.

Ich ging wieder zur Tür und versuchte, ob ich sie vielleicht aufbekommen könnte, falls Albert nicht vor Anbruch der Nacht zurückkehren sollte. Ich wusste nur zu gut, dass es sehr unvorsichtig von mir gewesen war, hierher zu kommen, ohne Albert vorab zu benachrichtigen. Und es zeigte sich, dass die Tür sorgfältig verschlossen war, ganz so, wie ich es erwartet hatte.

Da stand ich also, und es war nur noch wenig Zeit, dann würde die Sonne ihre letzten Strahlen über die Heide werfen, und keine Spur von Albert Schmidt. Die Heide am Blocksberg ist eine finstere und feindliche Gegend, und Alberts Hütte war stets wie eine Oase in der Wüste gewesen, warm und gemütlich und sicher. Doch jetzt meinte ich zu spüren, dass das kleine Haus seine Magie verloren hatte, und ich war ernstlich besorgt darüber, wo Albert sein konnte. Er hatte ja geschrieben, dass die Wölfe ihn immer öfter anfielen. In diesen Zeiten konnte es sogar für Albert Schmidt gefährlich sein, sich nach Einbruch der Dunkelheit außerhalb der Hütte aufzuhalten.

Im letzten Tageslicht sah ich mich nach allen Seiten um in der Hoffnung, Albert auf dem Weg zurück zur Hütte zu erspähen. Aber so weit das Auge reichte, war nichts zu sehen, was sich bewegte. Ich setzte mich auf die kleine Bank, die neben der Tür zu Alberts Hütte steht, zündete meine Lampe an und wartete.

Kurz darauf rührte sich etwas auf der anderen Seite neben der Tür. Ich leuchtete dorthin und sah eine Maus, die zwischen zwei Löchern in einem der Holzbalken hin und her flitzte. Das beruhigte meine Gedanken ein wenig, denn die Maus war ein Anzeichen dafür, dass etwas an Alberts Hütte immer noch so war, wie ich es kannte. Als ich die Lampe so drehte, dass sie die Hütte beleuchtete, entdeckte ich jetzt allerdings noch etwas anderes, das mir das Blut in den Adern erstarren ließ. Die Eingangstür war fürchterlich zugerichtet, so, als habe ein Wesen mit sehr großen Zähnen versucht, in die Hütte einzudringen. Es gab keinen Zweifel: Die Wölfe waren hier gewesen! Das wäre in früheren Tagen nie geschehen, dazu hatten sie zu großen Respekt vor Albert. Meine Sorge um ihn wurde immer größer, doch sollte ich sehr schnell auf andere Gedanken kommen, denn als ich mich zur Tür beugte, um sie genauer in Augenschein zu nehmen, legte sich wie aus dem Nichts eine eiskalte Hand auf meine Schulter, und eine heisere Stimme flüsterte: In dieser Hütte wohnt niemand mehr. Was nützt es, hier zu warten? Komm lieber mit mir!

Düstere Zeiten

Eine entsetzliche Gestalt, eine Hexe, hatte sich bis zur Hütte geschlichen und ihre knochigen Arme um mich geschlungen. Ich spürte, wie ihre Fingernägel meine Kleider durchdrangen, und fühlte den beißenden, aber süßen Schmerz von Gift, als sie sich in meine Haut bohrten. Sie war grau wie Asche, beinahe durchsichtig, und ihr heuchlerisches Lächeln verriet, dass sie sich sicher war, mich in ihre Macht zu bekommen. Doch da kannte sie Castanac schlecht, wenn sie glaubte, ich würde mich von ihren Tricks beeindrucken lassen! Ich versuchte, sie abzuschütteln, und sagte: …‹

›Hallo, Schätzchen, hast du Lust auf ein Tänzchen?‹, unterbrach ihn der Papagei von seinem Platz auf Hectors Kopf aus.

›Wie bitte? Was?‹, rief Castanac überrascht. ›Na … wieder einmal dieser unmögliche Vogel! Aber um die Wahrheit zu sagen, geschah genau dasselbe damals auch. Tatsächlich hatte ich den Papagei erst kurz bevor mich Alberts Brief erreichte gekauft, und ich hatte keine andere Wahl, als ihn auf die Reise mitzunehmen. Und so kam es, dass er der Hexe antwortete, und zwar ganz genauso wie gerade eben. Seine Antwort war so albern, dass ich laut lachen musste. Das brach die Magie der Hexe, und sie ließ mich los. Wut packte sie, und sie fuchtelte wild in der Luft herum und kreischte: Freches Vieh! Ich werde dich lehren, so mit einer alten Frau zu sprechen. Nie mehr wirst du deinen Schnabel öffnen!

Damals kannte ich den Papagei glücklicherweise noch nicht so gut, sonst hätte ich mir das Angebot wohl überlegt! Die Hexe wandte sich jedoch sehr schnell wieder zu mir und versuchte, mich in ihren Bann zu schlagen, so wie es die Blocksberg-

Hexen immer tun. Sie streckte ihre Hand nach mir aus, ihre Augen wollten mich hypnotisieren, und sie flüsterte: Nimm meine Hand, guter Mann, was bleibt dir zu so später Stunde anderes übrig, allein und in der Dunkelheit auf der Heide? Komm mit mir, sonst reißen die wilden Wölfe dich in Stücke. Folge mir, es nützt nichts, zu warten. Bald werden alle meine Schwestern hier sein, und dann wirst du ohnehin mit uns gehen müssen.

Ich bot all meine Kraft auf, um ihrem Blick zu widerstehen, und suchte in meiner Tasche nach meinem Lichtpulver, das möglicherweise sogar eine Blocksberg-Hexe in die Flucht schlagen konnte. Doch brauchte ich es gar nicht, denn in diesem Moment war hinter der Hexe eine kräftige Stimme zu hören: Guten Abend, Mütterchen. Ist es für so eine alte Frau wie dich nicht viel zu spät, sich noch hier draußen auf der Heide herumzutreiben?

Es war Albert Schmidt. Sein Jagdanzug aus Hirschleder war an vielen Stellen zerrissen und zerfetzt, wie nach einem Kampf, und er blutete aus einigen Schürf- und Bisswunden. Doch aus seinem Gesicht sprachen unbändige Kraft und Entschlossenheit.

Aber Mütterchen, was trägst du denn für Lumpen am Leib?, sagte er. Der Wind muss ja nur so durch dich hindurchfegen. Wie gut, dass ich etwas dabei habe, aus dem du dir einen ordentlichen Umhang nähen kannst. Hier, nimm nur! Ein Geschenk von Albert Schmidt!

Mit diesen Worten nahm Albert ein Fell von der Schulter und warf es der Hexe zu, die wie gebannt dastand. Erst als es in ihren knochigen Armen landete, verzog sich ihr Gesicht in fürchterlichstem Schrecken, und sie öffnete den Mund, um zu schreien, brachte aber keinen Laut hervor. Es war das Fell eines Blocksberg-Wolfes!

Schau her, Mütterchen, ich habe noch mehr davon, sagte Albert. Grüß deine Schwestern und sage ihnen, dass Albert Schmidt auch ihnen gerne solch ein Wolfsfell beschafft, jeder einzelnen von ihnen!

Albert schwang noch ein paar weitere Wolfsfelle von seiner Schulter und schleuderte sie vor der Hexe auf die Erde. Erst jetzt schien Leben in sie zurückzukehren! Sie schüttelte das Fell ab, als habe sie sich daran verbrannt, und laut kreischend und zeternd fuhr sie über die Heide davon, so schnell der Wind sie tragen konnte.

Zwar waren mir Alberts Mut und Geschicklichkeit bei der Jagd keineswegs neu, doch an diesem Abend versetzte er mich dennoch in Erstaunen. Er streckte mir seine große Hand entgegen.

Castanac, mein Freund. Bist du also gekommen, sagte er nur.

Ich habe mich sofort auf den Weg gemacht, nachdem ich deinen Brief bekommen hatte, antwortete ich, und er nickte.

Drinnen in der Hütte verschloss Albert die Tür sorgfältig und hängte den Querbalken ein. Dann ging er zum Kamin und zündete ein Feuer an, bevor er eine dieser Mahlzeiten zubereitete, wie es sie wohl nur in seiner Hütte gibt. Er trocknet und würzt sein Fleisch selbst, backt auch selbst Brot. Dazu gibt es warmen Holunderblütentee. Es ist eine einfache, aber wunderbare Mahlzeit, besonders dann, wenn man in seiner kleinen, behaglichen Hütte sitzt und draußen der Wind heult. Eine kurze Weile schien es, als sei alles so, wie es immer gewesen war, und ich glaube, wir dachten beide zurück an die Zeit viele Jahre zuvor, als wir so manche Mahlzeit wie diese in der kleinen Hütte zu uns genommen hatten, damals noch als junge Männer. Doch war uns nur zu gut bewusst, dass das Leben auf der Heide dabei war, sich zu verändern, und dass uns nur wenig Zeit blieb.

Er sagte: Die Wölfe waren die letzten Nächte sehr streitsüchtig. Einige haben versucht, in die Hütte einzudringen. Es war höchste Zeit, ihnen eine Lehre zu erteilen!

Ich fragte nicht, worin diese Lehre bestanden hatte, die drei Wolfsfelle sprachen für sich. Es war ein harter Kampf gewesen, das war deutlich zu sehen, doch mit dem schlechteren Ende für die Wölfe.

Wie steht es um die Trolle?, fragte ich. Kommen sie den Menschen immer noch zu Hilfe, wenn Wölfe und Hexen in der Nähe sind?

Die Trolle werden immer schwächer!, sagte Albert finster. Es sind nur noch sehr wenige von ihnen übrig, und sie sind sehr klein. Sie wachsen nicht mehr und verlassen ihre Höhlen unter dem Blocksberg nur noch, um nach den Weidenbäumen zu sehen. Ich habe mich auf der Nordseite des Berges versteckt und sie beobachtet. Stundenlang irren sie traurig zwischen den faulenden Bäumen herum. Sie wimmern und befühlen vorsichtig die großen Stämme, in der Hoffnung auf ein Lebenszeichen, mag es auch noch so klein sein. Aber die Bäume sind tot!

Zwar hatte mich Alberts Brief darauf vorbereitet, dass die Dinge auf der Heide schlecht standen, doch das waren tatsächlich düstre Neuigkeiten. Die Natur war aus dem Gleichgewicht geraten, möglicherweise für immer. Vielleicht hätte ich es verhindern können, hätte ich nicht vergessen, mich um die Geschöpfe zu kümmern, die das Böse in Schach hielten. Die

Trolle schienen so unbedeutend zu sein, immer nur darauf aus, Scherereien und Ärger zu machen – jetzt endlich begriff ich, dass sie viel wichtiger waren, als ihr plumpes Äußeres und ihr albernes Verhalten es vermuten ließen. Und ich erkannte, dass es die wundersamen Weidenbäume waren, die vor den Eingängen zu den Höhlen der Trolle auf der Nordseite des Blocksbergs wuchsen, die den Trollen ihre Lebenskraft spendeten. Die Weiden hatten immer sehr alt ausgesehen, doch veränderten sie sich mit den Jahren nicht. Nach einer gewissen Zeit wuchsen sie nicht mehr und brachten auch keine neuen Triebe mehr hervor. Deshalb nannten wir sie die Ewigen Weiden, doch nun waren sie tot, und mit ihnen schwanden auch die Kräfte der Trolle. Es sah tatsächlich so aus, als sei ich zu spät gekommen. Es gab nur noch eines zu tun.

Morgen, noch vor dem ersten Tageslicht, müssen wir hinüber zum Blocksberg, auf die Nordseite, sagte ich, und Albert nickte.

Die Höhlen unter dem Blocksberg

Es war noch vor dem Morgengrauen, als mich Albert Schmidt am nächsten Tag weckte. Draußen war es stockdunkel, und ein schneidend kalter Wind fegte über die Heide. Albert trug bereits seinen Jagdanzug und sah aus, als sei er auf alles vorbereitet, was uns begegnen könnte. Ein breiter Gürtel lag um seine Hüften, und einen weiteren hatte er quer über die Schulter gehängt. Genau so hatte auch Walter Schmidt immer seine Gürtel getragen, wie mein Urgroßvater Arsène Sastrafin berichtet hat. Albert hatte sich alle sechs Jagdmesser seines Urgroßvaters in die Gürtel gesteckt.

So zogen wir an diesem bitterkalten Morgen über die Heide. Bald kündigte ein roter Schein am Horizont an, dass der Tag anbrach, und ich konnte das schwarze Massiv des Blocksbergs erahnen, das sich vor uns erhob. Als sich das Tageslicht über der Heide ausgebreitet hatte, waren wir am Berg angekommen. Es gibt keine Wege hinauf auf den Blocksberg, denn niemand wandert freiwillig dort umher. Wir gingen am Fuß des Berges entlang. Das Gelände ist nur schwer zugänglich, dichtes Gebüsch und viele Spalten erschwerten uns den Weg, und es dauerte seine Zeit, auf die Nordseite des Berges zu kommen, aber wir waren fest entschlossen, nicht aufzugeben. Es war noch früh am Morgen, als wir unser vorläufiges Ziel erreichten. Hier begannen wir den Aufstieg. Der untere Teil des Berges ist sehr steil, und die Hänge sind hier überall mit Geröll bedeckt, sodass es ein hartes Stück Arbeit ist, hinaufzukommen. Erst nach über einer Stunde hatten wir diesen Abschnitt hinter uns gebracht und kamen auf eine Ebene. Hier ist der Berg beinahe so flach wie eine Untertasse, doch dahinter schießt eine mächtige schwarze Wand fast senkrecht nach oben. Und hier wuchsen die Ewigen Weiden, und hinter ihnen in der steilen Felswand gibt es einige Spalten. Das sind die Eingänge zu den Höhlen der Trolle, die tief in den Berg hineinführen, bis man mitten unter ihm ist.

Es war ein trauriger Anblick, der sich uns bot. Die Ewigen Weiden hatten ihre Blätter verloren und streckten ihre nackten Äste in den grauen Himmel. Die einst so kräftigen Stämme waren übersät mit grünen und schwarzen Algen und Pilzen. Einige Bäume, deren Holz einmal so hart gewesen war, dass keine Säge oder Axt ihnen etwas anhaben konnte, waren bereits umgefallen. Von ihnen waren nur noch die Wurzeln übrig, die sich krampfhaft in der Erde festklammerten, doch waren auch sie schon morsch und halb verrottet und faulten unaufhaltsam dahin.

Ich fühlte eine tiefe Trauer, als ich diese wunderbaren Bäume so schändlich zerstört und verfallen dort liegen sah, und ich dachte daran zurück, wie ich sie viele Jahre zuvor zum ersten Mal gesehen hatte. Damals hatten die Weiden noch genau so dort gestanden, wie mein Urgroßvater Arsène Sastrafin sie beschrieben hatte. Was war mit ihnen geschehen? Darüber konnte ich nur Vermutungen anstellen, und trotz meiner Trauer und meiner Wut war mir klar, dass es nicht viel nützen würde herauszufinden, welche bösen Kräfte dieses Unheil verursacht hatten. Jetzt galt es zu retten, was noch zu retten war!

Ich hatte genug gesehen. Kein einziges grünes Blatt war zu finden, und es war klar, dass es keine Hoffnung gab, die Bäume zu retten. Also gingen wir weiter, um nach den letzten Trollen zu suchen, und schoben uns durch die nächstgelegene Spalte in den Berg hinein. Als wir drinnen waren, zündete ich meine Lampe an. Um die Trolle nicht zu erschrecken, hatte ich ein Licht mit einer bläulich brennenden Flamme mitgebracht. Ihr habt vielleicht bemerkt, dass Trolle von fast allem wie magisch angezogen werden, was blau ist, besonders von blauem Licht. Das kommt wohl von dem blauen Licht, das der schwarze Kristall ausstrahlt, wenn der Mondschein auf ihn fällt.‹

Goodwin und Bomstaff dachten schon überhaupt nicht mehr an den blauen Elefanten, aber Henri sagte sofort: ›Ja, natürlich, das ist ganz bestimmt auch der Grund dafür, dass Boffin so gerne mit dem blauen Elefanten spielt.‹

›Blauer Elefant?‹, sagte Castanac. ›Ich kann mich nicht erinnern, einen Elefanten gesehen zu haben, und das ist ja nun eigentlich ein Tier, das man in einem Turm wie diesem kaum übersehen kann. Wo soll er denn sein?‹

›In der Keksdose!‹, sagten Henri und der Papagei wie aus einem Mund.

Castanac schüttelte verwirrt den Kopf. Erst als Henri ihm erklärt hatte, wie alles zusammenhing, sagte er: ›Ach so! Die kleine Chiffon-Figur hatte ich völlig vergessen. Ich kann mir solche Kleinigkeiten nicht mehr merken, auch wenn sie manchmal sehr wichtig sein können. Aber lasst mich jetzt weitererzählen.

Im blauen Schein meiner Lampe bewegten wir uns weiter auf die Mitte des Berges und auf die großen Höhlen der Trolle zu. Das erste Stück mussten wir durch enge Spalten und Felsklüfte kriechen. An vielen Stellen war es so eng, dass wir schon glaubten, wir kämen nicht weiter. Aber jedes Mal, wenn wir uns hindurchgezwängt hatten, wurde der Gang wieder breiter und höher. Endlich kamen wir in eine Art Tunnel, in dem der Boden einigermaßen flach und die gewölbte Decke so hoch war, dass wir uns aufrichten konnten. Wir hatten einen der Gänge der Trolle gefunden.

Ich streckte die Hand mit der Lampe vor, aber in dem schwachen Licht konnten wir nur ein paar Schritte weit sehen. Nichts als nackte Felswände erstreckten sich vor uns, kein Laut war zu hören. Zwar hatte ich nicht erwartet, dass uns die Trolle entgegengelaufen kämen, aber es war schon merkwürdig, dass wir so weit in den Berg vordringen konnten, ohne auch nur die geringste Spur von ihnen zu finden. Normalerweise sind sie sehr wachsam.

Ich glaube, die Trolle kommen bei Tag nur selten so weit heraus wie bis hier, sagte Albert. Sicher erriet er meine Gedanken. Und er fügte hinzu: In den letzten Jahren habe ich keinen einzigen Troll mehr draußen in der Heide gesehen.

Ich vermutete etwas noch Schlimmeres. Aber ich fragte Albert nicht, wann er zum letzten Mal einen Troll gesehen hatte.

Wir gingen weiter. Kurz darauf kamen wir an eine scharfe Biegung, und von hier aus fiel der Gang steil ab. Der Boden war sehr uneben, beinahe wie eine grobe, unregelmäßige Treppe, die hinunter in die Tiefe führte. Wenig später bog der Gang in die entgegengesetzte Richtung und führte weiter steil nach unten. Bald war es uns unmöglich zu sagen, in welche Richtung wir uns gerade bewegten. Wir behielten die Wände auf beiden Seiten im Auge, denn aus den Aufzeichnungen meines Urgroßvaters wusste ich, dass wir bald an vielen Öffnungen vorbeikommen mussten, die in andere Gänge führen. Sie sind von großem Vorteil für die Trolle, weil sie so eng sind, dass Menschen oder Tiere sich kaum hindurchzwängen können, während die Trolle ganz leicht hineinschlüpfen. Wenn also jemand hinter ihnen her ist, können sie sich einen Vorsprung verschaffen, indem sie von einem Gang in den anderen wechseln. Wir wussten beide, dass die Öffnungen zu den anderen Gängen manchmal sehr schwer zu finden sind, und gingen deshalb nur langsam weiter, um nicht an ihnen vorbeizulaufen, ohne sie zu bemerken. Ich beugte mich weit nach vorn, um die Wände besser beleuchten zu können, aber ich glaube, ich hätte die Öffnungen trotzdem nicht gesehen, wenn mein Licht sich nicht plötzlich in einem Paar großer Augen gespiegelt hätte, die uns aus einem anderen Gang anschauten. Es war nur eine Sekunde, dass ich den Widerschein sah, dann waren die Augen verschwunden. Jetzt wusste ich, dass es zumindest hier unten im Berg immer noch Trolle gab.

Wir krochen durch die Öffnung in den nächsten Gang und setzten unseren Weg fort. Jetzt ging es noch steiler nach unten, aber nachdem wir um die nächste Biegung herum waren, kamen wir endlich in eine Höhle. Riesige Tropfsteinsäulen waren zu sehen, und man konnte das Geräusch der Tropfen hören, die sich langsam von der Decke lösten, auf die Säulen fielen und an ihnen herunterliefen. Es schien, als käme ihr Echo von weit her zu uns herüber. Drüben auf der anderen Seite der Höhle führte ein weiterer Gang noch tiefer in den Berg. Es gibt unzählige Höhlen unter dem Blocksberg, und ich kann nicht mit Sicherheit sagen, durch wie viele wir gegangen sind.

Schließlich kamen wir in einen niedrigen Gang, in dem nur die Trolle aufrecht hätten gehen können. Als wir ihm vornübergebeugt ein Stück weit gefolgt waren, schwanden die Wände auf beiden Seiten und wir blieben stehen. Von weit, weit her hörten wir den klaren Laut von Tropfen, wie Musik, die uns erzählte, dass wir in eine riesige Tropfsteinhöhle gekommen sein mussten. In dem großen, dunklen Gewölbe hört es sich an wie Perlen, die auf Glas fallen. Die Tropfen in einer solchen Höhle können ganz eigenartige Laute hervorbringen, eine Musik, die seit Anbeginn der Zeiten erklingt.

Ich löschte meine Lampe, und wir standen ganz still da, während sich unsere Augen an das schwache Licht der Höhle gewöhnten. Nach und nach konnten wir die Größe der Höhle erkennen, denn sie wurde von einem ganz schwachen blauen Schimmer erhellt, der von den vielen Tropfsteinsäulen ausging. Vielleicht kommt das vom Schein des schwarzen Kristalls, der sie tausende von Jahren hindurch beleuchtet hat, sodass sie für immer bläulich schimmern. Wir hatten die große Höhle der Trolle gefunden.

Aber selbst hier waren nur wenige Trolle zu sehen, und sie waren alle sehr klein. Einem erwachsenen Mann reichten sie kaum bis zum Knie. Zwischen den Tropfsteinsäulen saßen sie einfach nur da, ließen die Ohren hängen und blickten mit traurigen Augen zur Mitte der Höhle, wo die riesige Tropfsteinsäule stand. Aber der schwarze Kristall war verschwunden!

Ein Splitter und ein hungriger Papagei

Die Weidenbäume waren tot, der schwarze Kristall gestohlen. Es schien keine Hoffnung mehr für die wenigen Trolle zu geben, die noch unter dem Blocksberg lebten. Ich wusste nur allzu gut, dass es meine Pflicht war, sie zu retten oder es wenigstens zu versuchen. Doch es sah so aus, als sei ich zu spät gekommen. Was konnte ich überhaupt noch tun?

Unten in den Höhlen bleiben, um die letzten Trolle zu beschützen und ihnen zu helfen, sich gegen die Hexen zu verteidigen, konnte ich nicht. Und selbst wenn ich es getan hätte, selbst mit Albert an meiner Seite, war ich mir überhaupt nicht mehr sicher, dass wir gegen die dunkle Macht, welche die Trolle besiegt hatte, würden bestehen können. Auch konnte ich die kleinen Trolle nicht mitnehmen, denn wenn Albert Recht hatte, konnten sie nur im Schutz der Weidenbäume leben und aufwachsen. Vielleicht hatten sie gar keine Überlebenschance mehr, jetzt, nachdem die Ewigen Weiden tot waren. Und außerdem: Wie sollte ich sie überhaupt einfangen? Wie ihr ja wisst, sind sie ungeheuer scheu und dazu viel flinker und gewandter, als ich es bin.

Ich wusste mir keinen Rat, und ohne viel Hoffnung machten wir uns daran, die Höhle genauer zu untersuchen. Vielleicht fanden wir ja etwas, das uns helfen konnte. Die kleinen Trolle saßen da, ließen die Ohren hängen, hatten ihre langen Zehen ineinander verschränkt und hielten das buschige Ende ihres Schwanzes in der Hand. Sie sprangen erst im letzten Augenblick davon, wenn wir ihnen allzu nahe kamen. Gewöhnlich sind die Trolle ja die reinste Plage, mit all dem Unsinn, den sie ständig anstellen, doch jetzt vermisste ich ihre Streiche geradezu. Ein paar Mal versuchte Albert, einen von ihnen zu fangen, aber sogar die traurigsten von ihnen waren immer noch zu fix für ihn.

Ich sah mir die große Tropfsteinsäule, in der der schwarze Kristall gesessen hatte, genauer an. Nur ein schwacher blauer Schein, der die Höhle in ein sanftes Licht tauchte, und ein kleiner Splitter bezeugten, dass der Kristall sich einmal hier befunden hatte. Der Splitter musste abgebrochen sein, als der Stein aus der Säule herausgebrochen wurde. Es mussten unvorstellbare Kräfte oder eine ungemein starke Schwarze Magie am Werk gewesen sein, als der Kristall gestohlen wurde, zumal die Trolle ihn sicher mit aller Macht verteidigt hatten. Die Trolle, die noch hier saßen, waren ganz offenbar die einzigen, die bei der fürchterlichen Schlacht, die in der großen Höhle stattgefunden hatte, davongekommen waren. Da sie noch sehr klein waren, hatten sie sich wahrscheinlich in einigen Spalten und Rissen im Felsen, wo niemand an sie hatte herankommen können, in Sicherheit gebracht. Später mussten sie dann in die Höhle zurückgekehrt sein, doch die großen Trolle waren fort und der schwarze Kristall verschwunden.

Mir war klar, dass wir es mit Kräften zu tun hatten, mit denen sich meine Macht nicht messen konnte. Schließlich gingen Albert und ich durch die Gänge zurück. Es war eine traurige Wanderung, und wir wechselten kein einziges Wort. Aber wo Leben ist, da ist auch Hoffnung, wie ein altes Sprichwort sagt, obwohl mir nichts in den Sinn kam, das uns hätte Hoffnung geben können, so sehr ich auch nachdachte.

Als wir aus den Höhlen heraus waren, beschwerte sich der unmögliche Papagei sogleich darüber, dass er Hunger hatte! Er nannte mich einen jämmerlichen Koch und sagte, er werde abmustern, sobald das Schiff den nächsten Hafen erreiche. Sicher beklagte er sich zu Recht, doch ich hatte so viele andere Dinge im Kopf gehabt, dass ich vergessen hatte, Samen oder anderes Futter für ihn mitzunehmen. Außerdem war mir ganz und gar nicht danach, mir sein Geschwätz anzuhören. Daher nahm ich ihn von der Schulter, warf ihn hoch in die Luft und rief ihm nach, er solle sich selbst Futter suchen, wenn er etwas haben wolle. Und da geschah etwas, das mir die Augen öffnete und mich wieder ein wenig Hoffnung schöpfen ließ!

Der Papagei flog davon, höher und höher, bis in die Krone des größten der toten Weidenbäume. Dort ließ er sich nieder und pickte irgendetwas von den Ästen. Zwar konnten wir von unten natürlich nicht sehen, was es war, aber dennoch begriff ich sofort, dass es eigentlich nur Samenkörner sein konnten. Samenkörner von den Ewigen Weiden!

Da wusste ich plötzlich, was zu tun war. Die Ewigen Weiden, die sonst niemals Samenkörner hervorbrachten, hatten es diesmal, kurz vor ihrem Tod, anscheinend getan. Die kleinen Trolle, die bei der Schlacht tief unten in der großen Höhle sicher nichts hatten ausrichten können, waren den Hexen entkommen, eben weil sie so klein waren. Und schließlich und endlich saß ein Splitter des schwarzen Kristalls, der vielleicht auf immer und ewig verloren war, noch in der Säule in der Trollhöhle unter dem Blocksberg. Nahm man all diese Dinge zusammen, gab es vielleicht doch noch eine winzige Möglichkeit, sowohl die Weidenbäume als auch die Trolle zu retten.‹

Alle Zauberer sind für gewöhnlich etwas eitel, und Castanac war keine Ausnahme. Jetzt, als er endlich zum alles entscheidenden Punkt seiner Erzählung gekommen war, genoss er es, die Spannung der anderen für einen Augenblick auszukosten. Aber Henri machte ihm einen Strich durch die Rechnung.

›Ja natürlich!‹, sagte er. ›Der Papagei konnte die Samenkörner aus der Krone des großen Weidenbaums holen, und wenn es Ihnen gelingen würde, den Splitter des Kristalls zum Leuchten zu bringen, würden die Trolle ganz still dasitzen und in das blaue Licht sehen, das von ihm ausging. Dann könnten Sie sie leicht fangen! Und dann würden Sie die Samenkörner von den Weidenbäumen irgendwo anders aussäen und die Trolle dort wieder freilassen, sodass sie leben und wachsen würden!‹

›Jaaa‹, sagte Castanac gedehnt, und seine Augen lächelten freundlich, auch wenn Henri das Ende seiner Geschichte vorweggenommen und die Spannung aufgelöst hatte, noch bevor er dazu gekommen war, selbst weiterzuerzählen. ›So in der Art. Natürlich ist ein wenig mehr dazu zu sagen, und ganz so einfach, wie du es beschreibst, ging es dann doch nicht, aber es stimmt, was du sagst, in etwa war es so.

Als wir zurück in die große Höhle kamen, stellte ich fest, dass der Splitter nur lose in der Tropfsteinsäule saß. Das war merkwürdig, denn er musste ja besonders fest gesessen haben, als man den schwarzen Kristall gestohlen hatte, andernfalls wäre er sicher nicht abgebrochen. Vielleicht waren auch andere Kräfte im Spiel, die bewirkten, dass wir den Splitter an uns bringen konnten.

In der nächsten Vollmondnacht begaben wir uns wieder in die Höhle. Albert hatte aus einem Knochen eine kleine Figur geschnitzt, ein Mädchen. In ihre eine Hand hatte er den Kristallsplitter gesetzt, damit wir ihn nicht verlieren konnten. Die andere Hand hatte er so geschnitzt, dass es aussah, als halte sie das Büschel vom Schwanzende eines Trolls. In Russland trugen alle Jäger ein Amulett bei sich, das ihnen Glück bringen sollte, wie Albert mir verriet. Diese Amulette stellten stets ein kleines Elfenmädchen dar, denn die Sagen aus den russischen Wäldern berichten, dass die Elfenmädchen die Einzigen waren, die den russischen Braunbären täuschen und zum Narren halten konnten. Deshalb meinte Albert, ein Elfenmädchen sei genau das richtige Amulett, in das der Splitter eingesetzt werden konnte, denn es würde sicher auch den Trollen Glück bringen. Da er annahm, das Licht des Kristallsplitters würde die Trolle verzaubern und in seinen Bann ziehen, gab er dem Mädchen also das Büschel eines Trollschwanzes in die andere Hand. Für die Trolle ist dieses Büschel sehr wichtig, denn es hilft ihnen, bei ihren schnellen, flinken Bewegungen das Gleichgewicht zu halten, und so sollte es ein Symbol dafür sein, dass die kleine Figur Macht über die Trolle hatte.‹

›Von einer solchen Figur habe ich schon einmal gehört‹, sagte Goodwin. ›In Compton Basset wird erzählt, dass Sie eine solche Figur bei sich hatten, als der Gutsherr Sie in sein Haus rufen ließ. Aber es heißt, die Figur sei aus Silber gewesen und nicht aus einem Knochen geschnitzt.‹

›Das stimmt schon‹, antwortete Castanac. ›Während meiner Reisen auf der Suche nach einem neuen Zuhause für die Trolle kam mir der Gedanke, dass die kleine Figur leicht beschädigt oder feucht werden konnte. Dann hätte sich der Splitter lösen und verloren gehen können, und deshalb ließ ich die Figur mit Silber überziehen.‹

Castanac hatte einen seiner dünnen Arme unter seinen Umhang geschoben. Jetzt zog er ihn wieder hervor, und in der Hand hielt er die kleine Silberfigur.

›Kommt, gehen wir nach oben. Ich möchte euch etwas zeigen‹, sagte er.

Oben im Observatorium drehte der Zauberer an einer riesigen Kurbel. Langsam und mit lautem Knirschen schob sich das runde Dach des Turms zur Seite, und sie konnten den schwarzblauen Nachthimmel über sich sehen. In der Dunkelheit funkelten tausende Sterne, und direkt über ihnen stand die mächtige, bläulich schimmernde Scheibe des Vollmonds.

›Gebt Acht, was nun geschieht!‹, sagte Castanac. Er stellte die kleine Silberfigur auf den Tisch, sodass das Mondlicht auf sie fiel. Es dauerte nur einen kurzen Augenblick, und der kleine Splitter in der Hand des Elfenmädchens begann scheinbar zu glühen, erst schwach, aber dann, ganz plötzlich, schien er geradezu aufzuspringen, und ein klarer, wunderbarer blauer Strahl ging von ihm aus. Das Licht war so schön, dass die Freunde ihren Blick nicht wieder davon lösen konnten. Alle drei hatte das Blau des Nachthimmels schon immer fasziniert, aber so etwas Wundervolles hatten sie noch nie gesehen. Doch bevor sie ganz in den Bann des blauen Lichts gerieten, holte Castanacs Stimme sie zurück in die Wirklichkeit.

›Wartet einen Augenblick und seid ganz still, dann werdet ihr sehen!‹

Und richtig. Etwas entfernt stand ein weiterer Tisch, auf dem Castanac Sternkarten ausgebreitet hatte, und jetzt tauchte über dessen Kante der Kopf eines kleinen Trolls auf – Boffin! Seine sonst so flinken Augen schienen Castanac und die drei Freunde überhaupt nicht wahrzunehmen, er schaute nur in das blaue Licht, das ihn wie magisch anzog. Er setzte sich auf den Rand des Tisches, ohne den Blick von dem Kristallsplitter abzuwenden, ließ die Beine herunterbaumeln und nahm das Büschel seines Schwanzes in die Hand. Ganz still saß er da, wie berauscht von dem Licht.

Goodwin spürte Castanacs scharfen Blick auf sich ruhen, als der Zauberer flüsterte: ›Wenn das Licht des Vollmonds auf den kleinen Stein fällt, verzaubert sein bläulicher Schein die Trolle, gerade so, wie ihr es jetzt sehen könnt. Auf der ganzen, weiten Welt vermag es nur diese kleine Figur hier – und natürlich der große, schwarze Nachtkristall selbst –, die Trolle in ihrem Bann zu halten. Sie sitzen ganz still da und sehen in das Licht, und jeder, der will, kann sie fangen, so leicht, als würde er Kirschen pflücken. Ich bin es den Einwohnern von Compton Basset wohl schuldig, euch die Figur mit dem Kristallsplitter zu überlassen. Doch überlegt euch gut, wie ihr sie verwenden wollt!‹

Trolle und Kekse

In dieser Nacht schlief Goodwin nicht sehr viel. All die Dinge, die Castanac erzählt hatte, gingen ihm im Kopf herum. Er war sich nun nicht mehr so sicher, was zu tun war und wie es in Compton Basset mit den Trollen weitergehen sollte. Er war um die halbe Welt gereist, um herauszubekommen, wie man sie loswerden konnte. Aber jetzt, nachdem er endlich das gefunden hatte, weswegen er losgezogen war, fühlte er sich armseliger als je zuvor auf seiner Reise. Auch wenn er Henris Vertrauen in die Trolle nicht teilte, so hatte Castanacs Geschichte doch großen Eindruck auf ihn gemacht. Vielleicht stimmte es tatsächlich, dass die Trolle Lebewesen aus einer uralten Zeit waren und obendrein den Menschen gegen Hexen und Schwarze Magie beistanden. Und wenn es zutraf, wäre es dann nicht falsch, sie zu fangen und aus Compton Basset zu verjagen, das möglicherweise der einzige Ort auf der Welt war, an dem noch die Ewigen Weiden wuchsen und die Trolle somit leben konnten?

Von der anderen Seite des Zimmers konnte er Henris regelmäßige Atemzüge hören – das heißt, er konnte sie hören, wenn in Bomstaffs Pusten und Prusten eine kurze Pause eintrat, wie es dann und wann vorkam. Wenn Bomstaff schlief, klang es manchmal, als verwandle er sich in einen Blasebalg, und zwar in einen von der Sorte, die man braucht, um ein ordentliches Kaminfeuer in Gang zu bringen.

Goodwin musste ständig daran denken, dass Henri so felsenfest von den guten Eigenschaften der Trolle überzeugt war. Henri hatte so etwas wie einen siebten Sinn dafür, was gut und was böse war, so viel war Goodwin in der kurzen Zeit, seit er ihm das erste Mal begegnet war, klar geworden. Und schließlich war es ja die Schuld des Gutsherrn, dass die Trolle nach Compton Basset gekommen waren. Vorhin im Turm hatten sie Boffin eine Weile beobachtet, wie er im Observatorium gesessen und das blaue Licht genossen hatte, und waren dann wieder hinuntergegangen. Bomstaff war ziemlich aufgeregt gewesen darüber, dass er nun auch endlich einen Troll zu Gesicht bekommen hatte.

›Habt ihr gesehen?‹, sagte er begeistert sowohl zu Goodwin als auch zu Henri, als wären sie noch nie einem Troll begegnet. ›Er hatte einen Schwanz mit einem Büschel dran, und einen riesigen Riechkolben! Was für ein Kerlchen! Gut, dass man so einen Klabautermann nicht an Bord hat, was der da alles anrichten könnte!‹ – Und dabei klang er so, als könne er sich mit dem Gedanken trotz alledem durchaus anfreunden.

Bomstaff hätte sicher noch weiterschwadroniert, doch musste er seine Begeisterung zügeln, denn Castanac erzählte weiter: ›Als ein paar Nächte später der Vollmond am Himmel stand, begaben wir uns wie gesagt wieder in die große Höhle unter dem Blocksberg. Albert hatte ein paar Käfige gebaut, und als es uns gelang, den Kristallsplitter im Mondschein leuchten zu lassen, war es ein Leichtes, die kleinen Trolle zu fangen und in die Käfige zu stecken.

In den Tagen vor Vollmond sammelten wir die Samenkörner von den Ewigen Weiden. Wir wickelten Fäden um die Beine des Papageis und banden zusätzlich noch eine Schnur um eines davon. Wir hatten ihm nur wenig Futter gegeben, und als wir zum Blocksberg kamen, war diese unmögliche Krähe ziemlich hungrig und flog sogleich hinauf in die Kronen der Weidenbäume. Von dort oben schimpfte er uns tüchtig aus, doch begann er sehr bald, nach den Samenkörnern zu suchen. Ganz gewiss fraß er einige der kostbaren Samen, aber dagegen konnten wir nichts tun. Eine ganze Menge Samenkörner verfingen sich in den Fäden, während er dort oben herumhüpfte, und nach einer Weile zogen wir an der Schnur, sodass er wieder zu uns herunterkommen musste. Auf diese Weise sammelten wir die Samenkörner der Ewigen Weiden zusammen, und so konnte sich sogar dieses hoffnungslose Federvieh einmal nützlich machen. Alle Geschöpfe haben ja angeblich ihren Platz und ihren Sinn in der Natur, obschon ich manches Mal meine Zweifel gehabt habe, was den Papagei angeht!

Schon am Tag, nachdem wir die Trolle gefangen hatten, brach ich auf – mit den Samenkörnern in einem kleinen ledernen Beutel und den Trollen in ein paar von Alberts Käfigen. Damit sie niemand sah, hatte ich Tücher und Decken darüber gelegt, die ich nur abnahm, wenn ich sicher war, allein zu sein. Ich fürchtete, neugierige und dumme Menschen könnten den Trollen Schaden zufügen, wenn sie sie sahen. Meine Reise ging nach Westen, und ich überquerte das Meer hinüber nach England. Wegen des Wassers zwischen Kontinent und Insel erschienen mir die Chancen dort am größten, einen Platz zu finden, an dem die Trolle vor den Hexen sicher waren und wachsen konnten.

Ich hatte gehört, dass es in der Gegend um Glastonbury viele Mythen und Sagen gab. Also dachte ich mir, die Trolle könnten vielleicht dort ein Zuhause finden, und ging zunächst in diese Stadt. Dort begegnete ich Spirrus. Ich brauchte einen Helfer, und er war der Einzige, den ich auf die Schnelle finden konnte, doch vertraute ich ihm nicht. Deshalb achtete ich darauf, dass er die Trolle niemals zu Gesicht bekam. Weit draußen im Wald fand ich eine verlassene Hütte, und hier ließ ich die Trolle frei, während ich weiterwanderte und nach einem Ort suchte, an dem ich die Ewigen Weiden pflanzen konnte. Auf einer dieser Wanderungen geschah es, dass ich in ein fürchterliches Unwetter geriet und in Compton Basset Schutz suchte. Es war der Abend vor Allerheiligen, der Abend der Hexen, und ich hätte besser auf der Hut sein sollen!

Damals, als der Gutsherr mich in sein Haus rufen ließ und unbedingt eines der Dinge behalten wollte, die ich bei mir hatte, waren die Samen der Weidenbäume sehr viel wichtiger für mich als die kleine Silberfigur. Und das merkte er sofort, denn er ist ein gerissener Halunke. Er meinte, die Samenkörner müssten wesentlich mehr wert sein als die Silberfigur, da sie offenbar so große Bedeutung für mich hatten. Dabei sollte man immer daran denken, dass selbst die kostbarsten Dinge wertlos werden, wenn man sie anderen abnimmt. Und oftmals werden sie zu einem Fluch für denjenigen, der sie an sich bringt. So sollte es auch dem Gutsherrn von Compton Basset ergehen, denn er brachte etwas in seinen Besitz, auf das er sich nicht verstand und dessen Wert er auch nicht annähernd zu schätzen wusste.

So kam es also, dass die letzten Samen der Ewigen Weiden am Gramp's Hill bei Compton Basset ausgesät wurden. Mir blieb nun nichts anderes übrig, als zu warten, bis die Weidenbäume groß genug waren, dass sie den Trollen Schutz und Lebensraum sein konnten. Deshalb kehrte ich nach einigen Jahren zurück und setzte die kleinen Trolle am Gramp's Hill aus, da die Weidenhecke nun schon so hoch und dicht war, dass sie sich darin verstecken konnten. Ich entschied mich, es am Abend vor Allerheiligen zu tun, denn ich glaubte, alle Einwohner von Compton Basset würden in dieser Nacht keinen Fuß vor die Tür setzen, sodass ich ungestört sein würde. Da wieder einmal auch noch ein schreckliches Unwetter tobte, hielt ich es für ausgeschlossen, dass mich jemand beobachten könnte.

Ich muss gestehen, dass ich sehr wütend auf euren Gutsherrn war, wegen all der Beschwerlichkeiten, die mir durch ihn entstanden waren. Ich hatte einiges durchgemacht, um die Weidenbäume und die Trolle zu retten, und er hatte mir die Möglichkeit genommen, einen Ort zu finden, an dem sie ungestört leben konnten und ihr Geheimnis gewahrt bleiben würde. Ich war nicht nur wütend, sondern auch müde, und so konnte ich nicht dagegen an, dass mir der Gedanke an all die

Scherereien und den Schabernack, den sie mit dem Gutsherrn von Compton Basset treiben würden, für ein paar Augenblicke diebisches Vergnügen bereitete.

Schon bevor ich die Trolle freiließ, hatte ich beschlossen, einen von ihnen bei mir zu behalten, um ihn genauer zu studieren. Besonders interessierte es mich herauszufinden, ob sich Menschen und Trolle verständigen könnten. Diese Frage hatte schon meinem Urgroßvater sehr auf der Seele gelegen, wie ihr selbst gelesen habt. Boffin hatte sich innerhalb der Trollherde immer ein wenig abgesondert, und mir fiel auf, dass er oft mit Dingen spielte, so, wie es kleine Kinder tun. Manchmal versuchte er sogar, es mir nachzumachen, wenn ich irgendwelche Gegenstände benutzte. Deshalb entschied ich mich, Boffin zu behalten, um zu sehen, ob wir uns irgendwann würden verständigen können und ob ich vielleicht sein Zutrauen gewinnen konnte.‹

Castanac seufzte und sah müde aus.

›Das hätte ich nicht tun sollen! Seitdem komme ich mit meinen Arbeiten nur langsam voran, weil er ständig Unheil anrichtet, und ich bin mit ihm auch nicht das kleinste Stückchen weiter. Das Einzige, was ich meine herausgefunden zu haben, ist, dass Trolle nicht wachsen, wenn sie nicht unter ihren geliebten Weidenbäumen leben. Jedenfalls ist Boffin seit damals nicht einen Zoll gewachsen, und nach dem, was ihr mir erzählt habt, sind die Trolle in Compton Basset sehr viel größer geworden, seit ich sie dort ausgesetzt habe.‹

›Aber Monsieur Castanac‹, sagte Henri höflich, ›Boffin versteht doch sicher, was man zu ihm sagt, oder?‹

›Ja, vielleicht. Er ist ziemlich gescheit, wenn er nur will. Auf jeden Fall versteht er so einiges, doch ist es schwer zu sagen, wie viel. Als es mir zum ersten Mal so vorkam, als begreife er einige der Dinge, die ich sagte, machte ich so etwas wie ein Experiment mit ihm. Ich versteckte eine Dose Kekse an einer bestimmten Stelle irgendwo im Turm – er ist geradezu verrückt nach Keksen. Dann sagte ich ihm, wo die Dose stand, und folgte ihm, wenn er sich auf die Suche machte, ohne dass er mich bemerkte. Er hat die Dose jedes Mal sofort gefunden, also muss er die Bezeichnungen der verschiedenen Räume und Schränke im Turm verstanden haben. Ob er es aber versteht, wenn man etwas Bestimmtes von ihm verlangt, wenn er etwas tun oder lassen soll, weiß ich nicht. Man könnte vielleicht sagen, dass er stets genau das Gegenteil von dem macht, was er tun soll. Aber auch das könnte ein Anzeichen dafür sein, dass er versteht, was man sagt.‹

›Ich bin überzeugt, man kann ihn dazu bringen, das zu tun, was man von ihm will‹, sagte Henri. ›Ich glaube, ich kann ihn dazu bewegen, Ihnen Ihren Hut und den Schlüssel zum Schrank zurückzugeben!‹

›Und ich glaube, hinterher wirst auch du klüger sein, mein Junge‹, erwiderte Castanac. ›Aber du kannst es gerne versuchen, wenn du willst.‹

›Ja, sehr gerne sogar‹, sagte Henri und sprang die Treppe hinauf zum Observatorium.

Das Vermächtnis des Zauberers

Die drei Freunde, Hector, der Papagei und die Elinor und ihre gesamte Mannschaft blieben fast einen Monat lang in Konstantinopel. In dieser Zeit verbrachte Henri viele Tage in Castanacs Turm. Langsam, aber sicher hatte Henri Boffins Zutrauen gewonnen, und schließlich hatte der kleine Troll ihm tatsächlich Castanacs Hut und den Schlüssel zum großen Bücherschrank zurückgegeben, ganz so, wie Henri es vorhergesagt hatte. Natürlich hatten die Kekse, die Henri anfangs stets dabei hatte, Boffins Vertrauen erheblich auf die Sprünge geholfen.

Von Castanac lernte Henri sehr viel über einige Dinge, von denen er nie geglaubt hätte, dass es sie überhaupt gab. Je mehr er lernte, umso besser verstand er den alten Zauberer. Und ein ums andere Mal gelang es Henri seinerseits, Castanac in Erstaunen zu versetzen. Dem Zauberer war schon bald klar, dass Henri außerordentliche Fähigkeiten besaß – und zwar von der Art, wie sie ihm selbst gegeben waren. Zum ersten Mal seit vielen Jahren spürte er, dass ihm das Schicksal und das Glück zugelächelt und ihm den Jungen geschickt hatten. Da Castanac ganz zurückgezogen lebte und nur sehr selten mit anderen Menschen zusammenkam – und eigentlich nie mit Kindern –, hätte er selbst Henri wohl kaum gefunden, denn meistens findet man ja nur dann etwas, wenn man danach sucht.

Der Zauberer ging sehr vorsichtig mit Henri um. Er bat ihn nicht, zu ihm in den Turm zu kommen, sondern wartete, ob Henri selbst danach fragen würde. Und wenn Henri fragte, ob er noch einmal zu ihm kommen dürfe, antwortete Castanac jedes Mal: ›Ja, wann immer du willst – wenn es das ist, was du am liebsten willst.‹

Castanac hielt Goodwin und Bomstaff für ausgesprochen gute Menschen, doch würden sie wohl nie verstehen, warum er all seine Zeit mystischen und gefährlichen Dingen widmete. Würden sie es dann überhaupt begreifen können, wenn er ihnen sagte, dass Henri in diesen Dingen besondere Fähigkeiten besaß? Und würden sie einverstanden sein, wenn Henri in Mystik und Magie ausgebildet und die Erforschung seltsamer Phänomene zu seiner Lebensaufgabe machen würde? Castanac glaubte es nicht.

Als fast ein Monat vergangen war, seit sie nach Konstantinopel gekommen waren, besuchten sie alle drei, Goodwin, Bomstaff und Henri, Castanac in seinem Turm, um sich von ihm zu verabschieden. Der Frühlingswind über dem Mittelmeer hatte auf Ost gedreht, vielleicht zum letzten Mal, bevor der Sommer kam, und Bomstaff konnte die Rückreise nicht länger aufschieben. Am letzten Abend vor ihrer Abreise saßen die Freunde also wieder im großen Laboratorium und tranken von dem wunderbaren Tee, den der Zauberer zubereitet hatte.

Es herrschte angespanntes Schweigen, während Castanacs scharfer Blick sie musterte. Er hatte einige Dinge auf dem Herzen, und er wusste, dass die Zukunft entscheidend davon abhing, wie sie auf das reagieren würden, was er ihnen zu sagen hatte. Endlich stand Castanac auf und ging hinüber zu dem großen Schrank. Er nahm einen kleinen, ledernen Sack heraus.

›Es ist schon einige Tage her, dass ich es euch versprochen habe, und Castanac hält sein Wort. Ich lege das Schicksal der Trolle in eure Hände.

In dieser kleinen Tasche hier befindet sich der Splitter, der von dem schwarzen Kristall aus der Höhle der Trolle stammt. Er steht euch rechtmäßig zu.

Aber glaubt nicht, es sei ein Geschenk, das ihr erhaltet! Der Splitter des schwarzen Kristalls gibt dem, der ihn besitzt, sehr viel Macht. Und Macht kann gefährlich sein. Macht kann den verändern, der sie erhält. Andere werden vielleicht danach trachten, den Splitter und seine Macht zu besitzen. Überlegt euch gut, wie ihr ihn gebrauchen wollt!

Ihr könnt ihn verwenden, um die Trolle zu fangen. Doch könnt ihr seine Macht auch ruhen und die Trolle in Frieden leben lassen und darauf hoffen, dass die Hexen sie nicht finden. Oder ihr könnt ihn nehmen, um den Trollen zu helfen.

In der Tasche befinden sich noch weitere Dinge, die euch auf eurer Reise oder später vielleicht nützlich sein können. Glaubt mir, ihr werdet die Magie eines alten Zauberers noch sehr gut gebrauchen können.‹

Castanac streckte den Arm mit der kleinen Ledertasche aus. Bomstaff sagte: ›Henri und ich haben unserem Freund Goodwin hier nur geholfen, Sie zu finden, Monsieur Castanac. Zwar sind wir Teil dieses Abenteuers, aber wir gehören nicht nach Compton Basset. Goodwin ist gekommen, weil er Ihre Hilfe braucht, und deshalb ist er es, der die Silberfigur und die Tasche an sich nehmen sollte.‹

Henri war gespannt wie ein Flitzebogen. Gerne hätte er gesagt, dass die Trolle in Compton Basset bleiben sollten und nicht verjagt werden durften, aber tief in seinem Innern spürte er, dass Bomstaff Recht hatte. Er war selbst noch nie in Compton Basset gewesen, noch nicht einmal in England, und es stand ihm nicht zu, den Dorfbewohnern zu sagen, was sie zu tun oder zu lassen hatten. Henri fühlte Bomstaffs schwere Hand auf seiner Schulter und konnte einfach nichts sagen.

Goodwin nahm den Sack entgegen und holte einen kleinen, ledernen Beutel heraus, in dem sich die Silberfigur befand. Sie wirkte so unscheinbar, so unbedeutend, doch hatten sie ja selbst gesehen, welche Macht sie besaß, wenn das Mondlicht auf sie fiel. Goodwin bemerkte, dass der Sack aus einem ungewöhnlichen Leder gemacht war. Es war sehr rau, kratzte geradezu, und es ging ein unangenehmer Geruch von ihm aus.

›Ähm, das ist wirklich ein ganz eigenartiges Leder, aus dem der Rucksack gemacht ist‹, sagte Goodwin zögernd und bemühte sich, dabei nicht unhöflich zu klingen.

›Ja, das kann man durchaus sagen‹, antwortete der Zauberer. ›Er ist aus dem Fell eines Blocksberg-Wolfs gemacht!‹

Fast hätte Goodwin den Rucksack mit der Silberfigur darin fallen lassen. Er schluckte heftig.

›Es gibt rohes Fleisch zum Abendessen!‹, sagte der Papagei aufmunternd.

›Ich … ich verstehe natürlich gut, dass ein Rucksack aus so seltenem Leder … äh … sehr selten ist, aber vielleicht würde es weniger Aufmerksamkeit erregen, wenn ich die Silberfigur und die übrigen Dinge in meinem eigenen Rucksack verstaue‹, sagte Goodwin.

›Dieser Sack ist der beste Schutz für den Splitter des schwarzen Kristalls!‹, entgegnete Castanac entschieden. ›Dass er aus dem Fell eines Blocksberg-Wolfs gemacht ist, stellt ein Symbol dafür dar, dass derjenige, der ihn bei sich hat, die Blocksberg-Wölfe und damit das Böse besiegen kann. Es ist eine Warnung an alle Hexen und finsteren Wesen, weder den Rucksack noch seinen Träger anzurühren, und auf diese sehr eigene Weise geht eine gewisse Magie von ihm aus. Wie ihr seht, entsteht Weiße Magie, wenn man das Böse überwindet!‹

›Larifari!‹, meinte der Papagei.

Später am Abend, als Henri nicht länger stillsitzen konnte und nach oben ins Observatorium gegangen war, um Boffin vielleicht hervorzulocken, entstand ein langes Schweigen zwischen den Männern. Im Halbdunkel spürte Bomstaff, dass Castanacs Blick schärfer und schärfer wurde und der Zauberer ihm direkt in die Augen sah. Ihm war nicht ganz wohl zumute, als der alte Zauberer schließlich aussprach, was ihm auf der Seele lag: ›Henri ist ein sehr ungewöhnlicher Junge. Wahrscheinlich wird in einer ganzen Generation nur ein einziges Kind mit solchen Fähigkeiten geboren, wie er sie besitzt.

Niemand weiß das genau. Wie auch immer, in gewisser Weise habe ich mein ganzes Leben nach ihm gesucht. Vor einigen Jahren glaubte ich schon, ich würde ein Kind wie ihn niemals finden, und dann taucht er plötzlich hier auf, wie ein Männlein aus der Schachtel, könnte man beinahe sagen! Wie von selbst! Manchmal geht das Leben eigentümliche Wege, aber vielleicht hat das alles eine Bedeutung.‹

Bomstaffs normalerweise so fröhliche und freundliche Gesinnung war mit einem Mal wie weggeblasen. In Wahrheit war er viel klüger, als die meisten Menschen es zunächst vermuteten, wenn sie ihm begegneten, und das, was Castanac sagte, kam alles andere als überraschend für ihn. Er hielt dem Blick des Zauberers stand und antwortete: ›Ich habe nicht das Recht, über Henri zu bestimmen, und wenn er lernen will, was Sie ihm beibringen können, werde ich ihn nicht davon abhalten. Allerdings war ich es, der ihn hierher gebracht hat, und deshalb fühle ich mich dafür verantwortlich, dass er den Weg einschlägt, den er gehen will. Er soll noch andere Dinge und andere Orte zu sehen bekommen. Dann kann er selbst entscheiden, was er lernen will. Immer wenn die Elinor die Gewässer hier unter die Segel nimmt, wird sie auch Konstantinopel anlaufen. Wenn er will, kann er dann eine Zeit lang bei Ihnen bleiben und wir können ihn später wieder aufsammeln, wenn wir Kurs auf neue Küsten nehmen, an denen er noch nicht gewesen ist.‹

Castanac nickte Bomstaff zustimmend und anerkennend zu. Jetzt wusste er, dass er den großen Seebären unterschätzt hatte. Dennoch hatte er erreicht, was er wollte. Vielleicht hatte der Zauberer Castanac doch noch jemanden gefunden, dem er sein Vermächtnis weitergeben und der seine große Aufgabe weiterführen konnte.

Auf Heimreise

Eine Heimreise ist immer etwas ganz anderes, als von zu Hause fortzugehen. Das galt auch für Goodwins Reise zurück nach England. Die Tage schienen auf wunderliche Weise sehr viel schneller zu vergehen als auf seiner Fahrt von England nach Konstantinopel.

Er verbrachte sehr viel Zeit an Deck der Elinor und dachte nach. Er dachte daran, was alles geschehen war, seit er an einem klaren Herbsttag in Compton Basset aufgebrochen war, und er dachte an die neuen Freunde, die er gefunden hatte. Er dachte über das nach, was Castanac ihnen erzählt hatte, besonders über die lange Reise des Zauberers vor zehn Jahren von Konstantinopel zur Heide am Blocksberg, während der der alte Mann im Gegensatz zu ihm, Goodwin, mit seinen Sorgen wegen der Trolle alleine gewesen war. Und Goodwin dachte an die kleine Silberfigur, die den Splitter von dem schwarzen Kristall in der Hand hielt. Jetzt war es an ihm zu entscheiden, was er damit tun würde, und vor allem, ob er es zulassen würde, dass man ihn benutzte, um die Trolle zu fangen.

Jeden Tag nahm er sich mehrmals den kleinen Sack, den Castanac ihm anvertraut hatte, und jedes Mal durchlief ihn ein eisiger Schauer, wenn er das raue, grobe Leder berührte und daran denken musste, dass es aus dem Fell eines Blocksberg-Wolfes gemacht war, den Albert Schmidt mit seinen Dolchen erlegt hatte. Viele Male betrachtete Goodwin die feine Silberfigur und den Kristallsplitter, als hoffe er, sie könnten ihm die Antworten auf seine Fragen geben. Aber der Kristall war schwarz und leblos, selbst wenn die Sonne direkt auf ihn schien.

Bomstaff und Henri ahnten sehr wohl, warum Goodwin so nachdenklich war, und sie vermieden es, ihn anzusprechen, wenn er an der Reling stand und über das Wasser blickte. Goodwin musste selbst herausfinden, was zu tun war. Dabei konnten sie ihm nicht helfen.

Das war auch der Grund, warum Goodwin die Heimreise nicht so genießen konnte wie die Fahrt von England nach Marseille und weiter über Alexandria nach Konstantinopel. Trotzdem verbrachten die drei Freunde gemeinsam viele schöne Stunden an Bord der Elinor, und sie hatten viel Spaß mit ihren drei Reisegefährten. Hector und der Papagei waren noch immer unzertrennlich, obwohl der Papagei nahezu ununterbrochen schwatzte, während Hector meistens schlief. Wenn der Vogel Hector damit drohte, dass seine Beine in Froschschenkel verwandelt würden, wenn er seinen Rum nicht trank, oder dass es ihm ergehen würde wie den Blocksberg-Wölfen und sein Fell zu einem ledernen Rucksack verarbeitet würde, bewahrte Hector stets seine Würde, grunzte tief und öffnete dann und wann mal das eine, mal das andere Auge, aber immer nur für einen Moment. Wurde es ihm allzu viel, ›kratzte‹ er den Papagei mit einem seiner Hinterbeine von seinem Rücken weg, so, als wolle er einen Floh loswerden.

Die beiden Tiere hatten eine Art Bündnis mit ihrem neuen Reisekameraden geschlossen: Boffin! Als Bomstaff Boffin das erste Mal gesehen und eine Bemerkung darüber gemacht hatte, was so ein Heckentroll auf einem Schiff alles anstellen konnte, hatte er sich wohl kaum vorgestellt, dass sie nur wenige Wochen später gerade mit diesem Boffin an Bord in See stechen würden. Aber Castanac hatte gegenüber Henri das eine oder andere Wort darüber fallen lassen, dass es für Boffin das Beste sei, wenn er nach Compton Basset kommen und dort mit den anderen Trollen zusammenleben könnte. Er hatte gewusst, dass es schwierig sein würde, Goodwin zu überreden, einen Heckentroll mit nach Compton Basset zu nehmen, und erst recht, Bomstaff dazu zu bringen, Boffin an Bord der Elinor

zu lassen. Henri dagegen war, wie Castanac es erwartet hatte, mehr als begeistert, und natürlich konnten Goodwin und Bomstaff seinen Überredungsversuchen nicht lange standhalten. Als Henri das erste Mal davon sprach, Boffin mitzunehmen, wusste Bomstaff sofort, woher der Wind wehte.

›Der alte Gauner!‹, murmelte er in seinen Bart. Er hatte Castanac im Verdacht, nicht nur Boffins Wohl und Wehe, sondern auch seinen Hausfrieden oder besser Turmfrieden im Sinn zu haben. Bomstaff war gleich klar gewesen, dass es schließlich so kommen und sie Boffin mit nach England nehmen würden, und so hatte er gar nicht erst protestiert. Und er sollte Recht behalten, denn es wurde eine ungewöhnlich lebhafte Seereise mit Boffin an Bord.

Die meiste Zeit hielt sich Boffin aber zurück und verkroch sich irgendwo ganz alleine, tatsächlich wussten sie oft nicht mal, wo auf dem Schiff er sich gerade befand. Manchmal entdeckten sie ihn an der Spitze eines der Masten, ein anderes Mal in der Kombüse in einem Schrank unter dem Tisch, in einem Rucksack oder in einer der Kojen. Immer wieder fand er neue und merkwürdige Orte, an denen er sich verstecken konnte.

Eines Nachts, als sie schon gut eine Woche lang auf See waren, wachte Henri auf und ging ein wenig an Deck herum, denn er konnte nicht wieder einschlafen. Alles war in bester Ordnung, doch das wunderte ihn, denn seit sich Boffin auf dem Schiff aufhielt, war immer irgendetwas durcheinander gebracht oder ganz verschwunden. Melvin war auf Nachtwache und hatte eine große Decke um sich geschlagen. Im Mondschein konnte Henri sehen, dass eine dünne Rauchfahne aus seiner Pfeife aufstieg. Henri fragte ihn, ob er etwas von Boffin gesehen habe.

›Nee, du, es ist eine friedliche Nacht, und das ist doch auch mal was‹, antwortete Melvin und behielt dabei die Pfeife im Mund. Er war sehr gut darin, nur mit einer Seite seines Mundes zu sprechen, während er mit der anderen weiter an seiner

Pfeife paffte. Es hatte viele Jahre gedauert, bis er dieses Kunststück beherrschte, aber es war die Mühe wert gewesen, denn jetzt konnte er es sich sparen, die Hände aus den Taschen zu nehmen, wenn er mit jemand sprechen musste. ›Weder meine Pfeife, mein Tabak noch meine Streichhölzer sind heute Nacht verschwunden, und nichts ist auf meinem Rücken herumgekrabbelt, jedenfalls bis jetzt nicht. Es hat auch niemand Wasser in meine Pfeife geträufelt oder die Taue gelöst oder die Laternen ausgeblasen, noch nicht mal eine von den Kojen ist umgeworfen worden. Ich habe auch nichts davon gehört, dass Töpfe und Teller mit lautem Holterdipolter aus den Schränken in der Kombüse gefallen wären oder dass …‹, aber Henri hörte nicht mehr, was noch alles für Scherereien nicht passiert waren, obwohl sie sich schon daran gewöhnt hatten, seit Boffin an Bord war. Denn inzwischen machte er sich ernsthaft Sorgen, der kleine Troll könnte über Bord gegangen sein. Wie ein Pfeil schoss er die Treppe hinunter zu Bomstaff und rüttelte ihn an der Schulter.

›Monsieur Bomstaff! Monsieur Bomstaff! Wachen Sie auf! Ich glaube, Boffin ist über Bord gegangen. Wir müssen ihn retten!‹

›Naaa aaah … hör mal, mein Junge‹, sagte Bomstaff schlaftrunken. ›Ich kann mir wirklich nicht vorstellen, dass ein Kerl wie Boffin einfach so über Bord fällt. Außerdem hat er ja fürchterliche Angst davor, nass zu werden. Du wirst sehen, morgen früh taucht er wieder auf.‹

Bomstaff drehte sich um und wollte weiterschlafen. Mitten in der Nacht herumzulaufen und nach einem Troll zu suchen war ein Gedanke, den er nicht besonders schätzte.

›Ja, aber Monsieur Bomstaff, ich habe das ganze Schiff abgesucht und keine Spur von ihm gefunden, und er hat Melvin keinen einzigen Streich gespielt.‹

Bomstaff war nun nicht sonderlich beunruhigt darüber, dass in dieser Nacht bislang noch kein Unheil angerichtet worden war, doch er hörte Henris Stimme an, dass der Junge kurz davor war, in Tränen auszubrechen, und das brachte ihn sehr schnell auf die Beine, denn er hatte es bisher nie erlebt.

›Na na‹, sagte Bomstaff beruhigend. ›Jetzt durchsuchen wir das Schiff noch einmal gründlich, dann werden wir Boffin schon finden. Er hat sicher nur ein neues Versteck entdeckt und ist eingeschlafen. Er hat ja gestern einen ganzen Kuchen in sich hineingestopft, der Vielfraß. Jetzt ist er bestimmt völlig erledigt.‹

Tags zuvor hatte Kelvin einen Kuchen gebacken. Er hatte einige Kekse zerstampft und die Krümel in den Teig gerührt. Den Kuchen hatte er auf eine Platte gegeben und einen großen, runden, silbernen Deckel darüber gestülpt. Als sie mit dem Abendessen fertig waren, hatte er die Platte auf den Tisch gestellt, aber als sie den Deckel abnahmen, waren nur noch einige Krumen übrig.

›Na, das ist ja nicht gerade sehr viel Kuchen für sieben erwachsene Männer!‹, hatte Melvin ziemlich unzufrieden gesagt. ›Du hast dir wohl gedacht: Der sieht so lecker aus, den ess ich mal lieber selbst, was?‹ Sie kamen aber schnell dahinter, dass es Boffin gewesen sein musste, der mal wieder seine Finger im Spiel gehabt hatte. Später am Nachmittag war er auch nicht so lebhaft wie sonst gewesen. Er hatte etwas schwerfällig und sehr zufrieden gewirkt.

Bomstaff scheuchte die anderen aus ihren Kojen, und sie stellten das Schiff von oben bis unten auf den Kopf. Jeder einzelne Schrank wurde durchsucht, in jeden Winkel geschaut und in alle Taschen, Säcke und Beutel, aber Boffin war und blieb verschwunden. Henri wurde immer verzweifelter. Er stand an der Reling und starrte über das dunkle Wasser. Es war vollkommen windstill, und kein Laut war zu hören. Er glaubte schon, er würde Boffin nie wiedersehen. Sein Herz krampfte sich zusammen, und wieder und wieder hörte er Castanacs Worte, die der alte Zauberer einmal zu ihm gesagt hatte, als sie oben im Turm im Observatorium gesessen und durch eines der großen Teleskope den Sternenhimmel studiert hatten. Obwohl Henri vom Anblick der Sterne fasziniert war, hatte er doch jedes Mal den Kopf gewandt und zu Boffin hinübergeschaut, wenn der Troll irgendwo im Dunkel des Raumes zum Vorschein gekommen war.

›Sehen Sie, Monsieur Castanac‹, hatte Henri dann immer gesagt. ›Da ist Boffin.‹

Der alte Zauberer hatte ihn angelächelt und erwidert: ›Du hast eine seltene Gabe, mein Junge, denn du erkennst das Schöne und Wunderbare dieser Welt. Es ist leicht, sich von den Sternen verzaubern zu lassen, das können die meisten Menschen. Dagegen ist es sehr viel schwerer, von einem Troll fasziniert zu sein, aber wenn man es kann, dann muss man alles tun, was in seiner Macht steht, um ihn zu beschützen, denn er hat immer noch ein Anrecht auf seinen Platz in unserer Welt.‹

Aber jetzt war Boffin verloren, und Henri hatte nicht gut genug auf ihn aufgepasst. Es fiel ihm schwer, die Tränen zurückzuhalten, während er zu den Sternen hinaufsah. Sie waren immer da, unendlich weit weg, und ganz egal, was er hier unten auf der Erde tat, würden sie immer über ihm am Himmel stehen. Doch er würde jetzt wohl nie mehr nach Konstantinopel zurückkehren und in den Turm gehen, um mit Castanac die Sterne anzusehen.

Ein Troll im Sturm

Henri hatte die Hoffnung aufgegeben, Boffin jemals wiederzusehen, aber die anderen suchten immer noch nach dem kleinen Troll, denn sie konnten es nicht ertragen, das Unglück des Jungen mit anzusehen. Die Stimmung in der Mannschaft wurde auch dadurch nicht besser, dass der Papagei unaufhörlich herumschwirrte und ihnen deutlich zu verstehen gab, dass sie zwar ziemlich dumm aussahen, aber wenigstens nicht allzu schlimm rochen. Als er ihm dieses Kompliment schließlich zum vierten Mal machte, ging Goodwin endlich ein Licht auf. Er war gerade zusammen mit Melvin unten im Lagerraum.

›Grundgütiger Himmel! Melvin, dieser alberne Vogel hat ja Recht! Wir sehen nicht nur ziemlich dumm aus, weil wir mitten in der Nacht aus dem Schlaf gerissen wurden – wir sind es auch tatsächlich. Es stimmt doch, was er sagt! Wir riechen wirklich nicht so schlimm, ganz im Gegensatz zu Boffin. Hector kann uns sicher sofort zeigen, wo sich Boffin diesmal versteckt hat – falls er noch an Bord ist!‹

›Hmmm, ja, das ist wirklich eine gute Idee‹, sagte Melvin zögernd. Tatsächlich war er sich nicht ganz sicher, ob er verstanden hatte, was Goodwin meinte. Aber wenn es bedeutete, dass der Bluthund die Suche übernehmen konnte, passte ihm das ganz ausgezeichnet. Schon über eine Stunde lang hatte er die Hände nicht mehr in die Taschen geschoben, und er konnte sich nicht erinnern, wann das zuletzt vorgekommen war.

Schnell stieg Goodwin die Treppe zur Kajüte hinauf. Dort lag Hector auf dem Boden und hatte es sich gemütlich gemacht. Er war der Einzige, der sich von dem ganzen Trubel um Boffin nicht hatte aus der Ruhe bringen lassen.

›Hector! Was liegst du einfach so hier herum und schläfst!?‹, rief Goodwin.

Hector hob eine Augenbraue, blieb aber zunächst einmal ruhig da liegen, wo er war, denn er konnte ja auf Goodwins Frage keine Antwort geben.

›Wo ist Boffin, Hector? Such … such Boffin!‹

Jetzt kam Leben in den großen Bluthund. Er liebte es, verloren gegangene Sachen aufzustöbern, und er hörte Goodwins Stimme an, dass es diesmal sehr wichtig sein musste. Hector hob die Nase in die Luft und schnüffelte. Dann setzte er den Riecher auf den Boden, und schnüffelnd folgte er Boffins Spur. Erst ging es in Windeseile die Treppe hinauf an Deck, in die Kombüse hinein und wieder heraus, dann zum Ruder, und plötzlich geschah etwas Merkwürdiges! Noch immer schnüffelnd, schoss Hector mit einem Mal davon und blieb erst mitten auf dem Deck der Elinor stehen. Dann rannte er davon und kam nun von der anderen Seite des Schiffes, aber wieder blieb er genau in der Mitte stehen. Schließlich richtete er sich auf und hob die Nase hoch in die Luft, und einen Augenblick später begann er zu bellen. Auch Henri verfolgte, was da vor sich ging.

›Was hast du denn, Hector?‹, fragte Goodwin. ›Boffin ist nicht oben im Mast, das sieht doch jeder!‹

Aber Hector bellte weiter und wurde immer aufgeregter. Er zog Goodwin am Hosenbein und brummte und knurrte, aber es half nichts. Dann sprang er hoch und versuchte, mit seinen Zähnen das Seil zu fassen zu kriegen, das sorgfältig an der Rahe festgeknotet und ordentlich zusammengerollt war.

›Das Segel!‹, rief Bomstaff. ›Löst das Seil, Jungens!‹

›Ja, aber er kann doch nicht in dem Segel sein‹, sagte Kelvin erstaunt. ›Melvin und ich haben es als Letzte zusammengerollt, und wir hätten doch gemerkt, wenn …‹

Aber weiter kam er nicht, denn Bomstaff unterbrach ihn. ›Ihr würdet doch nicht einmal merken, wenn ein Albatros auf eurem Kopf landen und ein Nest bauen würde!‹, donnerte er los. ›Jetzt löst endlich das Großsegel, ihr Schafsköpfe!‹

Und richtig, als sie das Großsegel zur Hälfte aufgefiert hatten, wurde eine Ausbeulung sichtbar, und sie wurde deutlicher und deutlicher mit jedem Zug, den sie machten. Schließlich, als sich die letzte Falte des Segeltuchs ausrichtete, tauchte Boffin auf. Er schlief friedlich.

Henri war so glücklich, dass er gar nicht wusste, was er tun oder sagen sollte. Aber es war nun nicht Boffin, auf den er vor lauter Freude zustürzte, sondern Hector, der zwar ungerührt zu bleiben versuchte, aber doch etwas verlegen dreinschaute wegen all des Rummels, der plötzlich über ihn hereinbrach.

Es war nicht das letzte Mal auf dieser Überfahrt, dass Boffin verschwand, aber ein so großes Schiff war die Elinor nun auch wieder nicht, und meistens hatte Hector ihn sehr schnell aufgespürt. Nur einmal war es ihm schwer geworden, den Troll zu finden, denn Boffin hatte sich in einer alten Heringstonne versteckt. Sie roch so stark nach Hering, dass sogar Hector Mühe hatte, den Trollgeruch trotzdem wahrzunehmen. Anschließend war die Mannschaft sehr unterschiedlicher Meinung darüber, ob Boffins neue Duftmischung es nun erleichterte oder erschwerte, ihn in der Nähe zu haben.

Der Ostwind wehte nur schwach über dem Mittelmeer, und die Elinor glitt sehr langsam durchs Wasser. Doch wenigstens behielt der Wind die gesamte Fahrt über die Richtung bei und drehte nicht, bis sie schließlich den Felsen von Gibraltar umrundeten und den Atlantischen Ozean erreichten. Hier blies der Wind sehr viel frischer und schärfer, und oft sprühte salzige Gischt über das Deck, während sie mühsam Richtung Norden kreuzten.

Es war ein Vergnügen, den Papagei, Hector und Boffin zu beobachten, wenn wieder einmal ein Schwall Meerwasser über das Deck gespült wurde. Hector stand auf, ging hinüber auf die andere Seite des Schiffes und legte sich dort wieder hin. Wenn sie wenig später das Ruder umlegten, um in die entgegengesetzte Richtung aufzukreuzen, dauerte es in aller Regel nicht sehr lange, bis auf dieser Seite Wasser über das Deck

schwappte und sich erneut über ihn ergoss. Zum Schluss stand er auf, schüttelte sich das Fell aus, ging hinunter in die Kajüte und legte sich hin. Henri brachte Boffin bei, quer über das Deck Saltos zu schlagen, aber so sehr sich der Troll auch bemühte und trotz seiner Geschicklichkeit und Geschmeidigkeit war Henri doch der Bessere von beiden, was das anging. Einmal wäre fast etwas schief gegangen, denn aus irgendeinem Grund hatte Melvin beschlossen, ausnahmsweise einmal zum Abendessen die Schiffsglocke zu läuten. Schon beim ersten Schlag der Glocke machte Boffin voller Entsetzen einen Satz in die Luft, stieß ein schreckliches Gebrüll aus und sprang über die Reling. Alle glaubten schon, er sei ins Wasser gefallen, aber Boffin hatte sich an einem Seil festgeklammert, das über die Seite des Schiffs hinaushing. Nach einiger Zeit gelang es Henri, Boffin mit Hilfe einiger Kekse zu überreden, wieder an Deck zu klettern, und alle atmeten erleichtert auf.

›Was war denn das?‹, fragte Bomstaff. ›Wovor hatte das kleine Ungeheuer denn auf einmal solche Angst?‹

Die Antwort darauf erhielt er sofort, denn im selben Moment läutete Melvin abermals die Schiffsglocke, und das Schauspiel wiederholte sich. Diesmal war es nur noch deutlich schwerer, Boffin wieder an Bord zu locken.

›Die Schiffsglocke darf auf dieser Reise nicht mehr geläutet werden!‹, erklärte Bomstaff. ›Sonst gehen uns die Kekse aus, bevor wir den Golf von Biscaya hinter uns haben!‹

Goodwin stand etwas entfernt und sah sich das Ganze nachdenklich an. Er hatte die Stirn in Falten gelegt und schien tief in Gedanken versunken zu sein. Boffins Angst vor Glockengeläut beschäftigte ihn sehr.

Je weiter sie Gibraltar hinter sich ließen und nach Norden vorankamen, verflog Goodwins nachdenkliche und trübselige Stimmung. Das Barometer dagegen fiel und fiel und fiel, und das Wetter wurde immer schwerer, bis die Elinor in einen regelrechten Orkan geriet. Es war reichlich zu tun, die Segel zu reffen und zu bergen, und Goodwin, der ja aus seinen Tagen als junger Mann viel Erfahrung damit hatte, was auf einem Schiff getan werden musste, übernahm das Ruder, was bei diesem Sturm ein hartes Stück Arbeit war. Es erforderte sehr viel Kraft, die Elinor in einem solchen Wetter auf Kurs zu halten. Das Schiff ächzte und knarrte in der schweren See, aber je schlimmer das Wetter wurde, umso besser wurde Bomstaffs Laune. Im Gegensatz zum Rest der Mannschaft, die erschöpft war und die Elinor nur mit Mühe unter Kontrolle behielt, fühlte sich Bomstaff pudelwohl, je mehr der Wind an seinen Haaren und an seinem Bart zerrte. Er lachte laut, wenn die salzige Gischt über das Deck getrieben wurde und sie alle durchnässte.

Abgesehen von Bomstaff war Boffin der Einzige, der den Sturm zu genießen schien, obwohl er es ganz sicher nicht mochte, nass zu werden. Im Krängen des Schiffes von einer Seite zur anderen erfand er immer neue Spielchen. Es begann damit, dass Henri ihn unten in der Kajüte fand, mit dem Kopf nach unten an der Lampe hängend und hin und her schwingend. Kam jemand von der Mannschaft vorbei, schnappte er ihm den Regenhut vom Kopf oder die Pfeife aus dem Mund, um dann sogleich mit einem gewaltigen Satz durch die Luft zu wirbeln und auf seinen kräftigen Füßen zu landen. Danach verschwand er blitzschnell mit seiner Beute. Wohl ungefähr alle zwei Tage durchsuchte die Mannschaft das Schiff vom Bug bis nach achtern, um sein neustes Versteck ausfindig zu machen, sodass sie die Sachen zurückbekommen konnten, die er ihnen stibitzt hatte. Es hatte keinen Zweck, ihn zu verfolgen, denn er war viel zu schnell, als dass die Seeleute ihn hätten fangen können. Wenn das Wetter ruhig war, konnte Henri ihn manchmal überrumpeln, denn er war fast genauso flink wie Boffin, aber sobald das Schiff im Sturm hin und her geworfen wurde, war der Troll selbst für Henri zu fix. Auf fast schon gespenstische Weise vermochte Boffin es, in vollem Lauf schnurgerade über das ganze Deck zu schießen, gerade so, wie es ihm beliebte, ohne dass ihn das Rollen und Stampfen des Schiffes auch nur im Geringsten beeinträchtigt hätte. Henri hingegen musste sich festhalten und abstützen, um nicht das Gleichgewicht zu verlieren, und konnte ihm deshalb nicht folgen.

›Das ist unglaublich!‹, rief Henri durch den Sturm Bomstaff und Goodwin zu. Sie standen nebeneinander und hielten sich am Rand des Kajütendachs fest, um sich überhaupt auf den Beinen halten zu können, während die Elinor mal hierhin, mal dorthin katapultiert wurde.

›Boffin kann einfach so über das Deck laufen, als läge das Schiff ganz still im Hafen.‹

›Da würde ich dir Recht geben, das ist unglaublich!‹, sagte Bomstaff etwas missmutig und ohne näher zu erklären, was er damit meinte. Gerade jetzt fiel es ihm schwer, in Begeisterung darüber auszubrechen, dass Boffin an Bord war. Der Troll hatte heute Morgen seine Lieblingspfeife zerbrochen.

›Er muss ein ganz außergewöhnliches Gleichgewichtsgefühl haben‹, fuhr Henri aufgeregt fort. Regen und Salzwasser liefen ihm über sein braunes Gesicht, und in dem Grau des Meeres und des Himmels strahlte er mit den Schiffslaternen um die Wette. Und Goodwin und Bomstaff strahlten innerlich vor Freude, wenn sie dem Jungen ansahen, dass seine Begeisterung anscheinend keine Grenzen kannte. ›Es ist phantastisch, er errät schon vorher, nach welcher Seite das Schiff im nächsten Moment krängen wird.‹

Henris Sinne hatte auch der Sturm nicht trüben können, und er hatte Recht. Die Elinor schwankte nicht von Seite zu Seite wie bei normalem Seegang, sondern wurde wie ein Spielball vollkommen unvorhersehbar hierhin und dorthin geworfen, sodass selbst ein alter Seebär wie Bomstaff größte Mühe hatte, das Gleichgewicht zu halten.

Goodwin war ganz fasziniert von Henris Begeisterung für Boffin. Wäre Henri nicht gewesen, wäre es ihm sehr viel leichter gefallen, sich dazu durchzuringen, mit dem Splitter des schwarzen Kristalls die Trolle zu fangen. Er sah über das Deck. Boffin spielte gerade eines seiner Lieblingsspiele. Er rollte sich zu einer Kugel zusammen und purzelte mit den Bewegungen des Schiffes kreuz und quer über das Deck, bis er irgendwo anstieß und wieder in eine andere Richtung kullerte, beinahe wie ein Ball. Goodwin seufzte. Das Leben wäre sehr viel leichter ohne Heckentrolle. Andererseits hätte er ohne sie nie all das erlebt, was sich in den letzten Monaten zugetragen hatte.

Die Elinor schlug sich wacker in dem gewaltigen Sturm und meisterte sämtliche Strapazen. Sie war ja auch nicht mehr ganz jung, aber solide und gut gebaut und mit einem ordentlichen Kiel ausgestattet, sodass Oben und Unten da blieben, wo sie auf einem Schiff hingehörten. Eines Tages flaute der Sturm plötzlich ab, das Barometer stieg und es dauerte nicht lange, bis durch ein Loch in der grauen Wolkendecke ein erster Fetzen blauen Himmels zu sehen war. Die Wolken zogen nach Westen ab und eine frische Sommerbrise schob die Elinor vor sich her durch den Golf von Biscaya und in den Englischen Kanal hinein.

Als Goodwin am nächsten Morgen aus der Kajüte kam und den Kopf aus der Tür streckte, spürte er gleich, dass etwas in der Luft lag. Er sah sich um, und dort nach Steuerbord türmten sich die weißen Kreidefelsen der englischen Südküste vor ihm auf. Goodwin stand wie angewurzelt da und starrte sie an. Bald war ein Jahr vergangen, seit er England verlassen hatte, und jetzt fühlte er zum ersten Mal, dass er auf dem Weg nach Hause war. Aber dieses Gefühl bereitete ihm nicht nur Freude. Er dachte an all die Dinge, die er erlebt hatte, und er wusste, dass er das Reisen und die Abenteuer vermissen würde. Am meisten würden ihm Bomstaff und Henri fehlen – und sogar Castanac, der Papagei. Seine größte Sorge aber war, dass er eine Entscheidung wegen der Heckentrolle treffen musste.

Während er auf die weißen Klippen sah und nachdachte, ging er nach vorne zum Steven des Schiffes und blieb dort stehen. Hector schlenderte neben ihm her und ließ sich mit einem Stöhnen an Goodwins Seite nieder, als habe er alle Last der Welt zu tragen. Wo Hector war, war der Papagei in der Regel nicht weit, und kurz darauf kam er geflogen und setzte sich auf Hectors Kopf. Er putzte ein wenig sein Gefieder, doch dann wurde ihm die bedrückende Stille zu viel.

›Steh nicht hier herum, du Faulpelz. Du wirst bald Moos ansetzen!‹

Goodwin lächelte. Selbst die neunmalklugen Bemerkungen des Papageis würden ihm fehlen, wenn er erst wieder in seinem kleinen Gasthaus in Compton Basset war. Aber die Trolle – was sollte er wegen der Trolle tun?

Im selben Moment sah er überrascht auf. Neben dem Bugspriet erschien ein sonderbares Büschel Haare. Es folgte der obere Teil eines Paars großer, ovaler Augen, und schließlich kam eine mächtige, kartoffelförmige Nase zum Vorschein. Boffin legte seine Nase auf die Kante vor Goodwin und sah ihm direkt in die Augen. Goodwin seufzte. Man konnte nie wissen, was der freche Troll gerade ausheckte! Jetzt war Boffin an der Reling entlang bis ganz nach vorne zum Bugspriet geturnt. Was sollte Goodwin der Trolle wegen tun? Unablässig sahen Boffins wundersame, große Augen hinter der dicken Nase hervor, als wollten sie Goodwins Gedanken lesen. Goodwins Blick verlor sich in den Augen des Trolls, die so unergründlich blau waren wie das Meer um sie herum.

Eine Stimme aus der Vergangenheit

Ob Boffin an diesem Tag tatsächlich Goodwins Gedanken lesen konnte, wird wohl nie jemand erfahren. Aber Bomstaff konnte es. Nachdem der Troll Goodwin eine Zeit lang in die Augen gesehen hatte, verschwand er plötzlich. Bomstaff gesellte sich zu Goodwin und stand eine Weile schweigend neben ihm. Sie schauten übers Meer, und schließlich sagte Bomstaff: ›Wir werden wohl übermorgen im Hafen sein, Goodwin, mein Freund, und dann ist deine lange Reise vorbei. Du hast gefunden, wonach du gesucht hast.‹

Er kaute etwas verlegen auf seiner Pfeife herum.

›Ich weiß auch ... du hast sehr viel mehr gefunden als das, und jetzt ist es an dir zu entscheiden, was du mit der Silberfigur anfangen willst. Eine schwere Aufgabe, um die ich dich nicht beneide. Aber die Zeit ist knapp, mein Freund. Die Trolle liegen Henri sehr am Herzen, und besonders wichtig für ihn ist es zu wissen, was aus Boffin wird.‹

Goodwin seufzte.

›Ich weiß, und Henri hat eine Antwort verdient. Übermorgen werde ich mich entscheiden. Ich glaube, ich muss erst einen Fuß auf englischen Boden setzen, bevor ich zu einem Entschluss kommen kann.‹

Zwei Tage später machte die Elinor am Kai im Hafen von Poole fest, und die drei Freunde gingen mit Hector und dem Papagei an ihrer Seite an Land. Bomstaff trug Boffin in einem Reisesack auf seinen breiten Schultern. Sie wanderten eine der schmalen Gassen hinauf, die für Poole so typisch sind, und kamen zu dem kleinen Gasthaus, in dem Goodwin damals mit Bomstaff zusammengetroffen war. Diesmal gingen sie schnell vorbei, denn sie waren sich nicht sicher, ob der Papagei bei den Seeleuten in der Gaststube in außerordentlich guter Erinnerung geblieben war. Und das war wohl auch gut so, denn als sie schon fast vorüber waren, ging die Tür zu der Schänke auf und ein finster dreinblickender Seemann mit einer großen, krummen Nase, Tätowierungen auf den kräftigen Armen und einem Ring im Ohr kam heraus.

›Was für eine hässliche Fratze du hast!‹, schwatzte der Papagei sofort drauflos.

Der Seemann fuhr herum und sah sie grimmig an. Bomstaff lächelte entschuldigend, und sie beeilten sich, weiter die schmale Gasse hinauf und von der Wirtschaft wegzukommen.

›Gebt mir eine Harke, und ich werde ihm seine Rübe ein wenig in Ordnung bringen!‹, rief der Papagei die Gasse hinunter dem Seemann nach, aber die Kameraden schafften es, Poole ohne größere Scherereien hinter sich zu lassen.

Nachdem sie einige Stunden gewandert waren, erreichten sie den Rücken der Steilküste, und bald verschwand das Meer hinter grasbedeckten Hügeln aus ihrem Blickfeld. Sie schritten tüchtig aus, und erst kurz vor Sonnenuntergang machten sie an einem gemütlichen, kleinen Landgasthaus Halt, das ein wenig an Goodwins eigenes kleines Wirtshaus in Compton Basset erinnerte. Während sie unterwegs waren, hatte Bomstaff ein paar Mal verstohlen zu Goodwin hinübergeschaut, um zu

sehen, ob es Anzeichen dafür gab, dass er zu einer Entscheidung gekommen war. Aber Goodwin war seinen Blicken ausgewichen und hatte den ganzen Weg über geschwiegen.

Drinnen im Gasthaus wurde ihnen ein Zimmer für die Nacht zugewiesen, und danach gingen sie alle hinunter in die Gaststube, wo sie sich eine urige englische Landmahlzeit bestellten. Urig war sie wohl, aber ganz ohne Gewürze zubereitet, und es schmeckte, als sei in der Küche der kleinen Wirtschaft sogar das Salz ausgegangen! Wehmütig dachten sie an das Essen, an das sie sich in den letzten Monaten so gewöhnt hatten. Henri stocherte ein wenig auf seinem Teller herum, war aber zu höflich, um Bemerkungen über die Kochkünste in Goodwins und Bomstaffs Heimatland zu machen. Boffin hatten sie oben auf dem Zimmer gelassen. Wenn ihm langweilig war, schlief er zumeist einfach ein, und er konnte ohne weiteres tagelang schlafen.

Während der Mahlzeit sagte Goodwin fast nichts. Das Essen rührte er so gut wie gar nicht an, und als Bomstaff gerade den letzten Bissen heruntergeschluckt hatte, entschuldigte sich Goodwin und ging zusammen mit Hector nach oben auf ihr Zimmer.

›Was ist denn mit Monsieur Goodwin los?‹, fragte Henri traurig, bekam aber keine Antwort, denn in diesem Augenblick geschah etwas, das alle in der Gaststube verstummen ließ. Die Eingangstür sprang auf, und ein kleiner Mann, in einen dicken Umhang gehüllt und mit einem Hut auf dem Kopf, trat ein. Seine kleinen, bösartig dreinschauenden Augen suchten die Schänke ab, und alle, die seinem Blick begegneten, spürten eine durchdringende Kälte in sich aufsteigen. Als er offenbar nicht finden konnte, wonach er suchte, wandte er sich an den Gastwirt.

›Ich suche einen Reisenden mit einem großen Hund‹, sagte er mit gebieterischer, schneidender Stimme. ›Hast du ihn gesehen, Wirt?‹

Das hatte der Gastwirt sehr wohl, doch er mochte den kleinen Mann ganz und gar nicht. Außerdem hatte er ein wenig mit Goodwin gesprochen und sich auf Anhieb gut mit ihm verstanden, denn Goodwin hatte ihm erzählt, auch er habe ein kleines Wirtshaus. Irgendetwas sagte dem Gastwirt, dass der kleine Mann Goodwin alles andere als gut gesonnen war, und so beschloss er, ihm nichts zu verraten.

›Kann mich nicht an so jemanden erinnern. Hier kommen sehr viele merkwürdige Reisende durch, wie man sieht‹, sagte der Gastwirt beiläufig. Aber mit dieser Antwort gab sich der Kleine nicht zufrieden.

›Wenn du etwas weißt, so wäre es besser für dich, es zu sagen! Sonst könnten hier bald Reisende herkommen, die noch sehr viel merkwürdiger sind als ich!‹

Und dabei beugte sich der kleine Mann drohend über die Theke und starrte dem Gastwirt in die Augen. Eine finstere, kriechende Kälte befiel den braven Mann, doch konnte er seinen Blick nicht von dem des Fremden lösen. Mit einem Mal verspürte er eine fürchterliche Angst vor den dunklen Mächten, die draußen tief in den Wäldern hausten und ihr Unwesen trieben. Einen Augenblick lang war es, als habe er einen schrecklichen Albtraum, in dem er wie ein Nebel durch einen finsteren Tannenwald schwebte. Über knotige Wurzeln und zwischen mächtigen Stämmen flog er dahin und wand sich durch dichtes Gestrüpp aus verschlungenen, klebrigen Lianen mit spitzen Dornen. Die gewaltigen Baumstämme knirschten, als wollten sie sich auf ihn stürzen und ihn zermalmen, und die Schlingpflanzen griffen nach ihm und versuchten ihn festzuhalten und ihre zahllosen Dornen in seine Kleider zu bohren. Doch er musste weiter, immer weiter auf seiner grauenvollen Reise, denn irgendetwas war hinter ihm her, etwas Grässliches und zutiefst Böses, das aus der Zeit stammte, als die Welt noch dunkel und ruhelos war. Und stets kam es ihm so vor, als lauere dieses Wesen gerade hinter den Bäumen, an denen er vorbeikam. Er konnte es nicht sehen, fühlte aber, dass es immer da und ihm direkt auf den Fersen war. Dem Gastwirt war jegliche Farbe aus dem Gesicht gewichen, und er konnte der Schwarzen Magie des kleinen Mannes nicht länger standhalten. Er spürte, dass die einzige Möglichkeit, diesem Grauen erregenden Albtraum zu entrinnen, darin bestand, dem kleinen Mann alles über Goodwin und Hector zu erzählen, was er wusste. Er öffnete den Mund, um etwas zu sagen. Aber in diesem Augenblick hörte er eine schöne, helle Stimme neben sich.

›Entschuldigung, Monsieur. Könnte ich noch etwas frisches Wasser in unseren Krug bekommen?‹

Wie alle anderen in der Gaststube hatten Henri und Bomstaff dagesessen und gebannt den Drohungen des kleinen Mannes gelauscht, aber plötzlich war Henri ohne ein Wort aufgestanden und zu dem Gastwirt gegangen.

In den Gedanken des Mannes erklang Henris Stimme wie eine klare, sprudelnde Quelle, die sich mitten durch eine grüne Wiese ergoss und mit deren Wasser die Sonnenstrahlen spielten. Der Zauber war gebrochen, und er sah in Henris warme, braune Augen. Aber der kleine Mann mit dem stechenden Blick war rasend vor Wut, weil seine Macht über den Gastwirt dahin war, bevor er erfahren hatte, was er wissen wollte.

›Was bildest du dir ein, du kleiner Wurm! Herzukommen und Spirrus zu stören, wenn er spricht!‹

Henri begegnete Spirrus' Blick ohne jede Furcht. Zum ersten Mal, seit Spirrus seinen neuen Herren diente, musste er erleben, dass sein Blick es nicht vermochte, den mit Furcht zu lähmen, der ihm in die Augen sah. In fürchterlicher Wut hob er einen Arm und wollte zuschlagen – aber im selben Augenblick legte sich eine starke Hand auf seine Schulter, so schwer, dass er beinahe in die Knie gesunken wäre. Ohne dass er sich dagegen hätte wehren können, drehte die Hand Spirrus herum, und er sah einen großen, kräftigen Mann mit weißen, lockigen Haaren vor sich, der offensichtlich bester Laune war, denn ein Grinsen breitete sich über sein ganzes Gesicht aus.

›Hör mal, du Zwerg!‹, sagte er mit seiner tiefen Stimme. ›Du hast gerade etwas über Reisende gesagt. Meinst du nicht, es ist an der Zeit, dass du selber weiterkommst, und zwar schnell?‹

Mit diesen Worten und einem fröhlichen Lachen hob Bomstaff Spirrus ohne jede Schwierigkeit in die Höhe und trug ihn zur Tür. Spirrus versuchte dem großen Mann in die Augen zu sehen, schaffte es aber nicht, dessen Blick aufzufangen. Im nächsten Moment flog er zur Tür hinaus und auf den Weg, der vor dem Gasthaus vorbeiführte. Er sprang auf die Beine und schrie Bomstaff an: ›Das wirst du noch bereuen, du dämlicher Ochse! Niemand behandelt Spirrus so, jetzt nicht mehr. Ich werde …‹

Weiter kam er nicht, denn nun trat Bomstaff drohend auf ihn zu. Spirrus rannte zu seinem Pferd, sprang in den Sattel und schlug dem armen Tier die Sporen in die Seiten, dass es davonjagte, so schnell es konnte. Aber in sicherer Entfernung hielt Spirrus noch einmal an, und seine Stimme schallte durch die Dunkelheit zu Bomstaff herüber: ›Mir scheint, du hattest mit Castanac zu schaffen, was? Aber warte nur! Spirrus kommt schon noch dahinter, und wenn es so ist, dann gnade dir Gott! Eines Tages werden ich und meine Freunde dich finden!‹

Dann riss er sein Pferd herum und sprengte davon in die Dunkelheit.

Erst jetzt verschwand das gutmütige Lächeln aus Bomstaffs Gesicht, und seine Stirn legte sich in nachdenkliche Falten. Er war sich im Klaren darüber, dass sie in etwas hineingeraten waren, das sehr viel gefährlicher war, als sie bisher angenommen hatten. Ihr Abenteuer war wohl noch längst nicht zu Ende.

Bomstaff ging zurück in die Gaststube. Der arme Gastwirt war noch immer sehr bleich.

›Habt vielen Dank für die Hilfe‹, sagte er. ›Ich weiß wirklich nicht, wie das passieren konnte. Mir war, als sei ich plötzlich nicht mehr ich selbst.‹

›Wir haben zu danken‹, sagte Bomstaff ruhig. ›Da war irgendetwas Seltsames an diesem kleinen Männlein, und er führte ganz sicher nichts Gutes im Schilde. Es war gut, dass du nichts über Goodwin verraten hast, mein Freund. Jetzt solltest du schlafen gehen, und auch wir werden uns hinlegen. Aber du kannst ganz ruhig sein, einer von uns wird die ganze Nacht Wache halten.‹

Wieder daheim

Goodwin war gerade die Treppe zu ihrem Zimmer hinaufgestiegen, als er hörte, wie Spirrus das Gasthaus betrat. Er erkannte die Stimme sofort wieder, aber dennoch hatte sie sich auf eigentümliche Art verändert. Er erinnerte sich deutlich daran, wie Spirrus' stechender Blick und der widerwärtige Klang seiner Worte eine innere Abscheu in ihm hervorgerufen hatten, als er dem kleinen Mann in Glastonbury begegnet war. Jetzt war noch etwas anderes in seiner Stimme, etwas Bedrohliches, Gefährliches, etwas, das Goodwin kalte Schauer über den Rücken jagte. Irgendetwas sagte ihm, dass es am besten war, wenn Spirrus ihn und Hector nicht fand. Deshalb verharrte er oben an der Treppe und rührte sich nicht, konnte aber alles im Auge behalten, was unten in der kleinen Gaststube vor sich ging. Goodwin sah, wie der brave Gastwirt von Spirrus' Blick förmlich an die Wand gedrückt und ganz bleich im Gesicht wurde. Ebenso wie Bomstaff war damit auch Goodwin nun bewusst, dass böse Kräfte ihre Hände im Spiel hatten. Dann kam Henri dazu, und die Schwarze Magie verlor ihre Kraft. Goodwin beobachtete, wie der Junge dem Blick des kleinen Mannes ohne Furcht begegnete. In diesem Moment traf er seine Entscheidung.

Als Bomstaff und Henri wenig später nach oben kamen, fanden sie Goodwin vor, wie er im Zimmer saß und ein Fläschchen in der Hand hielt, das er aus dem ledernen Sack genommen hatte, der von Castanac stammte. Es befanden sich fünf dieser kleinen Flaschen darin, und der alte Zauberer hatte gesagt, sie enthielten einen Trank, der ihm helfen würde, wenn seine Kräfte nicht ausreichten, den dunklen

Mächten zu widerstehen. Goodwin schenkte jedem von ihnen ein Glas ein.

›Meine Freunde!‹, sagte Goodwin feierlich. ›Meine besten und liebsten Freunde. Ihr seid mit mir durch dick und dünn gegangen und habt manche Gefahren für mich auf euch genommen, auch heute Abend wieder. Wir glaubten schon, wir hätten das Schlimmste überstanden. Geduldig habt ihr darauf gewartet zu hören, was ich mit dem Splitter des schwarzen Kristalls tun werde und was mit Boffin und den anderen Heckentrollen geschehen soll. Nun, ich habe meine Entscheidung getroffen, und ihr sollt sie zuerst hören!‹

So kam es, dass eines schönen Frühsommertages eine kleine, aber ungewöhnliche Reisegesellschaft den alten Handelsweg auf dem Hügelkamm oberhalb des *Tals des Weißen Pferdes* entlangwanderte. Jede Nacht hatten Goodwin und Bomstaff abwechselnd Wache gehalten, aber von Spirrus hatten sie nichts mehr gesehen.

Gegen Abend kamen sie zum Gramp's Hill und bogen ins Tal ab, hinunter nach Compton Basset. Hector hatte schon lange den wohlvertrauten Geruch der Heimat gewittert, und je näher sie Gramp's Hill kamen, umso aufgeregter sprang er freudig herum.

›Na, alter Knabe, riechst du das? Es duftet nach zu Hause!‹, rief Goodwin lachend, während Hector von der einen Seite des Weges zur anderen und wieder zurück rannte. Ständig beschnüffelte er irgendetwas am Wegesrand, das er unbedingt genau untersuchen musste. Armer Castanac – also der Papagei –, unaufhörlich war er gezwungen, sich von seinem gewohnten Plätzchen auf Hectors Kopf in Sicherheit zu bringen und in die Luft zu flattern, wenn der große Bluthund plötzlich und unvorhersehbar hierhin und dorthin schoss.

›Was für ein Seegang!‹, krächzte er, landete aber doch jedes Mal wieder mitten auf dem Kopf seines Freundes.

Boffin schlief die meiste Zeit über in dem Reisesack auf Bomstaffs Schultern. Aber als sie Gramp's Hill hinuntergingen, wachte er auf und begann zu wimmern. Auf halbem Weg den Hügel herunter blieben sie stehen, sodass Boffin sich ein wenig umsehen konnte. Unablässig blickte der kleine Troll erstaunt auf die großen Weidenbäume, und vielleicht weckten sie in ihm Erinnerungen an Erlebnisse vom Blocksberg, die schon viele Jahre zurücklagen. Den Rest des Wegs durfte er so sitzen, dass sein Kopf aus dem Reisesack herausschaute, doch als die Sonne unterging, begannen unten im Dorf die Kirchenglocken zu läuten, und Boffins Kopf verschwand sofort wieder.

›Na, Glockengeläut mag er immer noch nicht besonders‹, sagte Goodwin vergnügt. Das war ihnen ja schon auf der Elinor aufgefallen, und es hatte eine wichtige Rolle für Goodwin gespielt, um zu einer Entscheidung zu kommen, wie es mit den Trollen und dem Dorf weitergehen sollte.

Henri lächelte und sah Goodwin an. ›Nein, Monsieur Goodwin. Hoffen wir, dass die anderen Trolle auch kein Glockengeläut mögen.‹

Wenig später, als die Dunkelheit sich schon allmählich über das kleine Dorf legte, öffnete Goodwin endlich die Tür zu seiner Schänke. Es war niemand da, alles war still, und so sollte es auch sein, denn Goodwin hatte sein Gasthaus abgeschlossen, als er sich auf den Weg gemacht hatte. Er freute sich, wieder in seinem kleinen Wirtshaus zu sein, doch kam es ihm viel kleiner vor, als er es in Erinnerung hatte. Er trat zum Kamin, machte ein Feuer und bereitete eine Mahlzeit zu, und kurz darauf saßen die drei Freunde an einem der Tische und aßen. Später am Abend ging Goodwin hinüber zum Haus des Gutsherrn, der sofort einen Boten losschickte, überall im Dorf Bescheid zu geben, dass am nächsten Tag in der großen Scheune des Gutsherrn von Compton Basset eine Versammlung sei.

Derweil lag Henri schon in dem kleinen Zimmer unter dem strohgedeckten Dach in Goodwins Gasthaus. Ihm gefiel das kleine Landgasthaus sehr, denn auf eine komische Art und Weise erinnerte es ihn an Goodwin selbst. Es war gemütlich und robust, und es hatte etwas an sich, das ihm ein Gefühl von Geborgenheit und Verlässlichkeit gab. Aber das war vielleicht auch gar nicht so verwunderlich, denn schließlich hatte Goodwin es selbst gebaut. Henri lag da und dachte an all die Dinge, die er während der Reise mit seinen Freunden erlebt hatte, und überlegte, was wohl noch alles geschehen mochte. Er wusste nun, dass die Trolle in Compton Basset in Sicherheit waren, jedenfalls würden sie nicht mit Hilfe des Splitters von dem schwarzen Kristall eingefangen werden. Er schob eine Hand unter das Bett und tastete nach dem kleinen Rucksack mit der Silberfigur darin, die den Kristallsplitter hielt. Er war da, wo er sein sollte. Henri hatte noch nie in seinem Leben ein seltsameres Geschenk bekommen als die Silberfigur. Er hatte nicht wirklich verstanden, warum Monsieur Goodwin sich entschieden hatte, sie ihm, Henri, zu geben, aber sowohl Monsieur Goodwin als auch Monsieur Bomstaff hatten gesagt, darüber solle er sich keine Gedanken machen. Jedenfalls jetzt noch nicht, hatten sie noch hinzugefügt. Es sei ganz richtig, dass er den Splitter habe, und eines Tages würde er verstehen, warum, ganz von selbst. Er hatte nicht weiter darüber nachgedacht, denn er vertraute Monsieur Goodwin und Monsieur Bomstaff blind. Das Wichtigste war für ihn erst einmal, dass die Trolle nicht eingefangen und aus Compton Basset und damit von den Weidenbäumen weggebracht wurden.

Henri betrachtete das Stück des nachtblauen Himmels, das durch das Fenster hindurch zu sehen war. Zwischen den Wolken blinkten einige Sterne. Er hätte gerne mehr über die Sterne gewusst und hoffte, dass er irgendwann zu Castanac und seinem Turm in Konstantinopel zurückkehren und sie mit Hilfe der großen Teleskope genau studieren und alles über sie lernen konnte, was der alte Zauberer ihm beizubringen vermochte.

Auch hätte er gerne mehr über die Trolle erfahren, und er hatte sich fest vorgenommen, in einer der nächsten Nächte zum Gramp's Hill zu schleichen. Goodwin und Bomstaff würden sicher von dieser Idee überhaupt nichts halten. Sie meinten, man könne nie wissen, was die Trolle alles aushecken konnten, aber Henri hatte keine Angst vor ihnen. Also hatte er sich überlegt, den beiden Männern erst anschließend davon zu erzählen.

Während Henri dalag und sich die Sterne anschaute, tauchte plötzlich etwas draußen vor dem Fenster auf. Ein Kopf mit großen, ovalen Augen schob sich vom Dach aus langsam in sein Blickfeld. Henri war beinahe schon eingeschlafen, jetzt war er mit einem Schlag wieder hellwach. Es war ein Heckentroll, genauso einer wie Boffin, nur sehr viel größer. Er drückte sich die Nase an der Fensterscheibe platt und versuchte in das dunkle Zimmer zu sehen. Ohne einen Laut glitt Henri aus seinem Bett und huschte zum Fenster. Erst als er seine eigene Nase schon fast gegen die Scheibe drückte, bemerkte der Troll ihn, und ihre Blicke trafen sich. Es war ein etwas sonderbares Gefühl, dem großen Troll in die Augen zu sehen, vor allem weil er mit dem Kopf nach unten vom Dach herunterhing. Auf einmal entdeckte Henri, dass Boffin auf die Fensterbank geklettert war und nun direkt neben ihm saß. Jetzt sah der große Troll Boffin an, und Boffin sah ihn an. Dann legte der Troll seine Fingerspitzen auf die Scheibe, als wolle er Boffins kleines Gesicht durch das Glas hindurch streicheln. Boffin tat das Gleiche und saß ganz still da. So vergingen einige Minuten, in denen der große und der kleine Troll einander ansahen und Henri überlegte, ob die beiden sich vielleicht aneinander erinnern konnten aus der Zeit, als sie noch ganz klein gewesen waren und in den großen Höhlen unter dem Blocksberg gelebt hatten.

Plötzlich verschwand der große Troll. Boffin blieb am Fenster sitzen, und nur wenig später kam ein anderer Troll zum Vorschein und sah ihn durch die Fensterscheibe hindurch an.

Henri hörte, dass sich sehr viele Trolle auf dem Dach befinden mussten, und einer nach dem anderen schob den Kopf über den Rand des Strohdachs und vor das Fenster, um Boffin zu sehen. Henri schlich zurück in sein Bett. Von dort beobachtete er die Trolle, wie sie mit dem Kopf nach unten hängend am Fenster auftauchten. Aber bald wurden seine Augenlider schwer wie Blei, und er sank in einen Traum voller Trolle, Zauberer und langer Reisen auf dem blauen Ozean unter dem unendlichen Sternenhimmel.

Mrs Hawkes begegnet zum dritten Mal einem Heckentroll

Am nächsten Tag versammelten sich alle Einwohner von Compton Basset in der großen Scheune des Gutsherrn, um Goodwin willkommen zu heißen und zu hören, was er auf seiner Reise erlebt und herausgefunden hatte. Es herrschte ein ziemliches Durcheinander und ein lautes Stimmengewirr, das sogar noch anschwoll, als Goodwin zusammen mit Bomstaff und Henri die Scheune betrat. Goodwin hob die Arme und bat um Ruhe.

›Liebe Freunde! Es ist schön, wieder zu Hause zu sein und euch alle wiederzusehen. Es hat mich ziemlich weit hinaus in die Welt verschlagen, bis ich erfuhr, woher die Trolle kommen und was wir dagegen tun können, dass sie so viel Unfug hier im Dorf treiben und so manchen Schaden anrichten.‹

›Gibt es eine Möglichkeit, sie loszuwerden?‹, rief einer aus der Versammlung ihm zu, und viele andere stimmten ein. Goodwin hob wieder die Arme.

›Lasst mich jetzt eins nach dem anderen erzählen‹, sagte er. ›Ich habe etwas herausgefunden, das uns helfen wird, aber ich wäre wohl niemals zurückgekommen, wenn diese zwei hier mir nicht zur Seite gestanden hätten.‹ Goodwin wies mit der Hand auf Bomstaff und Henri und erklärte den Leuten, wer sie waren. Die Versammlung klatschte, und Dr. Pillbury schüttelte ihnen im Namen aller Anwesenden die Hand, um ihnen zu danken, dass sie dem Abgesandten des Dorfes geholfen hatten.

Goodwin fuhr fort: ›Ich möchte euch jetzt gerne etwas zeigen, das ich auf meiner Reise entdeckt habe!‹

Mit diesen Worten öffnete er den Reisesack und Boffin sprang heraus. Ein erstauntes Raunen ging durch die Versammlung. Nun war allen klar, dass es irgendwo anders auf der Welt auch Trolle geben musste und dass Goodwin bestimmt sehr viel über sie erfahren hatte. Aber noch bevor er erklären konnte, was es mit Boffin auf sich hatte, erhob Mrs Hawkes ihre mächtige Stimme: ›Nun, das scheint mir ja eine sehr spaßige Reise gewesen zu sein, wenn Sie sogar noch einen Troll mit nach Compton Basset bringen! Ein besonders origineller und wunderbarer Beitrag für das Dorfleben, über den sich sicher alle Einwohner sehr freuen werden. Allerdings dachte ich, Sinn und Zweck Ihrer Reise sei gewesen herauszufinden, wie wir uns der Trolle entledigen können, und nicht, noch mehr von ihnen hierher zu bringen. Aber da habe ich ganz offenbar etwas völlig falsch verstanden!‹

Goodwin konnte ein Lächeln nicht unterdrücken. Mrs Hawkes konnte ja nicht wissen, wie die Dinge zusammenhingen.

›Wir können uns der Trolle nicht entledigen, wie Sie es nennen, Mrs Hawkes‹, sagte er ruhig. ›Wenn das, was ich erfahren habe, wahr ist – und ich habe keinen Grund, daran zu zweifeln –, dann werden wir hier in Compton Basset mit den Trollen leben müssen!‹

Ein Seufzer der Enttäuschung durchlief die Versammlung.

›Erzähl die ganze Geschichte, sonst verwandle ich deine Beine in Froschschenkel!‹, krakeelte der Papagei und stellte damit einmal mehr seine Fähigkeit unter Beweis, zu den ungelegensten Zeitpunkten die unpassendsten Bemerkungen zu machen. Goodwin und Bomstaff tauschten einen kurzen Blick aus. Henri konnte nicht anders, er musste grinsen. Er sah zu Goodwin hinauf und kniff ein Auge zusammen, während sich das Grinsen über sein ganzes Gesicht ausbreitete. Er war so froh, dass Goodwin sich entschieden hatte, den Splitter des schwarzen Kristalls nicht zum Schaden der Trolle einzusetzen. Goodwin klopfte ihm kurz auf die Schulter. Seine Entscheidung war ihm nicht leicht gefallen, denn dadurch würde er den Dorfbewohnern nicht in der Weise helfen können, wie sie es von ihm erhofft hatten. Aber es tat ihm gut zu sehen, wie froh Henri darüber war.

Wieder erhob sich lautes Stimmengewirr, viele gestikulierten wild herum und riefen, dass ihnen nun nichts anderes mehr übrig bleibe, als selbst fortzugehen.

›Jawohl!‹, sagte Mrs Hawkes. ›Wir können uns also dieser wunderbar komischen und lustigen Geschöpfe nicht entledigen. Ja, tatsächlich ist es so, dass noch mehr dieser Biester hergebracht werden, auf dass die Plage immer noch schlimmer werde. Vielleicht sollten wir alle in die weite Welt hinausziehen und sehen, ob wir nicht noch mehr der lieben Tierchen finden und ihnen hier ein schönes Zuhause bieten können. Dann können sie sich ungestört austoben und unsere anständig aufgeräumten Küchen verwüsten, und wir machen den lieben langen Tag nichts anderes, als alles wieder in Ordnung zu bringen.‹

›Du bist wohl nicht recht gescheit!‹, sagte der Papagei, und an diesem Punkt wäre die Versammlung beinahe aus dem Ruder gelaufen. Aber im selben Augenblick machte Boffin einen gewaltigen Satz und landete direkt auf Mrs Hawkes' Schoß! Mrs Hawkes zuckte zusammen, und unwillkürlich rümpfte sie die Nase, denn sie fürchtete den typischen und abscheulichen Heckentrollgeruch, der so gar nicht zu ihrem Lavendelparfüm passen wollte. Im Lauf des letzten Jahres hatte sie den Geruch der Trolle nur allzu gut kennen gelernt, wie sie selbst meinte. Aber Boffin war sauber, jedenfalls so sauber, wie ein Heckentroll eben sein kann, und roch mehr nach französischer Lavendelseife als nach Troll. Er saß ganz still da, neigte ein wenig seinen kleinen Kopf zur Seite und sah Mrs Hawkes mit seinen unendlich tiefen, blauen Augen an. Sie starrte streng zurück, aber selbst Mrs Hawkes' alles inspizierender Blick vermochte nicht, bis auf den Grund der wunderbaren Trollaugen zu sehen, und ganz langsam wurde auch sie von deren wunderschöner, tiefblauer Farbe verzaubert.

›Hmmmm‹, machte sie, etwas unsicher, wie sie sich in dieser Situation verhalten sollte. ›Nun ja, vielleicht sind nicht alle gar so schlimm, aber gewaschen werden sollten sie schon, wenn es nach mir ginge!‹

Boffin sah mit einem Mal ganz traurig aus. Er neigte den Kopf noch etwas mehr, und Mrs Hawkes versuchte, unbeeindruckt zu wirken.

›Hm, dieser hier riecht tatsächlich nicht so streng wie die anderen, aber die Nägel müssten mal geschnitten werden‹, meinte sie, denn sie glaubte zumindest irgendetwas an dem kleinen Wesen beanstanden zu müssen, das da auf ihrem Schoß saß. Mrs Hawkes nahm Boffins Hand und tat so, als würde sie die langen Finger sehr genau und strengstens untersuchen. Jetzt blickte Boffin schon wieder sehr viel fröhlicher drein, und plötzlich kletterte er auf Mrs Hawkes' Schulter und ließ sich dort nieder. Mrs Hawkes saß stocksteif da. Es war wirklich eine peinliche Situation, dachte sie, und alle sahen sie an! Aber innerlich hatte sie ihren Widerstand bereits aufgegeben, als sie dem kleinen Troll in die Augen gesehen hatte, und nun brachte sie es nicht über sich, ihn zu verscheuchen. Erst als sie an diesem Abend nach Hause kam und in den Spiegel sah, stellte sie fest, dass ihre feinen Haarnadeln, im vornehmsten Geschäft Londons gekauft, gegen schmutzige Stöckchen ausgetauscht worden waren, die aussahen, als hätte sie jemand einfach vom Waldboden aufgehoben. Bei dieser Gelegenheit fand sie auch ein paar Ohrwürmer und eine Schnecke in ihrem Haarnetz.

›Zwar können wir uns der Trolle nicht entledigen‹, wiederholte Goodwin ruhig, ›aber ich habe doch eine Möglichkeit gefunden, wie wir uns etwas mehr Respekt verschaffen können, sodass sie es mit ihren Spielchen nicht mehr so schlimm treiben werden wie bisher.‹

Wieder rumorte es in der Versammlung, aber jetzt ergriff Dr. Pillbury lautstark das Wort: ›Es wundert mich nicht zu hören, dass wir mit den Trollen leben müssen. Wir haben ja versucht, die Weidenbäume zu fällen, und nicht einmal das ist uns gelungen. Wie sollten wir es also anstellen, die Trolle zu fangen?‹

Als Dr. Pillbury dies sagte, vermied Goodwin es, dem freundlichen Mann in die Augen zu sehen. Verstohlen blickte er hinüber zu Henri, der den kleinen Sack aus Wolfsleder über der Schulter hängen hatte, in dem die Silberfigur lag.

›Lasst uns jetzt alle zuhören, was wir tun müssen, damit wir nicht mehr so viele Scherereien mit den Trollen haben‹, sprach der Doktor beruhigend auf die Versammlung ein.

Goodwin erklärte, dass alle Dorfbewohner sich eine Glocke anschaffen sollten, mit der sie läuten konnten, wenn die Trolle im Dorf auftauchten. Das Glockengeläut würde die Trolle abschrecken, und vielleicht konnten sie sogar ein paar Seile von der Kirchenglocke in die nächstgelegenen Häuser spannen, sodass sie auch die Glocke oben im Turm läuten konnten, sobald die Trolle ins Dorf herunterkämen. Goodwin war sich sicher, dass dies die Plagegeister von den Häusern fern halten würde. Schließlich verkündete er, dass Henri möglicherweise auch helfen konnte, indem er mit den Trollen sprach und ihnen klar machen konnte, dass sie nicht ständig lauter Unfug treiben sollten.

›Mit den Trollen sprechen?‹, kam es ungläubig aus der Menge.

›Das wird uns wohl nicht viel helfen!‹, rief einer.

›Sie verstehen doch nur etwas, wenn Mrs Hawkes sie ins Gebet nimmt!‹, meinte ein anderer lauthals.

Goodwin brachte alle dazu, noch einmal zuzuhören, und dann bat er Henri, den Leuten zu zeigen, was er meinte.

Mit freundlicher Stimme rief Henri nach Boffin und machte ein Zeichen mit den Fingern. Als Boffin es sah, sprang er sofort zu Henri und blieb vor ihm sitzen.

›Schau, Boffin!‹, sagte Henri. ›Hier habe ich eine Dose, und darin sind drei Kekse.‹ Henri hätte Boffin gar nicht dazu auffordern müssen herzusehen. Der Troll ließ die Dose mit den Keksen nicht aus den Augen.

›Du bekommst einen Keks, Boffin. Nur einen!‹

Dann öffnete Henri die Dose und ließ Boffin die Hand hineinstecken. Boffin ergriff augenblicklich alle drei Kekse, nahm sie heraus und roch daran.

›Denk dran, nur einen!‹, sagte Henri wieder.

›Er hat noch nicht verstanden, dass er nur den in die Hand nehmen soll, den er haben will‹, erklärte er der Versammlung. Zur Verblüffung aller legte Boffin zwei Kekse wieder zurück in die Dose, nachdem er sie genau untersucht hatte.

›Das ist ja nicht zu glauben!‹, sagte Dr. Pillbury und sprach damit aus, was alle dachten. ›Das lässt hoffen, dass wir den Trollen trotz allem vielleicht etwas beibringen können, sodass es mit ihnen als Nachbarn auszuhalten ist.‹

Goodwin lächelte und nickte. Es war imponierend zu sehen, wie gut Henri mit Boffin umgehen konnte, aber wiederum nur halb so beeindruckend, wenn man wusste, dass zwei der Kekse mit Salz und nicht mit Zucker gebacken waren.

›Das ist Betrug!‹, rief der Papagei.«

Epilog

Ich saß neben Nathan auf der Bank, die mitten in Compton Basset an der Biegung des Weges steht. Der schöne Nachmittag neigte sich allmählich dem Abend zu. Die alte Mrs Fawley erschien an der Ecke und winkte uns zu, und ihre Augen schienen dabei zu lächeln. Sie konnte nur langsam gehen, und so brauchte es seine Zeit, bis sie es bis zum Briefkasten geschafft hatte, wo sie einen Umschlag einwarf. Dann drehte sie sich um und winkte uns auf genau dieselbe Weise wie vorhin noch einmal zu.

Nathan hatte das Kinn auf seinen Stock gestützt. Eine ganze Weile sagte er nichts, und es hatte den Anschein, als sei er ganz in Gedanken versunken und habe mich beinahe vergessen.

»Ist das die ganze Geschichte?«, fragte ich vorsichtig.

»Ja!«, sagte Nathan nachdrücklich. Er sah noch immer starr geradeaus und ich wunderte mich ein wenig darüber, dass er plötzlich so einsilbig war. Dann bemerkte ich, dass sich seine Miene wieder aufhellte, und ein Lächeln umspielte seine Augen. In verschwörerischem Ton sagte er: »Das ist die ganze Geschichte, wie die Trolle nach Compton Basset kamen und wie die Leute hier sich daran gewöhnt haben, dass sie in ihrer Nachbarschaft leben. Wie du gehört und selbst schon erlebt hast, kann man sie mit Lavendelparfüm oder mit Glockengeläut verscheuchen. Aber natürlich haben sie nie gelernt, sich ordentlich aufzuführen!«

Seine Augen leuchteten schelmisch auf. »Aber ... das ist nicht die ganze Geschichte über die Heckentrolle. Die ist noch sehr viel länger, und deshalb muss ich sie ein anderes Mal erzählen.«

Dann stand er auf und ging davon. Aber nach ein paar Schritten blieb er stehen und drehte sich noch einmal um.

»Es ist auch nicht die ganze Geschichte über Compton Basset«, sagte er ernst. »Das ist kein gewöhnliches Dorf, wie du ja auch schon festgestellt hast, und hier gehen noch mehr mysteriöse Dinge vor sich als all der Radau, den die Trolle so anstellen. Vieles in unserem kleinen Dorf ist nicht so, wie es zu sein scheint! Vielleicht warst du zu beschäftigt mit den Trollen, sodass du die anderen Dinge bisher nicht bemerkt hast.«

Ich hätte Nathan gerne gefragt, was er damit meinte, aber er war schon auf dem Weg nach Hause. Er winkte mir noch einmal kurz und stakste in Richtung seines Hauses davon. Ich blieb auf der Bank zurück und hatte beinahe noch mehr Fragen als zuvor, als ich seine Geschichte noch nicht gehört hatte.

Ich sah hinauf zum Gramp's Hill. Da oben unter den knorrigen Weidenbäumen lebten die Heckentrolle. Es war nichts von ihnen zu sehen, aber bald würde die Sonne untergehen …

Während die letzten Sonnenstrahlen auf die Dächer der Häuser fielen, machte ich mich ebenfalls auf den Weg nach Hause. Ich fragte mich, was es wohl für mysteriöse Dinge sein mochten, von denen Nathan gesprochen hatte, und als ich an den Häusern vorbeiging, konnte ich nicht anders und versuchte, durch die kleinen Fenster in die Wohnstuben der Leute hineinzusehen, aber alles war ruhig und friedlich. Mrs Fawley hatte inzwischen ihren Garten erreicht und ging herum und schnitt hinter ihrer Hecke ein paar Rosen. Noch einmal winkte sie mir zu. Ich ging an den anderen kleinen Häusern vorbei, die noch an meinem Weg lagen, aber es war unmöglich zu erkennen, ob die geblümten Gardinen noch weitere dunkle Geheimnisse verbargen, so wie es die Weidenbäume am Gramp's Hill taten. Aber eines war doch sicher: Heute Abend würde ich ganz bestimmt daran denken, die Tür zu unserem Haus abzuschließen!

Die Ereignisse im Kampf um die Nachtkristalle in ihrer zeitlichen Reihenfolge

31. Oktober 1720 (der Abend vor Allerheiligen): Walter Schmidt kommt an der Jägerhütte auf der Heide am Blocksberg an.

Spätsommer 1728: Arsène Sastrafin reist zum ersten Mal zum Blocksberg. Im Oktober verirrt er sich auf der Heide.

1742: Arsène Sastrafin schreibt *Die Trolle des blauen Lichts,* Band VII von *Mystik und Magie.*

Herbst 1852: Castanac erhält einen Brief von Albert Schmidt. Daraufhin bricht er sofort zum Blocksberg auf.

31. Oktober 1853 (der Abend vor Allerheiligen): Castanac wird auf dem Handelsweg auf dem Höhenzug bei Compton Basset von einem Unwetter überrascht und sucht im Gasthaus des Dorfes Schutz. Der Gutsherr ›erwirbt‹ die Samen der Ewigen Weiden.

31. Oktober 1857 (der Abend vor Allerheiligen): Castanac kehrt nach Compton Basset zurück und setzt die Trolle am Gramp's Hill aus. Danach geht er wieder nach Glastonbury und fährt von dort weiter nach Frankreich.

16. September 1862: Mrs Hawkes fängt einen Heckentroll. In der Nacht kommt es zum großen Trollangriff auf Compton Basset.

18. September 1862: Goodwin wird ausgesandt, um den mysteriösen Zauberer zu suchen.

Um den 26. September 1862: In Glastonbury trifft Goodwin auf Spirrus.

Um den 3. Oktober 1862: In Poole begegnet Goodwin Bomstaff und sticht am nächsten Tag mit Kurs auf Frankreich in See.

7. November 1862: Die Elinor erreicht Marseille. Zwei Tage später trifft Goodwin Henri.

16. November 1862: Die Elinor erreicht Alexandria.

22. Februar 1863: Die Elinor erreicht Konstantinopel.

Juni 1863: Die Elinor kehrt nach Poole zurück.

Blocksberg
Compton
Basset
London
Glastonbury
Poole
Marseille

Konstantinopel
Alexandria

Der Kampf um die Nachtkristalle geht weiter!

Bent Jakobsen

Der Kampf um die Nachtkristalle 2
Schattenring

Aus dem Dänischen von Patrick Zöller
377 Seiten, mit Illustrationen von
Flemming B. Jeppesen, gebunden

ISBN 978-3-8251-7569-6

Bent Jakobsen

Der Kampf um die Nachtkristalle 3
Sternentränen

Aus dem Dänischen von Patrick Zöller
379 Seiten, mit Illustrationen von
Flemming B. Jeppesen, gebunden

ISBN 978-3-8251-7666-2

Grauenerregende Wesen sind im Besitz des *Schattenrings*, der nicht nur alles Licht in seiner Umgebung verschlingt, sondern auch über vernichtende Kräfte verfügt. Henri und seine Freunde fliehen nach Konstantinopel. Doch die Horde der kaltblütigen Verfolger ist groß. Denn alle suchen sie nach den roten Nachtkristallen …

Eine Spur führt Henri schließlich in die Karibik, wo er den *Tränen der Sterne* ganz nahe kommt. Doch von Aufatmen kann noch immer keine Rede sein …

Witzig, gruselig und auf keiner Seite langweilig!